Christa Picard
Mord im Moorexpress

Die Handlung und alle handelnden Personen sind frei erfunden.
Jegliche Ähnlichkeit mit lebenden oder realen Personen wäre rein zufällig.

Die Autorin

Christa Malitz-Picard, 1950 in Bremen geboren und dort aufgewachsen, lebt mit ihrem Mann in Worpswede und ist hier schriftstellerisch tätig. Bisher sind von ihr erschienen: Unfreiwillige Wege – Auf den Spuren der Familie Trinker (2011, 2020²), Annas Weg (2013), Die Engelkens – Eine Familiengeschichte aus dem Teufelsmoor (2014) sowie die Krimis Mord im Moorexpress (2019, 4. Aufl.), Moorblues (2019), Die Tote im Apfelgarten (2021) und Nicolaus Bötjer – Ein Worpsweder Leben (2022).

Titelabbildung: Emotion VFX Productions – Marco Fleischhut

5. Auflage 2022
Copyright © Edition Falkenberg
Bgm.-Spitta-Allee 31, 28329 Bremen

produktsicherheit@edition-falkenberg.de

ISBN 978-3-95494-276-3
www.edition-falkenberg.de

Christa Picard

Mord
im Moorexpress

Edition Falkenberg

2. Juni 1943

Abschied

Ich erinnere mich noch genau an diesen Tag: Die Sonne stand hoch am Himmel, als ich aus der Stadt nach Hause zurückkehrte. In der Einkaufstasche trug ich eine Tüte Mehl und ein halbes Pfund Margarine, mehr hatte ich nicht besorgen können. Es war heiß, die Grillen zirpten. Die große Stockrose neben dem Eingang blühte bereits. Im Garten wuchs das Gemüse, die Kartoffeln entwickelten sich gut und die Bohnen rankten an den Stangen hoch. Und das trotz der Trockenheit, Mama goss regelmäßig und hegte und pflegte ihre Pflanzen. Bald würden wir uns nach langer Zeit einmal wieder satt essen können. Hungrig dachte ich an das Mittagessen, das schon auf dem Herd stand und auf mich wartete. Wahrscheinlich hatte Mama, wie so häufig, eine dünne Kohlsuppe gekocht, mehr gab es im Moment nicht.

Als ich die Tür öffnete, spürte ich gleich, dass etwas nicht stimmte. Mama sah mich mit vor Angst geweiteten Augen an: »Der Polizist war da. Du wirst gleich abgeholt! Er sagt, das ist ein Befehl.«

Ich verstand sie nicht. »Abgeholt? Wo soll ich denn so plötzlich hin? Und für wie lange?« Mit einem Male bekam ich furchtbare Angst.

»Das hat er nicht gesagt. Aber er kommt gleich wieder. Ich habe dir etwas zum Essen und zum Anziehen eingepackt.« Mama steckte mir ein Bündel zu.

Bevor ich weiter fragen konnte, klopfte es laut an der Tür. Der Polizist trat ein und griff nach meinem Arm. »Los jetzt!« Er zog mich aus der Tür hinaus zu einem Armeelastwagen, der von einem deutschen Soldaten gefahren wurde. Auf der Ladefläche saßen viele Mädchen. Der Polizist drängte mich aufzusteigen. Ich wehrte mich, wollte nicht mit, hatte mich ja noch nicht einmal von Mama verabschiedet.

Doch ich hatte keine Wahl. Der Wagen fuhr los, der Sand auf der Straße wirbelte auf. Ich sah, wie Mama hinter dem Laster herlief. Doch sie konnte ihm nur kurze Zeit folgen und blieb stehen. In der Ferne sah sie so klein aus. Jemand ergriff meine Hand, es war Tatjana, meine beste Freundin. Etwas beruhigt schaute ich mich um und entdeckte einige

Mädchen aus meiner Schule, fast alle in meinem Alter, zwischen 16 und 17 Jahre alt, dazu noch ein paar junge Frauen, die ich vom Sehen kannte. Noch zweimal stoppte der Laster und nahm weitere Mädchen auf. Zuletzt hielt er am Bahnhof. Der Polizist forderte uns auf abzusteigen. Vor einem Güterzug hatten deutsche Soldaten mit Maschinengewehren Aufstellung genommen und schickten uns in einen offenen Viehwaggon. Einige Mütter hatten es noch geschafft, zum Bahnhof zu kommen. Sie warfen Pakete mit Lebensmitteln in den Waggon, schluchzten oder schrien, ebenso die Töchter. Doch die Soldaten drängten die Angehörigen zurück.

Mit einem lauten Knall schloss sich die Tür, es wurde dunkel. Der Zug setzte sich in Bewegung, die Räder ratterten laut. Ich hörte, wie die anderen Mädchen leise weinten. Noch immer hielt ich Tatjanas Hand.

19. Dezember 2015, 19:30 Uhr

Osterholz-Scharmbeck, Bahnhof
Müde drehte sich Lokführer Jan Behrens zu seinem Zugbegleiter um. »So, das war's für dieses Jahr.«

Bernd Meyer nickte. »Mir reicht's auch. Ich pack mal alles ein, was noch so rumliegt und guck noch mal durch den Wagen.«

Gerade hatte Jan den Zug auf ein Nebengleis gefahren. Still war es im Moorexpress und auf dem kleinen Bahnhof der niedersächsischen Kreisstadt Osterholz-Scharmbeck. Dabei war der hintere Waggon bis vor wenigen Minuten noch mit Ausflüglern besetzt gewesen. Zuletzt hatte eine Gruppe von Frauen mit roten Mützen angeheitert den Zug verlassen. Während ein Vater seinen übermüdeten kleinen Sohn auf dem Arm getragen hatte, schob seine Frau den Kinderwagen. Ein junges Paar war eng umschlungen Richtung Treppe verschwunden.

Durch die geöffnete Tür blies den Eisenbahnern der kalte Wind ins Gesicht, es nieselte. Es würde wieder keine weiße Weihnacht geben. Kurz dachte Zugführer Behrens an das Schlittenfahren mit den Enkelkindern im vergangenen Januar auf dem Weyerberg in Worpswede. Er hatte sich mit ihnen gefreut, sich noch einmal ganz jung gefühlt, als sie gemeinsam mit ihm den kleinen Hügel hinuntersausten. Am nächsten Tag wollten sie noch einmal hinfahren, doch da war schon alles wieder weggetaut.

Behrens schob die leere Thermoskanne und die Brotdose zurück in seine alte Aktentasche und erhob sich aus seinem Sitz, stöhnte und rieb sich den schmerzenden Rücken. Er wandte sich um und sah, wie sein Zugbegleiter Bernd Meyer die Moorbierflaschen in den Getränkekisten und die übrig gebliebenen Päckchen Jan-Torf-Schnaps abzählte. Jans Blick fiel durch das hintere Fenster auf Peter Gieschen, den Schaffner des zweiten Waggons, der durch seinen Wagen lief, etwas aufhob und zum Abfallkorb am Ausgang brachte. Meyer schrieb das Ergebnis seiner Berechnungen – anscheinend wurde mal wieder tüchtig getrunken heute – auf und begann ebenfalls seinen Rundgang durch das Abteil.

Der Lokführer nahm noch einmal auf dem Fahrersitz Platz. Wenn sich die beiden beeilten, könnten Bernd und er den Zug gleich nach Bremervörde ins Bahnbetriebswerk zurückfahren. Den Krimi würde er sicherlich verpassen. Aber wie er seine Frau kannte, hatte sie ihm etwas zum Essen vorbereitet und den kleinen Tisch vor dem Fernseher gedeckt. Den späteren Film im Ersten würden sie noch gemeinsam anschauen können.

Ein schriller Schrei riss den Zugführer aus seinen Gedanken. »Oh nein!« Es war Meyers Stimme. Erschrocken erhob sich Behrens und lief durch den Waggon. Was war passiert? Meyer stand im Gang direkt hinter dem Toilettenabteil und starrte entsetzt auf etwas, das sich dahinter befand. Jetzt sah Behrens es auch: Auf der Bank saß ein Mann, den Oberkörper auf die Seite gekippt, die Füße aber noch auf dem Boden stehend. Jan schien es, als schliefe er.

Als würde er seine Gedanken erraten, berichtete Meyer hastig: »Ich dachte erst, der hat zu viel getankt und schläft jetzt seinen Rausch aus. Sein Kopf war im Mantel vergraben. Ich hab ihn angetippt und gerufen, er solle aufwachen und aussteigen, hier ist Endstation! Doch der Kerl rührte sich nicht. Ich hab ihn heftiger an der Schulter gepackt und gerüttelt, da kippte er um. Da ist Blut!«

Aufgeschreckt durch Meyers Schrei war Peter Gieschen in den vorderen Waggon gelaufen und starrte mit großen Augen auf den Fremden.

»Oh Gott!«, rief er.

Jetzt sah auch Behrens das Blut. Der Mantel des Mannes umhüllte den größten Teil seines Körpers, doch das Blut war dem Toten die Beine heruntergelaufen und bildete eine kleine Lache zu seinen Füßen. Die Eisenbahner schauten in seine offenen, starren Augen, die den Schrecken des plötzlichen Todes widerzuspiegeln schienen.

Jan erschauderte, ein Toter in seinem Zug! Das gibt's doch gar nicht. So etwas hatte er noch nie erlebt. Seine Gedanken überschlugen sich. Jemand hatte den Mann getötet! Der Mörder konnte noch in der Nähe sein.

»Was machen wir jetzt?«, fragte Meyer ängstlich. Schaffner Gieschen hatte es die Sprache verschlagen.

Behrens atmete tief durch. »Die Polizei muss her. Ich versuch's über Funk.«

Die drei Eisenbahner gingen zum Führerstand, Behrens griff zum Funkgerät.

»Zentrale, hier ist Jan Behrens! Hören Sie mich?«, rief er ins Mikrofon.

Es rauschte in der Leitung. Wenig später meldete sich eine quäkige männliche Stimme: »Zentrale in Bremervörde. Was kann ich für Sie tun?«

»Ich bin Lokführer im Moorexpress. In meinem Zug ist ein Toter, voller Blut!«

»Was? Habe ich Sie richtig verstanden? Ein Toter?« Der Sprecher schien ebenfalls erschrocken.

»Ja, bitte verständigen sie die Polizei, aber schnell!« Behrens wurde ungeduldig.

Der Mann in der Zentrale schien sich wieder zu fangen. »Wo sind Sie gerade?«

»Im Bahnhof Osterholz-Scharmbeck. Auf einem Nebengleis in östlicher Richtung.«

»Ich rufe gleich bei der Polizei an und melde mich dann wieder.«

Das Knacken in der Leitung verstummte. Atemlos war Meyer dem Gespräch gefolgt. »Und jetzt?«, fragte er zitternd.

»Wir müssen warten. Die Polizei wird gleich kommen.«

»Und wenn der Mörder noch hier herumläuft? Er könnte uns auch erwischen!«

»Glaub ich nicht. Der ist über alle Berge«, versuchte Behrens seine Zugbegleiter und sich selbst zu beruhigen. Wieder knackte es in der Leitung.

»Hier Zentrale, hören Sie mich?«

»Ja, hier Jan Behrens. Haben Sie die Polizei erreicht?«, fragte Behrens nervös.

»Ja, die Osterholzer werden gleich einen Wagen schicken. Ich soll Ihnen ausrichten, dass Sie an Ort und Stelle nichts verändern sollen.«

»Danke. Das wird auch Zeit.«

Wieder war es still, nur ein leichtes Schaben war zu hören. Meyer und Gieschen hatten auf der Seitenbank Platz genommen und gebannt dem kurzen Gespräch mit der Zentrale gelauscht. Jetzt spähten die drei Eisenbahner aus dem Fenster, hielten Ausschau nach dem Polizeiwagen.

Es war dunkel draußen, nur die Bahnsteige waren erleuchtet. Zwei Männer standen am Kassenautomat und zogen Tickets, drei Jugendliche tauchten aus der Unterführung auf. Der Zug aus Bremerhaven fuhr ein, alle stiegen ein, niemand aus. Die Jungs wollten anscheinend nach Bremen, dachte Behrens, es war Samstagabend. Fünf Minuten später tauchte aus der Gegenrichtung die Nordwestbahn aus Bremen auf, die Türen öffneten sich und mehrere in warme Jacken und Mützen gehüllte Menschen verließen den Zug in Richtung Treppe. Mit den letzten Weihnachtseinkäufen in den Tüten hatten sie es eilig, nach Hause zu kommen. Die Bahnsteige lagen wieder verwaist im faden Lampenlicht.

Endlich hörten sie ein Einsatzhorn, das immer lauter wurde, ein Polizeiwagen schien sich zu nähern. Vom Zug aus war er nicht zu sehen. Kurz darauf wurde es wieder still. Der Wagen musste auf dem Bahnhofsvorplatz gehalten haben. Die drei Eisenbahner entdeckten zwei Gestalten, die sich dem Moorexpress eilig näherten. Die größere und kräftigere der beiden trug einen Parka, die kleinere war mit einem dunklen Wintermantel bekleidet. Mit hochgezogenen Schultern und den Händen in den Taschen erreichten sie den Zug. Behrens öffnete die Tür und winkte sie heran.

Der Kleinere stellte seinen Kollegen und sich vor. »Das ist Kriminaloberkommissar Kruse und ich bin Kriminalhauptkommissar Köster. Wir sind vom Kriminal- und Ermittlungsdienst des Polizeikommissariats Osterholz-Scharmbeck. Hier im Zug soll sich eine Leiche befinden?« Behrens nickte. »Ja, hier im Waggon, gleich hinter der Toilette.« »Dann führen Sie uns bitte hin.«

Die Eisenbahner liefen voraus, gefolgt von den beiden Kommissaren. Die Polizisten beugten sich über den Toten. Köster richtete sich wieder auf und wandte sich an die drei. »Erzählen Sie bitte, wie Sie den Mann gefunden haben.« Dabei fiel sein Blick auf Behrens, er schien zu ahnen, dass der Zugführer am ehesten eine klare Auskunft geben konnte.

Behrens begann mit seinem Bericht. Als er von Meyers Entdeckung erzählte, forderte der Kommissar den Zugbegleiter auf, fortzufahren.

»Und Sie haben nichts angefasst oder verändert?«

»Ich habe ihn nur an der Schulter gerüttelt, da fiel er um. Aber das habe ich doch schon gesagt«, erwiderte Meyer.

Der Kommissar wandte sich an seinen Kollegen: »Thomas, ruf bitte die Spurensicherung.« Kruse nickte und zog sich mit seinem Handy hinter die Waggontür zurück. Währenddessen sahen der Zugführer und seine Zugbegleiter zu, wie Köster ein Paar dünne Gummihandschuhe überzog und die Manteltaschen des Toten durchsuchte. Als er nichts fand, öffnete er vorsichtig den Mantel. Die linke Jackettseite war blutdurchtränkt. Köster stieß einen Pfiff aus, als er dort ein kleines Loch entdeckte.

»Das könnte ein Einschussloch sein. Da war wohl eine Pistole oder ein Revolver mit im Spiel. In der Manteltasche befinden sich weder Portemonnaie noch Handy oder Schlüssel«, sprach er mehr zu sich selbst. Er schaute hoch und schien sich jetzt an die Eisenbahner zu erinnern. »In Jackett und Hose sehe ich noch nicht nach. Vorher sollte ihn erst die Spurensicherung untersuchen.«

Inzwischen war Kruse zurückgekehrt. »Die Spusi ist unterwegs«, berichtete er. Köster schaute noch einmal auf den Toten. »Thomas, schreib bitte mit.«

Der Kriminaloberkommissar holte einen Block und einen Stift aus der Tasche.

Der Chef fuhr fort:»Ich schätze ihn so auf 65 bis 70 Jahre, etwa 1,80 Meter groß, ovales Gesicht, schüttere, kurz geschnittene Haare, vollständig ergraut. Schlank, aber mit leichtem Bauchansatz. Gut gekleidet, Anzug und Schuhe scheinen neu zu sein. Bisher noch kein Hinweis auf seine Identität.«

Thomas Kruse schrieb fleißig mit.

»Das wär's erst einmal zum Opfer«, stellte Köster abschließend fest und wandte sich an die Umstehenden:»Bitte nennen Sie mir Ihren Namen und Ihre Tätigkeit hier im Zug.«

»Mein Name ist Jan Behrens, ich bin hier der Lokführer, Bernd Meyer und Peter Gieschen sind die Zugbegleiter.«

»Und was ist das für ein Zug? Sieht schon recht alt aus.«

»Sie sind wohl nicht von hier?«, fragte der Zugführer den Kommissar. Dieser schüttelte den Kopf.»Ich stamme aus Hamburg und bin vor vier Monaten nach Osterholz-Scharmbeck versetzt worden.«

»Das ist der Moorexpress. Früher fuhr er regelmäßig zwischen Osterholz-Scharmbeck und Bremervörde. Heute nur an den Wochenenden, von Mai bis Oktober, und zwar von Bremen bis Stade. Er wird vor allem von Ausflüglern genutzt. Die können auch ihre Fahrräder mitnehmen, sie werden im Ladewagen in der Mitte aufbewahrt. Meistens fahren die Leute ein Stück mit dem Rad, selten die ganze Strecke. Das ist zu weit«, führte Behrens aus.

»Der Moorexpress ist was Besonderes. Alle kennen ihn hier. Im Sommer hören wir am Wochenende immer wieder sein Tuten«, versuchte Kruse seinem Vorgesetzten zu erklären.

»Aber wir haben jetzt Winter«, wandte Köster ein.

»Im Dezember gibt es an drei Adventswochenenden Sonderfahrten von Osterholz-Scharmbeck nach Stade zum Weihnachtsmarkt. Heute war die letzte für dieses Jahr«, erwiderte Behrens.

Kruse schrieb wieder mit. Eine kurze Pause trat ein, Köster schien nachzudenken. Schließlich nickte er und wandte sich an die Zugbegleiter.»Und was kann ich mir unter Ihrer Aufgabe vorstellen?«

»Wir kontrollieren die Tickets. Im Sommer verkaufen wir auch Fahrkarten und helfen den Leuten beim Be- und Entladen der Fahrräder«, erklärte Meyer. »Dazu bieten wir noch kalte Getränke und Fotobücher über das Teufelsmoor an. Und die Abspielgeräte für die Audioführung.«

»Audioführung?« Köster sah Meyer erstaunt an.

»Da wird einiges über den Moorexpress erzählt. Auch über die Moorbauern, wie sie früher gelebt haben, und über die Natur und Landschaft hier in der Gegend.« Gerne hätte Meyer noch mehr erzählt, aber Köster winkte ab. »Gut. Da haben Sie viel zu tun. Und das machen Sie beide?«

Jetzt ergriff Gieschen das Wort: »Ja. Auf der letzten Fahrt von Stade nach Osterholz-Scharmbeck war ich für den hinteren Waggon zuständig, Bernd für den vorderen.«

»Sie sprachen gerade vom Waggon für Fahrräder. Wo finde ich den?«

»Normalerweise in einem dritten Wagen zwischen den beiden Fahrgastwaggons. Im Winter ist es zu kalt zum Radfahren, deswegen haben wir den Waggon auch nicht dabei«, erklärte Gieschen.

Köster wandte sich an Meyer. »Wenn ich Sie richtig verstanden habe, sind Sie für den vorderen Waggon zuständig?«

»Für den Waggon, in dem wir gerade stehen, ja. Aber er ist nicht immer der vordere.«

Irritiert schaute ihn der Kommissar an. »Wie soll ich das verstehen?«

»Beide Waggons haben einen Führerstand. Wenn wir in den Bahnhöfen nicht drehen können, nehme ich den Führerstand des anderen Waggons. Auf der Hinfahrt war dieser Wagen der hintere, auf der Rückfahrt der vordere«, erklärte der Zugführer.

»Ok. Herr Meyer, Sie sind für diesen Waggon zuständig, auf der Hin- und Rückfahrt?«

Bernd nickte.

»Wann haben Sie den Toten das letzte Mal gesehen? Oder den noch lebenden Mann, wie auch immer.«

»Ich kann mich nicht genau erinnern. Er saß hinter dem Klo, der Platz ist von vorne nicht zu sehen. In Worpswede stiegen die meisten aus meinem Waggon aus, ich half auch noch einem Rollstuhlfahrer.«

Meyer schien sich rechtfertigen zu wollen, aber der Kommissar war in Gedanken bereits weiter zurückgegangen.

»Sie müssen ihn vorher bemerkt haben. Sie kontrollieren doch die Fahrkarten der Fahrgäste. Da sehen Sie alle Mitreisenden.«

Widerwillig studierte Meyer das Gesicht des vor ihnen liegenden Toten, er versuchte sich zu erinnern.

»Mh, ja, da saß er schon auf der Hinfahrt. Er stieg in Osterholz-Scharmbeck ein.«

»War er allein?«

»Nein, ein Mann war neben ihm, auch auf der Rückfahrt.«

»Können Sie den Mann beschreiben?«

Meyer schloss kurz die Augen, um sich zu erinnern.

»Er war so um die fünfzig. Und er hatte eine dunkle Jacke an und eine Wollmütze auf dem Kopf. Aber nur am Anfang, später hatte er sie nicht mehr auf.«

»Wie war seine Statur?«

»Mh, so mittelgroß, kräftig, aber nicht dick, das Gesicht eher rund, graue Haare. Mehr kann ich nicht sagen.«

»Und wie war der Kontakt zwischen den beiden?«

Gereizt erwiderte Meyer: »Es sind so viele Leute im Zug, dass ich selten dazu komme, die Einzelnen so genau zu beobachteten.«

Köster versuchte ihn zu beschwichtigen. »Das kann ich mir gut vorstellen, dass Sie nicht alle Mitreisenden die ganze Zeit im Auge haben. Vielleicht ist Ihnen etwas aufgefallen.«

Der Eisenbahner sah wieder aus dem Fenster, noch einmal mochte er den Toten nicht anschauen.

»Sie waren ruhig, unauffällig. Als ich die Karten kontrollierte, sah ich, dass sie sich unterhielten. Auf der Rückfahrt waren sie eher still. Aber das sind um diese Zeit die meisten Leute. Sie haben auf dem Weihnachtsmarkt einiges getrunken oder sind viel herumgelaufen.«

»Als Sie ihn fanden, dachten Sie doch, er schliefe, mit dem Gesicht in seinem Mantel verborgen. Saß er vorher schon so da?«

»Ich weiß nicht, ich glaube nicht.«

»Wann haben sie ihn denn das letzte Mal lebend gesehen?«

Wieder dachte Meyer nach. »In Gnarrenburg. Dort stieg eine junge Mutter aus, der half ich, den Kinderwagen herauszuheben. Als ich noch einmal durch die Reihen guckte, war der Mann eingeschlafen. Deshalb dachte ich vorhin ja auch, dass er nicht mitbekommen hat, dass die anderen ausgestiegen sind, und nur schläft.«

»Und der andere saß noch neben ihm?«

»Ja, soweit ich mich erinnern kann, war der noch da. Er schaute aus dem Fenster.«

»Können Sie sich noch daran erinnern, wie viele Leute jeweils Ihren Waggon verließen?«

»In Gnarrenburg ein Paar, in Worpswede fast alle Übrigen. Es blieben eigentlich nur noch drei Leute, die dann in Osterholz-Scharmbeck ausgestiegen sind. Na ja, nur der da nicht.« Meyer deutete auf den Toten.

»Aber ich denke, dass in Osterholz-Scharmbeck noch mehr Personen den Zug verlassen haben«, entgegnete Köster.

»Die saßen alle bei mir im hinteren Wagen. Sie stiegen auf der Hinfahrt auch dort ein. Meistens werden die Passagiere so verteilt, ein Waggon voller Worpsweder, einer voller Osterholzer«, meldete sich Gieschen zu Wort.

»Sie sprachen von drei Personen, die zum Schluss noch in Ihrem Waggon saßen. War einer davon der Mann, der neben dem Toten saß?«

»Ja, er war der Erste, der den Zug verließ. Der war ganz schnell weg.«

»Konnten Sie sehen, wohin er lief?«

»Zur Treppe. Aber da müssen alle hin, wenn sie aus dem Bahnhof wollen.«

»Und die anderen beiden. Können Sie die beschreiben?«

Meyer dachte nach. »Das war ein Pärchen. Ich schätze mal um die dreißig, sehr verliebt, sie gingen eng umschlungen auf dem Bahnsteig davon. Das sieht man nicht so oft. Beide ziemlich groß, schlank, in dunklen Mänteln.«

»Wo saß das Pärchen?«

»Ich glaube weiter hinten. Sie fielen mir erst so richtig auf, als sie den Bahnsteig entlang liefen. Ich war auf der Fahrt zwischen Worpswede und Osterholz-Scharmbeck auch schon bei meiner Abrechnung, da achtete ich nicht mehr so auf die letzten Fahrgäste.«

Köster wandte sich an die beiden anderen Eisenbahner. »Haben Sie den Toten und seinen Begleiter gesehen?«

Behrens und Gieschen schüttelten den Kopf.

»Ich war mit den Leuten in meinem Waggon beschäftigt. Da sehe ich nicht so auf die anderen Mitfahrer«, erklärte Gieschen.

»Und ich bin für's Fahren zuständig«, erklärte Behrens. »Nur wenn auf den Bahnhöfen jemand zu mir kommt und eine Frage stellt, dann schaue ich genauer hin. Am ehesten fallen mir noch die Kinder auf.«

»Noch etwas«, sagte Köster. »Hat einer von Ihnen während der Rückfahrt von Stade einen Knall oder ein auffälliges Geräusch im Wagen gehört? Oder wurde einer von Ihnen von einem der Fahrgäste auf ein solches Geräusch angesprochen?«

Die drei Eisenbahner blickten sich betroffen an, dann ergriff Behrens das Wort. »Ich nicht.« Er wandte sich an seine Kollegen. »Und ihr anscheinend auch nicht?« Beide schüttelten den Kopf.

Von außen waren jetzt Stimmen zu hören. Mehrere Männer näherten sich dem Zug.

»Die Spurensicherung kommt. Sie können jetzt nach Hause gehen. Danke für Ihre Informationen. Kommissar Kruse wird Ihre Adressen und Telefonnummern notieren. Wir werden sicher noch einige Fragen stellen müssen.«

»Dann werde ich den Zug heute nicht mehr nach Bremervörde ins Bahnbetriebswerk fahren?«, fragte der Lokführer den Kommissar. »Dort wird er normalerweise untergestellt.«

»Nein«, erwiderte Köster. »Die Spurensicherung muss erst noch ihre Arbeit machen und die Leiche muss fortgeschafft werden. Erst dann wird der Zug wieder freigegeben.«

»Dann muss ich der Zentrale Bescheid geben, dass der Moorexpress heute in Osterholz bleibt. Die EVB wird nicht erfreut sein«, erwiderte Behrens. Als er Kösters fragenden Blick sah, fügte er hinzu: »Die Eisenbahnen und Verkehrsbetriebe Elbe-Weser. Ihnen gehört der Moorexpress. Und wer fährt den Zug anschließend nach Bremervörde?«

»Geben Sie Kommissar Kruse auch die Telefonnummer der EVB. Wir sagen dann Bescheid, wenn es soweit ist.« Einen Moment dachte

Köster nach und wandte sich an die beiden Eisenbahner. »Sie stammen aus Bremervörde?«

Behrens und Meyer nickten. Nur Gieschen widersprach. »Ich komme hier aus der Stadt. Mein Auto steht draußen auf dem Parkplatz.«

»Gut, dann fahren Sie jetzt nach Hause. Herr Behrens und Herr Meyer, Sie nehmen sich ein Taxi und lassen sich das quittieren. Später bekommen Sie das Geld zurück.«

Die Eisenbahner verabschiedeten sich und machten zwei Männern und einer Frau von der Spurensicherung Platz, die in den Waggon drängten. Draußen notierte Kruse die Adressen und Telefonnummern von Behrens, Meyer und Gieschen sowie die der Ansprechpartner bei der EVB. Im Führerhaus nahm der Lokführer noch einmal über Funk Kontakt mit der Zentrale auf und schilderte kurz das Vorgefallene. Endlich konnten die drei ihre Aktentaschen nehmen und den Zug verlassen.

Auf dem Bahnhofsvorplatz verabschiedeten sich Behrens und Meyer von Gieschen, der zu seinem Auto eilte und davonfuhr. Zum Glück stand direkt vor dem Eingang noch ein einsames Taxi, in dem die zwei Bremervörder Platz nahmen, Behrens neben dem Fahrer und Meyer auf der Rückbank. Die Wärme im Wageninneren tat beiden gut, erst jetzt merkten sie, wie durchgefroren und erschöpft sie waren. Jan schloss die Augen und schlief fast ein.

Plötzlich ertönte ein lautes Klingeln. Die Männer zuckten zusammen, doch im nächsten Moment ordnete es Behrens seinem Handy zu und zog es aus der Hosentasche.

»Jan, wo bleibst du? Es ist schon halb elf! Ist was passiert?«

Die Stimme seiner Frau klang gleichzeitig besorgt und vorwurfsvoll. Behrens schlechtes Gewissen regte sich.

»Entschuldige, ich habe ganz vergessen, dich anzurufen. Wir hatten einen Toten im Zug und mussten auf die Polizei warten.«

»Einen Toten?«, fragte sie alarmiert.

Der Lokführer berichtete kurz vom Fund der Leiche und dem Eintreffen der Polizei, ließ aber die mögliche Schussverletzung aus, um seine Frau nicht unnötig zu beunruhigen.

»Den Zug mussten wir in Osterholz-Scharmbeck lassen und fahren mit dem Taxi zurück. Ich bin bald zu Hause.«

12. Juni 1943

Im Zug
Der Zug wurde immer schneller, die Räder stampften im Takt. Immer wieder schaukelte und ruckelte es, wir drohten umzufallen. Tatjana und ich hielten einander fest. Um uns herum hörten wir lautes Schluchzen.
Langsam gewöhnten sich meine Augen an das dämmerige Licht im Waggon. Strohreste bedeckten den Boden und in den hinteren Ecken standen zwei gusseiserne Eimer mit einem Holzdeckel. Ich sah, dass sich die Mädchen um uns herum auf den Boden setzten und leise miteinander sprachen oder stumm vor sich hinstarrten. Auch wir suchten uns einen Platz auf den Holzbrettern. An Tatjana gelehnt schloss ich die Augen. Das letzte Bild von Mama, die verzweifelt hinter dem Lastwagen herlief, kam mir wieder in den Sinn, ich musste weinen. Tatjana rückte noch näher an mich heran, auch ihr liefen die Tränen über die Wangen.
Wir alle wussten, wohin die Reise ging, denn wir kannten die Werbeplakate, die zur freiwilligen Arbeit im Deutschen Reich aufriefen. Tatjana flüsterte: »Meine große Schwester ist schon vor einem Jahr nach Deutschland gefahren. Damals hieß es noch, dass es da viel zu essen gibt und die Arbeit leicht wäre. Vor ein paar Wochen ist sie ganz abgemagert und krank zurückgekommen.«
Ich erinnerte mich, dass es einigen unserer Nachbarn ähnlich ergangen war. Jetzt wollte keiner mehr freiwillig zum Arbeitseinsatz dorthin.
»Und uns zwingen sie dazu. Oh Gott, wie wird das werden?«, fragte ich Tatjana leise. Ich vermisste Mama so sehr!

Wir schwiegen. Nach einer Weile meldete sich der Hunger. Am Morgen hatte ich noch mit Mama gefrühstückt, eine Scheibe Brot mit Margarine und Marmelade für jeden, mehr gab es nicht. Ich öffnete den Beutel, den sie mir mitgegeben hatte. Und fand eine Tüte mit zwei Scheiben Brot, dazu ein Stück Wurst, eigentlich das Abendessen für Mama und mich. Wieder kamen mir die Tränen. Eine Scheibe und die Hälfte der Wurst gab ich Tatjana, die keinen Proviant mitbekommen hatte. Sie bedankte sich, wir kauten langsam und schwiegen. Auch andere Mädchen begannen ihre Vorräte aufzuteilen. Einer der beiden Eimer war mit Wasser gefüllt, eine Kelle lag daneben. Nacheinander tranken wir, es schmeckte abgestanden, löschte aber den Durst. Der andere Eimer war für die Notdurft. Wir mussten uns überwinden ihn zu benutzen, aber es blieb uns nichts anderes übrig.

20. Dezember 2015, 6:00 Uhr

Bremervörde
Wie üblich erwachte Jan Behrens früh am Morgen, obwohl sein Urlaub bereits begonnen hatte. Es war noch stockfinster. Er knipste seine Nachttischlampe an und sah auf den Wecker. 6:00 Uhr. Neben ihm schlief Gerda friedlich. Auf dem Rücken liegend, den Mund leicht geöffnet, schnarchte sie leise. Einen Moment betrachtete Jan sie nachdenklich. Sie ist älter geworden, dachte er, er sah neue Falten um ihre Augen und den Mund. Bei mir ist es ja nicht anders, meine Haare sind schon ganz grau und werden immer dünner und krauser. Es wird Zeit, dass ich in Rente gehe.

Dieser Gedanke kam ihm häufig in den Sinn, er malte sich dabei aus, wie es sein würde, wenn er in einem halben Jahr aus dem Dienst ausschied.

Gerda war ja schon seit mehr als drei Jahren zuhause, die Arbeit als Kindergartenleiterin war ihr zu viel geworden. Zuletzt hatte sie immer häufiger über die Lautstärke der tobenden und streitenden Kinder geklagt, dem fühlte sie sich nicht mehr gewachsen. Jetzt genoss sie die freie Zeit, war viel mit ihren Freundinnen unterwegs und ließ keinen Landfrauentermin aus. Wiederholt hatte sie ihm mitgeteilt, wie sehr sie sich auf seine Berentung freute. Sie könnten viel mehr miteinander unternehmen, gemeinsam verreisen, endlich eine Kreuzfahrt machen.

Er sah sich aber lieber allein in seiner Werkstatt. Endlich könnte er den Schrank bauen, den er schon so lange plante. Einen schmalen, hohen Schrank für das Esszimmer, wie ihn sich Gerda schon lange wünschte, im unteren Teil mit drei Schubladen und oben mit zwei Glastüren für das gute Teeservice und die Mokkatassen. Sie hatten häufig in Möbelhäusern nach einem solchen gesucht, aber keinen gefunden, der ihren Vorstellungen entsprach. Er dachte öfter darüber nach, ob er die Türen nicht lieber aus Holz fertigen und mit Intarsien versehen sollte. Er bewunderte die filigranen und ausdrucksvollen Holzeinlegearbeiten Hans-Georg Müllers aus Worpswede, dem über neunzigjährigen Vogeler-Enkel, der immer noch Entwürfe für seine Kunsttischlerei anfertigte. Jan träumte davon, selbst zu schnitzen. Bilder dafür hatte er im Kopf, Vögel und Blumen würden die inneren Felder der Türen füllen.

Und Zeit wünschte er sich, auch für seine Enkel, mit ihnen wollte er ein Baumhaus in der großen Eiche hinten im Garten bauen.

Jan löschte das Licht und versuchte noch einmal einzuschlafen. Er träumte sich nicht in die Rentnerzeit. Die Ereignisse des letzten Abends schoben sich davor. Das weiße Gesicht des Toten mit dem starren Blick stellte sich zuerst ein, dann die Blutlache zu seinen Füßen und die Angst vor dem Mörder, der irgendwo frei herumlief. Und noch einmal spürte er die Erleichterung, als Bernd, Peter und er die beiden Polizisten näherkommen sahen.

Kommissar Köster hatte ihm gefallen. Er erinnerte sich auch gleich an seinen Namen, das passierte nicht mehr allzu oft in der Begegnung mit fremden Menschen. Auch wenn er nicht besonders groß, dazu noch sehr schmal war, wirkte Köster doch eindrucksvoll. Seine Gegenwart und seine bedächtige, klare Art, Fragen zu stellen, strahlten Ruhe aus. Mit seinen dunklen lockigen Haaren und den braunen Augen könnte Köster auch ein Italiener sein, befand Behrens, doch der Hamburger Akzent wies ihn eindeutig als Norddeutschen aus. Vor vier Monaten war er erst nach Osterholz-Scharmbeck versetzt worden. Warum wohl, und noch dazu aus Hamburg?

Jan schob die Frage beiseite. Was hatte der Kommissar alles wissen wollen? In Gedanken ging er das Gespräch noch einmal durch. Dann sah er den Toten wieder vor sich. Der Mörder musste einer der Mitreisenden gewesen sein. Wer auch immer es gewesen war, in seinem Zug, ganz in seiner Nähe war gestern ein Mord geschehen. Jan schauderte es immer noch.

Ein Geräusch riss ihn aus seinen Gedanken. Gerda war aufgewacht und hatte die Decke zurückgeschlagen. Sie suchte im Dunkeln nach ihren Pantoffeln. Dabei schob sie mit ihren Füßen einen gegen den Nachtkasten. Die Lampe darauf schepperte. Jan knipste sein Licht an.

»Hab ich dich aufweckt?«, fragte Gerda schuldbewusst. »Das wollte ich nicht.«

»Nein, ich war schon wach. Dann können wir auch beide aufstehen.«

Gemeinsam verließen sie das Schlafzimmer, zogen im Bad ihre Bademäntel über und gingen in die Küche. Wie jeden Morgen kochte Gerda Kaffee, Jan zündete das Holz im Ofen an und holte die Zeitung herein. Wenig später saßen sie am Tisch und frühstückten.

Gerda blätterte durch den Lokalteil. Ihr Blick blieb an einer Anzeige hängen.

»Guck mal.« So schob das Blatt ihrem Mann hinüber. »Die machen Reklame für eine Fahrt mit der Aida zu den Kanarischen Inseln. Da wollte ich immer schon hin! Und wie die schreiben, gibt es jetzt einen Preisnachlass. Das könnten wir uns doch mal gönnen, wo du jetzt auch in Rente gehst und Zeit hast.«

Genervt winkte Jan an. »Du weißt doch, ich habs nicht so mit den vielen Menschen und dann auch noch so eng auf einem Schiff. Ich will mich auch erst mal erholen und deinen Schrank bauen.«

»Das kannst du doch immer noch, Zeit hast du dann genug. Aber so eine Kreuzfahrt, das würde ich mir so wünschen!« Gerda ließ nicht locker.

»Lass mich damit jetzt in Ruhe.« Ärgerlich ergriff Jan den Zeitungsteil und warf ihn neben den Frühstücksteller seiner Frau. Als er sah, wie sich ihre Miene verfinsterte, lenkte er ein: »Vielleicht später mal. Im Moment kann ich mich nicht damit befassen. Ich muss immer noch an gestern Abend denken.«

Gerdas schien besänftigt. Nachdenklich schaute sie ihren Mann an.

»Das kann ich verstehen«, erwiderte sie. »Mir geht das Ganze auch nicht aus dem Kopf. Aber ich dachte, wenn wir so eine Reise planen, bringt uns das auf neue Gedanken.«

Doch Jan schüttelte den Kopf. »Das hilft mir nicht.« Er griff nach seiner Kaffeetasse und trank einen Schluck. »Dann muss ich auch mal nachfragen, ob jemand den Moorexpress nach Bremervörde gefahren hat. Vielleicht steht er noch in Osterholz-Scharmbeck auf dem Bahnhof. Wer weiß, wie lange die für die Untersuchung gebraucht haben«, erwiderte er. »Ich werde mal bei der Zentrale nachfragen.«

Nach dem Anziehen rief er in Bremervörde an und erfuhr, dass noch nachts um drei ein Kollege dazu abgeordnet worden war, den Moorexpress in das Bahnbetriebswerk zu fahren. Jan merkte, dass der Telefonist gern noch mehr zum letzten Abend erfahren hätte, doch zum Glück musste er einen anderen Anruf entgegen nehmen.

Erleichtert, dass er diesen Auftrag nicht mehr erledigen musste, legte Jan auf. Sein Weihnachtsurlaub konnte beginnen, endlich einmal Zeit, die Tageszeitung ausführlich zu lesen. Derweil suchte Gerda ihr Nähzimmer auf. Sie wollte noch das Kleid für ihre Enkeltochter fertig nähen, ein Weihnachtsgeschenk.

Als Jan aufblickte, sah er Bernd Meyers alten VW Polo die Straße hinauffahren. Meyer hielt am Gartenzaun, stieg aus und lief zur Haustür. Erstaunt ging ihm Behrens entgegen, sein Kollege kam selten unangemeldet. Seit Meyer vor einem halben Jahr von seiner Frau verlassen worden war, hatten ihn Jan und Gerda Behrens öfter zum Essen eingeladen. Das war meistens Gerdas Idee, die spürte, wie einsam der Kollege ihres Mannes war. Doch in letzter Zeit schien sich Meyer wieder wohler zu fühlen. Frau Behrens vermutete, er habe jemand Neues kennengelernt. Die beiden Männer begrüßten einander.

»Ich muss immer an den Toten von gestern denken«, versuchte Meyer sein Kommen zu erklären. »Ich muss unbedingt noch einmal mit dir darüber reden. Oder komme ich ungelegen?«

»Nein, nein«, erwiderte Behrens hastig. »Auch ich bin noch damit beschäftigt. Geht mir genauso. Magst du einen Kaffee?«

Wenig später saßen beide Männer am Küchentisch, heiße Becher vor sich. Meyer begann:»Das ist das erste Mal, dass ich einen Toten gesehen habe.«

»Ich auch. Schrecklich war das. Und wer hat ihn umgebracht? Das geht mir nicht aus dem Kopf. Es muss der Mann sein, der neben ihm saß«, vermutete Behrens nachdenklich.

»Deshalb hatte er es auch so eilig und ist als Erster aus dem Zug«, ergänzte Meyer.

»Und das junge, verliebte Paar hat nichts mitbekommen? Kannst du dir das vorstellen?«, fragte Behrens.

»Die haben doch dauernd geknutscht.«

Behrens lehnte sich zurück und atmete tief durch. Im nächsten Moment setzte er sich wieder auf.»Willst du noch einen Kaffee?«

Während er beiden nachgoss, wechselte er das Thema.»Hast du was von Peter gehört? Wie gehts ihm wohl damit?«

»Nein«, erwiderte Meyer nachdenklich.»Soviel ich weiß, ist er heute früh mit seiner Frau nach Ostfriesland gefahren. Sie hat dort Verwandte und es ist immer viel los, das wird ihn ablenken. Jedenfalls hat er sich nicht mehr bei mir gemeldet.«

In diesem Moment trat Gerda Behrens ein, das fertige Mädchenkleid in der Hand.»Bernd, welche Überraschung! Schön, dass du uns besuchst!«

Beide umarmten sich.»Ich dachte, ich komme mal vorbei, bei mir fängt jetzt doch auch der Urlaub an. Und ich wollte gerne noch mal mit Jan über gestern Abend schnacken.«

»Magst du zum Essen bleiben?«, fragte Gerda ihren Gast. Doch dieser winkte ab.

»Nein, danke. Ich muss zu Hause aufräumen. Und habe heute Nachmittag noch was vor.«

Meyer verabschiedete sich schnell von den beiden und lief eilig zu seinem Wagen. Nachdenklich schaute ihm Gerda hinterher.»Aha, das klingt nach einer Verabredung. Ich glaube, der hat wirklich eine Neue.«

Ihr Mann schüttelte den Kopf.»Wie du auch immer auf so was kommst. Vielleicht plant er auch etwas ganz anderes.«

Doch Gerda war sich ganz sicher. Lächelnd erwiderte sie: »Nein, verlass dich da mal nur ganz auf mich, das habe ich im Gefühl. Das ist weibliche Intuition.« Und sie zeigte Behrens stolz das fertige mit Spitzen besetzte Kleidchen für die Enkelin.

15. Juni 1943

Kurz vor der deutschen Grenze
Auf einem abgelegenen Bahnhof hatten wir übernachtet und lagen eng beieinander auf dem nackten Boden des Waggons. Wir hatten uns mit den wenigen Decken zugedeckt, die uns die Bewacher hingeworfen hatten. Zum Glück wurde es nicht mehr so kalt. Dennoch spürte ich, wie die feuchte Luft durch die Bodenritzen aufstieg, und ich fror. Dazu der ständige Hunger. So wachte ich früh auf und war froh, als jemand die schwere Waggontür öffnete und wir den Bahndamm als Toilette benutzen durften. Ich versuchte zu vergessen, dass die Männer uns dabei zusahen. Eine Flucht war nicht möglich, wir wurden keinen Moment allein gelassen. Aber wo sollten wir auch hin? Um uns herum war fremdes Land. Und wenn wir doch den Weg nach Hause zurückfinden würden, steckten sie uns wahrscheinlich in den nächsten Zug nach Deutschland.

An diesem Morgen konnten wir auch den Toiletteneimer ausleeren. Er war aber immer schnell wieder voll und es stank trotz des Deckels fürchterlich. Der Wassereimer wurde aufgefüllt, er musste für den Tag reichen. Zum Frühstück wurde nur trockenes Brot verteilt. Am Abend war es nicht anders. Zwei Tage zuvor hatten wir mehr Glück gehabt: Bei einem Halt erhielt jede von uns einen Teller und eine alte Frau schenkte Suppe aus. Wir bedankten uns, aber die Frau mit dem karierten Kopftuch schaute uns kaum an.

Inzwischen wussten wir, dass im Zug noch viele andere junge Leute aus der Ukraine mitfuhren. Unser Waggon war der letzte, in den zwei benachbarten hatten sie junge Männer aus unserer Stadt untergebracht.

Die Wachmänner achteten sehr darauf, dass wir getrennt blieben, dennoch erkannte ich einige Jugendliche wieder, darunter drei ehemalige Mitschüler. Ich schaffte es gerade noch, ihnen zuzuwinken, bevor wir in unseren Waggon zurück gejagt wurden.

Die Schiebetür schloss sich und der Zug fuhr wieder an. Keiner wusste, wie lange die Reise noch dauern sollte. Die Fahrt erschien uns endlos. Tatjana und ich saßen wie immer eng beieinander und träumten vor uns hin. »Weißt du noch, wie es war, als wir vor Weihnachten das letzte Mal in unserer Klasse waren?«, fragte Tatjana.

Ich nickte. »Wir haben uns voneinander verabschiedet und uns auf Weihnachten gefreut. Keiner hat damit gerechnet, dass die Schulen im Januar geschlossen würden.«

»Und dass es immer noch so ist. Wenn mir jemand früher gesagt hätte, dass mir die Schule einmal fehlen würde«, seufzte Tatjana.

»Jetzt wären bald Sommerferien und dann hätten wir noch ein Jahr bis zu unserem Abschluss. Daraus wird wohl nichts. Ich dachte gerade daran, wie stolz Mama war, als ich das Stipendium für das Gymnasium bekommen hatte. Ich wollte doch selbst Lehrerin werden.«

»Wenn der Krieg zu Ende ist, wird die Schule sicher wieder geöffnet. Dann können wir bestimmt die Zeit nachholen«, tröstete mich Tatjana. »Wir müssen nur noch die Zeit in Deutschland überstehen.«

Ich schwieg. Wie so oft bewunderte ich Tatjanas Optimismus. Dieser schreckliche Krieg hatte so viel Unglück über unser Land und unsere Familien gebracht. Von Papa und Boris gab es seit Monaten keine Nachricht mehr. Sie kämpften seit zwei Jahren auf Seiten der russischen Armee. Vor drei Monaten erreichte uns die Nachricht vom Tod meines jüngeren Bruders Pjotr. Seither zuckte Mama jedes Mal zusammen, wenn sich der Postbote unserem Haus näherte. Jetzt war ich auch noch fort und sie ganz allein.

Ich wurde immer trauriger und verzweifelte. Eines der Mädchen begann zu summen, ein anderes stimmte ein. Jetzt erkannte ich das Lied: »Trägt Halja Wasser«. Nach kurzer Zeit sangen wir fast alle mit. Das Lied handelt von Halja, einem Mädchen, das Wasser am Schulterjoch trägt. Iwanko, ein junger Mann, will davon trinken. Sie gibt ihm nichts, lädt ihn stattdessen in ihren Garten ein. Dort erscheint sie aber nicht, es singt nur der Kuckuck.

Noch andere Lieder kamen uns in den Sinn, die wir gemeinsam anstimmten. Mir wurde etwas leichter ums Herz.

20. Dezember 2015, 10:00 Uhr

Osterholz-Scharmbeck, Polizeikommissariat
Peter Köster schaute aus dem Fenster seines Büros. Ihm fror beim Blick auf die kahlen Bäume der gegenüberliegenden Straßenseite. Kein Mensch war an diesem Sonntagmorgen zu sehen. Die Kleinstadt schlief noch und innerlich schlief er mit. Die Nacht war zu kurz gewesen. Was ihn etwas versöhnte, waren die Stille und der sonntägliche Frieden, der auf den Straßen und in der Luft lag.

Es klopfte, fast gleichzeitig öffnete sich die Tür und Kruse trat ein. »Morgen. Die Verdener kommen gleich.« Kruse schnaufte, zog ein Taschentuch aus der Hosentasche und fuhr sich damit über sein schweißnasses Gesicht und die kurzen, blonden Haare. Er war anscheinend gerannt, um noch pünktlich zur Sitzung zu erscheinen. Das blieb bei der kräftigen Statur des Kommissars nicht ohne Folgen. Köster sah, dass sich das Hemd über dem Bauch seines Kollegen spannte.

Ihm folgte Anne Grotheer, eine junge Kommissarin. Wie immer trug sie ihre langen blonden Haare zu einem Pferdeschwanz zurückgebunden. Einige kürzere Haare hatten sich gelöst und lockerten die strenge Frisur auf. Zur Jeans trug sie eine hellblaue Bluse und eine dunkelblaue Jacke. Dennoch erschien sie Köster anders als sonst, die runden Wangen gerötet, die blauen Augen weit geöffnet.

»Deine erste Mordkommissionssitzung?«, fragte Köster.

Anne Grotheer nickte verlegen. »Das ist weniger aufregend als du denkst.« Köster lächelte sie aufmunternd an. »Auch wenn die Verdener dabei sein werden«, fuhr er fort. »Du weißt ja, dass unsere beiden Dienststellen zusammengelegt wurden. Die Leitung der Mordkommission übernehmen immer die Verdener.« Köster erhob sich, nahm sein

Jackett vom Schreibtischstuhl und folgte den beiden Ermittlern. Im diesem Augenblick hörten sie Stimmen aus dem Treppenhaus und beeilten sich, die Verdener Kollegen abzuholen. Eine Gruppe von drei Männern und zwei Frauen kam ihnen entgegen. Eine schlanke, hoch gewachsene Frau trat auf Köster zu und begrüßte ihn:»Da sind wir also. Ich bin Gisela Schmidt, Sie erinnern sich sicherlich. Ich leite gegenwärtig die Mordkommission.«

»Ja, natürlich. Schön, dass Sie da sind.« Köster musterte die Kriminalhauptkommissarin für einen Augenblick. Sie war etwas größer als er. Zum ordentlichen Kurzhaarschnitt passte der korrekte Sitz des dunkelblauen Hosenanzugs. Er entdeckte aber auch Lachfältchen um ihre hellen Augen. Anscheinend war sie in seinem Alter, vielleicht auch ein paar Jahre jünger. Nachdem sie kurz die Hände geschüttelt hatten, stellte Schmidt ihre Mitarbeiter vor:»Das sind die Kommissarin Inge Mertens, die Oberkommissare Völkel und Bayer sowie Kommissar Brunner. Mehr konnten heute nicht kommen, da bereits einige Kollegen ihren Weihnachtsurlaub angetreten haben. Unsere Staatsanwältin Frau Lemke ist leider verhindert.«

Gemeinsam setzten sie den Weg zum Besprechungszimmer fort. Kösters Blicke schweiften durch den Raum. Auf den im Halbkreis aufgestellten Tischen standen bereits Wärmekannen mit Kaffee und Tee sowie Tassen, Milch und Zucker, dazu einige Schälchen voller Kekse, Anne Grotheers Werk. Anerkennend nickte er der jungen Kollegin zu. Sie lächelte und errötete wieder.

Der Raum war gut geheizt, die Luft etwas stickig. Auch Kruse schien dies zu bemerkten und öffnete zwei Fenster zum Lüften. Die Kollegen nahmen Platz. Anne Grotheer forderte die Gäste auf, sich zu bedienen. Köster trank einen Schluck und studierte die Gesichter der Verdener. Rainer Völkel war der Beau der Gruppe, dichtes blondes Haar und ein ebenmäßiges Gesicht, dazu war er groß gewachsen und schien gut durchtrainiert. Köster schätze ihn auf Anfang vierzig.

Neben Völkel saß Harald Bayer, er schien deutlich zurückhaltender als sein munterer Kollege. Hinter den kleinen Brillengläsern entdeckte Köster wache, ernste Augen. Er war fast so groß wie Völkel, dabei aber hager und hatte eine Stirnglatze. Inge Mertens wärmte ihre Finger an der Tasse und sprach angeregt mit Hans Brunner. Ihre halblangen Haare sahen etwas zerzaust aus, Köster entdeckte ihre Wollmütze auf einem freien Stuhl neben ihrem Platz. Sie war von untersetzter Statur, trug bereits einige graue Strähnen. Köster schätzte sie auf Anfang 50.

Brunners dünne Haare waren schon völlig weiß. Dagegen wirkte sein rundes Gesicht noch erstaunlich jung. Seine Pensionierung war sicher nicht mehr weit entfernt.

Köster wurde in seinen Beobachtungen unterbrochen, als die Leiterin der Mordkommission mit dem Löffel gegen ihre Tasse klopfte. »Dann wollen wir mal beginnen«, eröffnete sie die Besprechung. »Wir sind hier zusammengekommen, um den Tod eines Mannes aufzuklären, der im Moorexpress aufgefunden wurde. Dieser war gerade in den Osterholz-Scharmbecker Bahnhof eingefahren. Deshalb treffen wir uns hier und nicht in Verden. Alles deutet auf ein Tötungsdelikt hin, aber wir wollen noch keine voreiligen Schlüsse ziehen. Hauptkommissar Köster und Oberkommissar Kruse waren als Erste am Tatort. Bitte berichten Sie uns kurz, wann Sie von dem Ereignis erfuhren und was Sie vorgefunden haben.«

Köster atmete tief durch und berichtete von seiner ersten Untersuchung der Leiche.

»Wann traf die Spurensicherung ein?«

»Nach einer Stunde. Die Spusi suchte erst mal nach Fingerabdrücken, Patronen und nach der Tatwaffe. Letztere fanden sie nicht, aber in der Rückenlehne des Sitzes steckte eine Patrone und direkt unter dem Fenster lag die dazugehörige Hülse. Der Rechtsmediziner Dr. Bartels stellte als Todesursache eine Schussverletzung fest, der Todeszeitpunkt lag vermutlich zwischen 18 und 19 Uhr. Die Kugel hat das Herz durchschlagen; das Opfer verblutete innerhalb kürzester Zeit.«

Einen Moment dachte Gisela Schmidt nach, trank einen Schluck Kaffee und wandte sich erneut an Köster. »Sie haben doch sicher die drei Bahnangestellten befragt. Konnten sie etwas zum Tathergang berichten?«

Köster nickte und schaute Kruse an. »Der Kollege hat mitgeschrieben. Er kann am besten zusammenfassen, was die drei aussagten.«

Ein wenig nervös blätterte Kruse in seinem Block und begann seinen Bericht: »Der Zug startete um 11:00 Uhr in Osterholz-Scharmbeck und erreichte Stade um 13:09 Uhr. Von dort ging es um 17:40 Uhr wieder zurück in die Kreisstadt, Ankunft dort um 19:07 Uhr. Das Opfer war auf der gesamten Fahrt, also auf dem Hin- und Rückweg, dabei und saß auf der Bank in der Mitte des Zuges auf der Rückseite des Toilettenabteils.«

Als Kruse den Begleiter des Toten beschrieb, waren alle hellwach.

»Dieser Mann scheint auf jeden Fall tatverdächtig zu sein«, folgerte Gisela Schmidt. »Wie sieht es mit der möglichen Tatzeit aus?«

Kruse blätterte durch sein Notizbuch, bis er die richtige Seite fand. »Kurz nach dem Halt in Bremervörde sah der Zugbegleiter ihn das letzte Mal wach. Das war etwa 18:10. Uhr. In Gnarrenburg schien er zu schlafen. Dort stieg eine junge Frau mit Kinderwagen aus, die Hilfe brauchte. Das war um 18:26 Uhr. Um 19:15 Uhr kam der Zug auf dem hiesigen Bahnhof an. Etwa fünf bis zehn Minuten brauchten die Passagiere, um auszusteigen. Dann fuhr der Zug auf ein Nebengleis. Etwa um 19:25 Uhr begann der Zugbegleiter mit dem Aufräumen des ersten Abteils, packte den Müll in Säcke. Fünf Minuten später betrat er den hinteren Waggon und entdeckte gegen 19:30 Uhr den Toten.«

»Als der Moorexpress zum Nebengleis gefahren wurde, war anscheinend außer den Bahnbeamten und dem Toten niemand mehr im Zug. Also muss der Mann spätestens nach dem Verlassen des letzten Fahrgastes ermordet worden sein, also 19:17 Uhr. Somit kann dies nur in der Zeit zwischen 18:10 und 19:17 Uhr geschehen sein«, folgerte Köster.

»Eine Stunde und sieben Minuten.«, rechnete Brunner aus. »Kein langer Zeitraum.«

»Ich denke, wir müssen davon ausgehen, dass der Mörder noch weniger Zeit hatte«, erwiderte Köster nachdenklich. »Zwischen Gnarrenburg und Worpswede war der Waggon noch voll besetzt, da hätte der Mörder sein Opfer kaum unbemerkt erschießen können. In Worpswede stiegen fast alle Mitreisenden aus. Laut Aussage des Zugbegleiters blieben außer dem Opfer und seinem Begleiter noch zwei Personen im Zug. Daher können wir davon ausgehen, dass der Mord auf dem Streckenabschnitt zwischen Worpswede und Osterholz-Scharmbeck geschah, und das zwischen 18:55 und 19:15 Uhr.«

Die Kommissionsleiterin nickte anerkennend. »Gut. Wer war denn da noch außer dem Opfer im Abteil?«

Kruse berichtete von dem jungen Pärchen.

»Sie könnten ihren Platz verlassen und das Opfer getötet haben. Wie wir gerade gehört haben, hatte sie der Zugbegleiter nicht die ganze Zeit im Blick«, sagte Bayer.

Köster nickte. »Das sehe ich auch so. Aber das hätte dann der Begleiter des Opfers mitbekommen. Und er verließ als Erster den Zug. Das macht ihn verdächtig. Da das Pärchen sehr mit sich beschäftigt war, können wir davon ausgehen, dass sie nichts von dem Mord mitbekommen haben.«

»Oder alle drei haben den Mord gemeinsam geplant und einer von ihnen hat ihn ausgeübt.« Bayer schien den Gedanken an eine Tatbeteiligung der beiden nicht loszulassen.

»Es könnte auch jemand von außen schnell in Worpswede oder Osterholz-Scharmbeck in den Zug gehuscht sein und den Mann erschossen haben. Vielleicht auch aus dem vorderen Waggon«, sagte Mertens. »Wenn er einen Schalldämpfer benutzt hat, muss es keiner mitbekommen haben.«

»Eher unwahrscheinlich«, erwiderte Köster. »Die Bahnsteige waren erleuchtet und die beiden Zugbegleiter scheinen ihre Abteile an den Haltestellen gut im Auge gehabt zu haben.«

Gisela Schmidt zog ihre Stirn kraus. »Aber es ist auch nicht ausgeschlossen. Zunächst haben wir drei Verdächtige. Von ihnen gibt es nur eine vage Beschreibung. Wenn ich es richtig verstanden habe, kannte der Zugführer niemanden persönlich. Sie zu finden, wird nicht einfach sein.«

Anne Grotheer räusperte sich. »Vielleicht haben einige der Mitfahrer die Fahrkarten mit Kreditkarte bezahlt, im Internet oder auch am Schalter. Dann könnten wir Namen und Anschrift herausfinden.«

Überrascht schaute Gisela Schmidt sie an. »Eine gute Idee, Frau Grotheer. Wie wäre es, wenn Sie zusammen mit Kommissar Bayer diese Spur verfolgen und danach recherchieren?«

Eifrig nickte Anne, schaute kurz zu Bayer hinüber und senkte verlegen den Blick in ihre Kaffeetasse.

»Dann müssen wir jetzt noch auf die Berichte der Rechtsmedizin und der Spurensicherung warten. Hoffentlich ergeben sie Hinweise auf die Identität des Toten. Das heißt, wir können die Sitzung für heute beenden.«

Gisela Schmidt wandte sich an Köster und Kruse. »Es wäre gut, wenn Sie gleich ein Protokoll Ihrer bisherigen Ermittlungen erstellen und uns per Mail zuschicken.«

Kruse und Köster nickten.

»Morgen um 15 Uhr sollten wir uns wieder hier treffen. Dann dürfte es bereits neue Erkenntnisse geben. Ich wünsche Ihnen noch einen schönen Restsonntag.«

Die Kommissionsleiterin erhob sich, ihr folgten die anderen Polizeibeamten. Gleich begann Anne Grotheer die Kaffeetassen zusammenzuräumen, wurde aber von Harald Bayer unterbrochen, der sie auf die gemeinsame Recherche zum Fahrkartenkauf ansprach. Er schrieb ihr seine Mailadresse auf einen Zettel und notierte ihre.

Gisela Schmidt trat auf Peter Köster zu und reichte ihm lächelnd ihre Hand: »Ich möchte gerne, dass Sie, Herr Kruse und Frau Grotheer, in diesem Fall in der Mordkommission mitarbeiten und werde das unverzüglich mit den Dienststellen in Verden und Osterholz-Scharmbeck regeln. Auf eine gute Zusammenarbeit.«

22. Dezember 2015, 9:00 Uhr

Hamburg, Institut für Rechtsmedizin
Pünktlich zum vereinbarten Termin erreichte Köster die Straße Butenfeld und fand sogar einen Parkplatz beim Eingang des Instituts für Rechtsmedizin des Universitätsklinikums Hamburg. Er hatte sich um kurz nach sieben auf den Weg gemacht, wohl wissend, dass er für den Elbtunnel um diese Zeit länger brauchen würde. So war es denn auch, der Stau reichte weit zurück, wieder einmal war eine Röhre geschlossen.

Die Fahrt war anstrengend gewesen, es war nicht nur total finster, sondern auch noch nass. In der Nacht hatte es zu regnen begonnen und nicht wieder aufgehört. Die Wettervorhersage hatte einmal mehr recht behalten, stellte Köster fest. Die Scheibenwischer arbeiteten unentwegt. Dazu wurde die Sicht durch entgegenkommende Autos getrübt, deren Licht Köster blendete und die mit ihren Reifen noch mehr Wasser auf die Windschutzscheibe beförderten. Er näherte sich seiner Heimatstadt mit gemischten Gefühlen. Als er Eppendorf erreichte, fuhr er durch die ihm vertrauten Straßen und war froh, sich auf den dichten Verkehr konzentrieren zu können.

Wie oft war er diese Wege gelaufen, ganz in der Nähe lag seine erste Wohnung, die er mit ein paar anderen Studenten gemietet hatte. Dort war vor vielen Jahren Sabine aufgetaucht, die Freundin seines Mitbewohners Günther hatte sie mitgebracht. Sabine trug hohe Stiefel, einen schwingenden bunten Rock und offene lockige Haare. Sie lachte viel und trank auch eine Menge Wein. Kein Wunder, dass Köster sich gleich in sie verliebt hatte.

Wie sehr sie sich verändert hatte!

Dabei fielen ihm seine Söhne ein, ein tiefer Schmerz erfüllte ihn und drückte auf seinen Magen. Die Trennung von ihnen war das Schlimmste. Dabei waren sie ihm schon vor seinem Auszug aus dem Weg gegangen. Sie hassten die ewigen Streitereien zwischen ihren Eltern. Sabine hatte ihnen dazu häufig genug zu verstehen gegeben, wie enttäuscht sie über ihren Ehemann war. Er erinnerte sich nur ungern daran, wie oft er einen gemeinsamen Ausflug hatte absagen müssen oder die zugesagte Betreuung der Kinder nicht hatte übernehmen können, da er zu einem neuen Mordfall ins Kommissariat gerufen worden war. Er hatte ständig darunter gelitten, zu wenig Zeit für seine Familie zu haben und seine Frau zu selten entlasten zu können.

Nachdem er sich entschieden hatte, den häufigen Auseinandersetzungen mit Sabine ein Ende zu bereiten, war ihm die Anfrage eines Osterholz-Scharmbecker Kollegen in die Hände gefallen. Dieser hatte seine Versetzung nach Hamburg beantragt, da seine Frau ein Haus in der Hansestadt geerbt hatte. Beide Dienststellen lagen in verschiedenen Bundesländern, damit war diese Versetzung nur im Rahmen eines Stellentausches möglich. Als Köster dies las, dachte er daran, dass ihm ein Neubeginn anderswo die Trennung erleichtern könnte. Auf diese Weise würde er Abstand von Hamburg gewinnen, wo er auf Schritt und Tritt an Sabine erinnert wurde. Köster hatte nicht gewusst, wo dieses Osterholz-Scharmbeck lag, er hatte erst einmal auf der Landkarte nachsehen müssen. Immerhin lag Bremen in der Nähe, eine Stadt, die er bei früheren Besuchen kennen- und schätzen gelernt hatte. Kurz entschlossen hatte er den Antrag auf Stellentausch gestellt und war vor vier Monaten umgezogen.

Einen Moment dachte er daran, ob die Zeit noch reichen würde, sich mit seinen Söhnen zu verabreden. Doch dann fiel ihm ein, dass sie wie jedes Jahr bereits mit seiner Frau auf Sylt waren.

In seiner Hamburger Kripo-Zeit hatte er nicht wenigen Leichenschauen beigewohnt. Als er den gefliesten Saal betrat, schlug ihm der wohlbekannte unangenehme Geruch entgegen. Er versuchte wie früher, nur durch den Mund zu atmen.

Dr. Bartels begrüßte ihn. »Moin Köster, lange nicht mehr gesehen. Sie kommen gerade rechtzeitig, ich wollte gleich angefangen.«

Ein Assistent des Gerichtsmediziners reichte Köster den blauen Kittel. Wenig später trat der Kriminalkommissar zum Seziertisch und beobachtete, wie Bartels den nackten Körper des Toten betrachtete. »Ich schätze ihn auf 65 bis 70 Jahre. Er könnte aber auch schon über 70 sein. Er ist 1,75 m groß, schlank mit leichtem Bauchansatz, dünne Beine. Wie Männer in dem Alter häufig aussehen. Guter körperlicher Allgemeinzustand.«

Sein Blick konzentrierte sich auf das schwarze Loch im Brustkorb des Mannes.

»Der Schuss ist direkt ins Herz gedrungen und hat den Brustraum durchschlagen. Das Opfer hat sehr schnell viel Blut verloren, ist innerhalb weniger Minuten gestorben.«

Bartels deutete auf eine Narbe rechts unterhalb des Bauchnabels. »Die Blinddarm-OP liegt schon ziemlich lange zurück. Äußerlich sind keine weiteren Anzeichen für Operationen zu entdecken.« Der Arzt blickte auf. »Ihr seid vor allem an der Identität des Toten interessiert? Wie ich gehört habe, hatte er keine Papiere bei sich. Da sollten Sie sich erst mal seine Kleidung ansehen.« Er deutete auf einen Tisch hinter sich. Köster zog sich Gummihandschuhe über, öffnete den ersten Plastiksack, holte den ordentlich zusammengelegten Mantel heraus und faltete ihn vorsichtig auseinander. Während er von außen völlig sauber erschien, war die linke Futterseite blutdurchtränkt.

»Schauen Sie sich das Etikett an«, forderte Bartels den Kommissar auf.

Köster folgte seinem Vorschlag. »Boss«, las er.

»Und jetzt der Anzug.«

Köster öffnete die nächste Tüte. Sein Blick fiel sofort auf das schwarze Einschussloch im Jackett, rundherum Schmauchspuren. Es war voller Blut, ebenso die Hose. In beiden fand er den Boss-Schriftzug, auch im Oberhemd.

»Da staunen Sie, was?« Bartels hatte ihm die ganze Zeit zugesehen. »So feine Klamotten. Und alles fast neu. Jetzt sehen Sie sich die Unterwäsche an.«

Im weißen Feinrippslip ebenso wie im Unterhemd entdeckte der Kommissar eingenähte Stoffstreifen mit kyrillischer Schrift.

»Können Sie das entziffern?«

Köster schüttelte den Kopf.

»Ich auch nicht. Ich weiß nicht mal, in welcher Sprache das geschrieben ist. Könnte russisch sein. Das werden Sie sicher herausbekommen.«

Zuletzt nahm Köster die Schuhe in die Hand, feste schwarze Wanderschuhe mit einem Aufdruck an der Seite. »Baak«, las er. »Die Marke kenne ich nicht. Da werden wir auch recherchieren müssen«, fügte er hinzu.

»Passt irgendwie nicht zusammen, Boss-Kleidung und die einfache Unterwäsche, die anscheinend auch noch aus dem Osten stammt«, sinnierte Bartels. Er wandte sich wieder der Leiche zu und öffnete ihren Mund. »In dem Gebiss befindet sich einiger Zahnersatz. Die Brücken scheinen mir keine deutsche Arbeit zu sein, ich schätze auf eine

Fertigung in einem östlichen Land. Das werde ich mir später noch genauer anschauen. Doch jetzt gucken wir erst mal nach innen.«

Als Bartels Assistent die Säge im Brustraum des Toten ansetzte, schloss Köster die Augen. Das war der ihm bekannte Moment, an dem er sich an einen Platz ganz weit weg wünschte.

18. Juni 1943

Weg zum Übergangslager
Noch einmal hielt der Zug an einem kleinen Bahnhof, laute Stimmen brüllten Befehle, wir wurden aufgefordert den Zug zu verlassen und in Viererreihen Aufstellung zu nehmen. Ich sah ein rotes Klinkergebäude auf der rechten Seite, vor dem ein Mann in Uniform stand und uns anschaute. Er trug keine Soldatenuniform, vielleicht war er ein Polizist.

Unsere Gruppe war als letzte dran. Vor uns standen die jungen Männer, die wir bereits öfter in den Pausen am Bahndamm gesehen hatten. Darunter auch Slavo, ein Schüler aus der Abschlussklasse des Jungengymnasiums, der alle anderen überragte. Wir hatten unterwegs schon öfter kurze Blicke gewechselt, auch er schien mich wiedererkannt zu haben. Auf einem der Frühlingsfeste war er mir aufgefallen, doch er hatte sich mehr für ein anderes Mädchen aus meiner Klasse interessiert.

Jetzt drehte er sich um und schaute mich an. Er hatte sich verändert, das Gesicht war schmaler als früher und blass, dazu noch die Bartstoppeln im Gesicht. Aber seine Augen leuchteten, als er mich ansah. Nur für einen Moment, denn es ertönte der Befehl zum Abmarsch, unser Zug setzte sich langsam in Bewegung.

Endlich nicht mehr in dem stickigen Waggon, ich genoss die frische Luft und das Laufen, auch wenn der Hunger immer schlimmer wurde. Wir liefen eine Klinkerstraße entlang. Rote Bauernhäuser mit Strohdächern standen an unserem Weg. In den Gärten blühten Blumen, ich entdeckte dazu kräftige Kohl- und Salatköpfe, den Menschen hier schien es gut zu gehen. Einige der Bewohner standen vor den Türen, vor allem ältere Männer und Frauen. Ich sah, wie zwei Kinder auf uns zeigten und von ihrer Mutter ins Haus zurückgeschickt wurden.

Hinter dem Dorf tauchten Felder auf. In sandigen Böden wuchsen Roggen und Hafer, auf den saftigen Wiesen grasten kräftige schwarz gefleckte Kühe mit dicken Eutern.

Die Sonne stand inzwischen hoch am Himmel, es wurde heiß. Durst und Hunger quälten uns alle. Geschwächt durch das lange Sitzen und Liegen im Zug und das wenige, das wir zu essen bekommen hatten, fürchtete ich jeden Moment umzufallen. Fest umklammerte ich Tatjanas Hand. »Ich kann nicht mehr«, flüsterte ich. Tatjana schaute mich an und nickte. »Ich auch nicht.«

In diesem Moment stockte der Zug. Wir bogen in einen Feldweg ein. Endlich wurde Wasser ausgegeben. Jeder erhielt eine Kelle voll, dann mussten wir weitermarschieren.

Wir erreichten ein Lager, das von einem Stacheldrahtzaun umgeben war. Ein hohes Eisentor wurde für uns geöffnet, dahinter entdeckten wir mehrere flache Gebäude. Auf einem kahlen, lehmigen Platz wurden wir aufgefordert uns aufzustellen; wir wurden von den Männern getrennt und in verschiedene Baracken gebracht. Hier mussten wir uns nackt ausziehen und unsere Kleidung abliefern. Wir wurden entlaust und anschließend von Ärzten und Krankenschwestern untersucht. Nachdem wir unsere nach Desinfizierungsmitteln stinkenden Sachen zurückbekommen hatten, konnten wir uns endlich wieder anziehen. Anschließend schrieben zwei Männer unsere Namen, unser Alter und noch andere Daten auf Karteikarten. Es war schon Abend, als uns eine Baracke zum Schlafen zugewiesen wurde. Hier erhielt jede von uns ein Bett mit einer Decke, einen Blechteller und -becher. Im Hof gab es eine Pumpe, an der eine von uns für unsere Baracke in einem Eimer Wasser abfüllen durfte. Am Abend gab es endlich etwas zu essen, Tatjana, ein weiteres Mädchen und ich holten einen Topf Suppe und Brot aus der Kantine und teilten beides unter unseren Mitbewohnerinnen auf. Auch wenn der Eintopf fade schmeckte, wurden wir endlich einmal alle satt. Todmüde bezogen wir unsere Pritschen und schliefen sofort ein.

Osterholz-Scharmbeck, Polizeikommissariat
Außer Atem erreichte Köster seine Dienststelle und öffnete die Eingangstür. Auf dem Rückweg von Hamburg wurde er zum Glück von keinem Stau mehr aufgehalten. Im Radio hatte er noch rechtzeitig von dem Unfall in der Nähe von Stuckenborstel erfahren und war daher schon in Bockel abgefahren.

Auf dem Weg zum Sitzungszimmer begegnete ihm Anne Grotheer, sie trug eine große Thermoskanne gefüllt mit Kaffee. Sie begrüßten einander und setzten den Weg gemeinsam fort. Ihnen folgte Kruse, unter seinem Arm klemmte eine Mappe. Er legte sie auf den Tisch, öffnete sie und zog einen Stapel bedruckter Papiere heraus. »Die Protokolle.« Am Sonntagnachmittag hatten Kruse und er das Ergebnis der Ermittlung zusammengefasst und per E-Mail versendet, Kruse hatte es am Vormittag noch einmal für alle ausgedruckt. Köster nickte anerkennend.

Kurz nachdem Kruse die Papiere auf den Tischen verteilt hatte, betraten die Verdener den Raum. Sie waren fast vollständig erschienen, es fehlte wieder nur die Staatsanwältin, und nahmen erneut die Plätze vom Vortag ein. Wie schnell sich Gewohnheiten herausbilden, stellte Köster für sich fest und schmunzelte.

Gisela Schmidt blickte in die Runde. »Gibt es etwas Neues?«

Rainer Völkel ergriff das Wort: »Ja. Gleich heute Morgen erhielt ich den Bericht der KTU: Die Spurensicherung fand Unmengen von Fingerabdrücken, darunter einige des Opfers. Bei der Überprüfung zeigte sich, dass keiner der Mitreisenden schon mal kriminaltechnisch in Erscheinung getreten ist.«

»Oder der Mörder ist ein Profi und trug Handschuhe«, wandte Inge Mertens ein.

»Kann sein«, stimmte die Leiterin der Mordkommission zu. »Noch wissen wir zu wenig, um daraus Schlüsse zu ziehen. Fahr bitte fort, Rainer.«

Dieser nickte und schaute kurz in die Runde: »In den Mantel-, Hosen- und Jacketttaschen des Toten befand sich nichts, was auf seine Identität hinweist, keine Ausweispapiere oder Schlüssel, kein Handy. Der Mörder scheint alles mitgenommen zu haben. Wie wir ja schon gehört hatten, stellte die Spurensicherung die Kugel sicher, sie hat den Oberkörper des Mordopfers durchschlagen und steckte in der Rückenlehne fest, eine 9-Millimeter-Patrone. Die Patronenhülse wurde ebenfalls gefunden, nicht aber die Waffe. So wird erst die Ballistik herausfinden müssen, womit der Mann erschossen wurde. Die Leute von der Spurensicherung gehen davon aus, dass der Mord mit einer Pistole mit Schalldämpfer erfolgte, die direkt auf das Herz aufgesetzt wurde. Darauf weisen die Schmauchspuren hin, die an seiner Kleidung gefunden wurden. Da keiner vom Zugpersonal etwas vom Schuss hörte, liegt diese Vermutung ebenfalls nahe.«

»Gut«, befand die Kommissionsleiterin. »War das alles von der Spurensicherung?«

Völkel nickte.

»Gibt es schon erste Informationen aus der Gerichtsmedizin?«

Jetzt sprach Köster: »Ich war heute Vormittag in Hamburg, Dr. Bartels führte die Obduktion durch. Einige Ergebnisse habe ich schon mitgebracht.« Der Kommissar berichtete von den ersten Erkenntnissen zu Schussverletzung, Zahnstatus und Kleidung des Toten.

»Die kyrillische Schrift in der Unterwäsche und der Zahnersatz deuten auf eine mögliche Herkunft des Opfers aus einem östlichen Land hin«, folgerte er.

Die Ermittlungsleiterin hatte mitgeschrieben. »Baak? Von einer Schuhmarke diesen Namens habe ich noch nie gehört. Hans, bitte versuche herauszufinden, was das für eine Schuhmarke ist und wo sie hergestellt wird.«

»Mach ich.« Brunner notierte sich den Namen.

»Wer könnte die kyrillische Schrift auf dem Etikett der Unterwäsche entziffern?«, fragte Gisela Schmidt.

Inge Mertens meldete sich zu Wort. »Ich kenne eine Kollegin in Bremen, die aus Weißrussland stammt.«

»Ich habe Bilder davon gemacht, die werde ich dir per Mail schicken. Dann kannst du sie an die Kollegin weiterleiten«, wandte sich Köster an Mertens.

»Gut. Gibt es etwas Neues zu den Verdächtigen?«

»Ja. Wir wollten zunächst herausfinden, wo die Mitreisenden ihre Tickets gekauft haben könnten. Es gibt tatsächlich 13 Vorverkaufsstellen für die Moorexpress-Fahrkarten: zwei in Bremen, zwei in Bremervörde, und jeweils eine in Buxtehude, Deinste, Fredenbeck, Gnarrenburg, Harsefeld, Ritterhude, Stade, Worpswede und Zeven«, berichtete Bayer. »Da hätten wir einige antelefonieren oder abklappern müssen. Doch dann hat Frau Grotheer noch etwas herausgefunden, was unsere Arbeit erheblich erleichtern wird. Anne, erzähl doch mal«, forderte der Kommissar seine Kollegin auf.

Diese errötete und räusperte sich. »Ich habe noch ein bisschen gegoogelt und dabei erfahren, dass für die Sonderfahrten zum Weihnachtsmarkt nach Stade, Osterholz-Scharmbeck und Worpswede eine Anmeldung erforderlich ist. Die Fahrkarten kann man nur im Vorverkauf bei der Stader Tourismus GmbH erhalten. Also müssen auch die Mitreisenden sowie das Mordopfer dort ihre Karten gebucht haben.« Sie holte tief Luft und fuhr fort: »Ich habe bereits probiert dort anzurufen, heute Vormittag aber noch niemanden erreicht. Entweder sind die Mitarbeiter bereits in Ferien oder es war zuviel los. Ich versuche es aber weiter.«

»Unbedingt, das ist ganz wichtig. Bitte bleiben Sie dran. Versuchen Sie herauszubekommen, ob dieses Stader Büro geöffnet ist. Und wenn Sie telefonisch niemanden erreichen, fahren Sie und Bayer dorthin«, ordnete Gisela Schmidt an.

»Was machen wir mit der Presse?«, fragte Völkel. »Die Zeitungsleute werden sicher bald Wind von der Sache bekommen. Der Zugführer hat die Bahnleitstelle über den Toten im Moorexpress unterrichtet und sie hat uns informiert. Unser Polizeiaufgebot am Osterholz-Scharmbecker Bahnhof wird auch Fragen aufgeworfen haben.«

»Die Staatsanwältin sprach mich auch schon darauf an. Ich werde Frau Lemke vorschlagen, dass sie die Presse erst einmal um Stillschweigen bittet«, entschied Schmidt nach einer kurzen Bedenkpause. »Und dass sie den Redaktionen eine Pressekonferenz zu einem späteren Zeitpunkt zusichert, mit ausführlicheren Informationen zu dem Fall.«

23. Dezember 2015, 10:00 Uhr

Stade, Hansestraße 16
Kurz nach der Sitzung der Mordkommission hatte Anne Grotheer endlich eine Mitarbeiterin der Stader Tourismus-GmbH erreicht. Diese hatte ihr aber mitgeteilt, sie dürfe am Telefon keine persönlichen Kundendaten preisgeben, da könne sich ja jeder als Polizist ausgeben. Bayer, der dem laut geschalteten Gespräch gefolgt war, hatte vorgeschlagen, am nächsten Morgen gemeinsam nach Stade zu fahren.

Um Viertel vor Neun holte der Verdener Kommissar Grotheer ab. Der Regen legte eine Pause ein, die Sonne war gerade aufgegangen und ließ sich dann und wann zwischen den grauen Wolken blicken. Die meiste Zeit saßen die beiden schweigend nebeneinander. Anne spürte, dass Bayer ungern sprach und schaute aus dem Fenster. Nach einer halben Stunde hielt sie die Stille nicht mehr aus. »Warst du schon öfter in Stade?«

Er schrak aus seinen Gedanken. »Nur einmal«, erwiderte er. »Das liegt schon lange zurück.«

»Ist eine schöne Stadt. Viele alte Fachwerkhäuser. Ich war mehrmals mit meiner Familie dort.«

»Ich kann mich nicht mehr so genau daran erinnern. Kein Wunder, denn ich ging noch zur Schule. Wir machten einen Klassenausflug dorthin. Weißt du, wo die Tourismus GmbH sitzt?«, fragte Bayer.

»In der Nähe des Stadthafens, beim Schwedenspeicher, mitten in der Stadt.«

Als sie sich der alten Hansestadt näherten, fuhren sie durch die adventlich geschmückten Straßen.

»Überall die Weihnachtsbeleuchtung und der ganze Tamtam«, stöhnte Bayer. »Zum Glück ist das bald vorbei.«

»Ich mag das«, entgegnete Anne Grotheer etwas spitz. »Vor allen die Weihnachtsmärkte. Da ist doch immer eine besondere Stimmung, sie bringt Licht in die dunkle Jahreszeit.«

Bayer schwieg und fuhr auf den Parkplatz gegenüber der Tourismus GmbH. Pünktlich zum Zeitpunkt der Öffnung standen sie vor der

Eingangstür. Dort wiesen sie sich aus und fragten nach den Namen der Mitreisenden der letzten Moorexpress-Fahrt.

»Darf ich fragen, wofür Sie die Daten brauchen?«, wollte die hübsche, junge Mitarbeiterin hinter dem langen Tresen wissen.

»Nein, das können wir Ihnen leider nicht sagen. Nur so viel: Wir ermitteln im Falle eines der Mitreisenden«, erwiderte Bayer etwas hölzern.

Die Angestellte wurde ernst und nickte. »In Ordnung, geht mich auch nichts an. Die Wintersonderfahrten zu den Weihnachtsmärkten in Stade und Worpswede bzw. Osterholz-Scharmbeck sind meistens ausgebucht. Das war auch so mit der letzten vom vergangenen Sonnabend«, erklärte sie. »Die meisten Kunden rufen an oder bestellen die Karten per E-Mail. Oft buchen sie auch noch die Sünna-Klaas-Tour mit.«

»Sünna-Klaas-Tour?«, fragte Bayer erstaunt.

»Das ist unser vorweihnachtlicher Stadtrundgang. Die in Tracht gekleidete Gästeführerin erzählt dabei, wie die ehrwürdigen Räte der Hansestadt das Fest feierten, wie die Stuben aussahen und welche Gewürze zur Adventszeit besonders begehrt waren. Viele Moorexpress-Mitfahrer besuchen dazu das Konzert auf der Arp-Schnittger-Orgel in der Kirche St. Cosmae. Das ist allerdings umsonst und muss nicht dazugebucht werden.«

»Können Sie uns die Liste der Mitfahrer ausdrucken?«, bat der Kommissar.

»Ja, das kann ich machen. Allerdings sind nur die Namen und Adressen von denen vermerkt, die gebucht haben, sowie die Anzahl der Mitreisenden. Damit wird nicht jeder einzelner Mitfahrer namentlich erwähnt«, gab die junge Frau zu bedenken.

»Das ist uns schon eine große Hilfe. Die Adressen auch? Das ist wunderbar«, freute sich Grotheer.

»Wir brauchen die Anschrift, um die Fahrkarten und die Rechnungen zu verschicken«, erklärte die Mitarbeiterin.

»Haben Sie auch geschrieben, wo die Personen ein- und aussteigen wollten?«, wollte Grotheer wissen.

»Selbstverständlich. Danach fragen wir natürlich, weil wir wissen müssen, wie viele Personen an welcher Haltestelle dazukommen. Es wird allerdings einen Moment dauern, bis ich die Datei aufgerufen und ausgedruckt habe. Einen Moment bitte.« Die Angestellte wandte ihre Aufmerksamkeit dem Computer zu und suchte nach den entsprechenden Daten.

In der Zwischenzeit hatte sich der Kundenraum der Tourist-Information gefüllt, eine Reihe von Reisenden stand am Tresen, so dass die zwei anderen Mitarbeiter gut beschäftigt waren. Grotheer und Bayer hörten, wie ein holländisches Pärchen nach einem Hotel in Stade fragte, eine Gruppe von süddeutschen Touristen wollte eine Stadtführung buchen. Nach wenigen Minuten kam die junge Angestellte zurück und reichte ihnen zwei Zettel mit Namen und Adressen.

»Das ist die Liste. Ich hoffe, sie hilft Ihnen weiter. Kann ich noch etwas für Sie tun?«

Grotheer und Bayer verneinten, bedankten sich und verließen die Information. Inzwischen waren die Gassen voller Besucher, einige Fußgänger trugen Weihnachtsmützen.

»Wollen wir vor der Rückfahrt noch etwas essen und trinken? Dann können wir schon mal in die Liste schauen«, schlug Anne Grotheer vor. »Ich kenne hier in der Nähe ein nettes Café.«

Bayer willigte ein. Ihr Weg führte sie seitlich am Schwedenspeicher vorbei zum alten Hansehafen. Im Café im Göbenhaus, einem prachtvollen zweigiebeligen Fachwerkhaus, fanden sie noch einen freien Tisch am Fenster. Anne sah an Bayers Blick, wie er das Hafenbecken, die historischen Fachwerkhäuser und den alten Kran bewunderte.

»Ich wusste gar nicht mehr, dass es hier so schön ist«, bemerkte er staunend.

Anne nickte lächelnd. »Deshalb komme ich auch immer wieder gerne hierher.« Sie bestellte einen Cappuccino und ein Stück Kuchen, Bayer einen Tee und ein Käsebrot. Gemeinsam studierten sie die lange Reihe der Namen und Adressen. Anne zählte. »Dreißig. Ganz schön viele«, stöhnte sie. »Da kommt richtig Arbeit auf uns zu.«

»So ist nun mal die Ermittlungsarbeit«, erwiderte Bayer. »Aber lass uns erst mal auf die konzentrieren, die ab Osterholz-Scharmbeck gebucht haben. Unter denen müssten die drei sein, die dort auch wieder ausgestiegen sind. Und das Opfer.«

Anne nickte. »Stimmt. Das sind schon weniger.« Sie überflog die Liste. »Vierzehn sind es.«

Bayer schaute ebenfalls in die Liste. »Und fast alle haben mehrere Karten gekauft. Kein Wunder, der eine Waggon war ja ganz mit den Osterholz-Scharmbeckern gefüllt. Und die vier, deren Namen wir suchen, saßen im zweiten.« Er fuhr mit dem Finger über die Spalten und hielt bei einer inne. »Diese Frau hat sogar fünf bestellt. Ein Mann kaufte vier, andere drei oder zwei, aber keiner eine allein.«

»Es fährt eben auch kaum jemand allein mit dem Moorexpress. Lass uns mal schauen, wie viele zwei Karten gebucht haben. Ich sehe zehn.«

»Stimmt. Darunter könnten unsere beiden sein.«

»Muss nicht sein. Der Täter könnte auch mehr gekauft haben«, wandte Bayer ein.

»Aber wir müssen sowieso alle überprüfen.«

In diesem Moment wurden sie von der Kellnerin unterbrochen, die ihnen das Bestellte brachte.

19. Juni 1943

Lagermorgen

Eine Sirene schrillte und riss mich aus dem Schlaf. Erschrocken fuhr ich hoch und stieß mir meinen Kopf am Bett über mir. Alle Mädchen erwachten, Tatjana beugte sich von oben herunter.

»Ganz schön laut«, meinte sie und lächelte. »Aber ich habe schon lange nicht mehr so tief geschlafen.«

So ging es mir auch. Bevor wir weiter miteinander reden konnten, wurde die Barackentür aufgerissen und eine schneidende Stimme rief herein: »Aufstehen, aber schnell! Nach dem Waschen und Frühstücken um 6:30 Uhr Antreten auf dem Appellplatz, mit eurem Gepäck!«

Die Tür wurde wieder zugeworfen. Sofort schwangen wir uns aus den Betten, zogen unsere Kleider über, liefen zum Waschhaus und machten uns fertig. Dieses Mal holten drei andere das Frühstück, einen Topf dünne Milchsuppe und eine Kanne Kräutertee, und wir beeilten uns, fertig zu werden. Pünktlich um halb sieben traten wir auf den Vorplatz hinaus, gemeinsam mit den Insassinnen und Insassen der anderen Baracken. Ich sah Slavo in der Gruppe der Jungen. Er hatte sich rasiert und sah erholter aus. Auch er schaute kurz zu mir herüber und lächelte.

Der Soldat stand wieder vor uns. Erstmals betrachtete ich ihn genauer: Er war von kräftiger Gestalt, mittelgroß und glatzköpfig, vielleicht so alt wie Papa, um die 40. Er rief mit lauter Stimme in unserer Sprache: »Heute werden die Ersten von euch zu einem Arbeitseinsatz in eine Ziegelei aufbrechen. Das betrifft vor allem die Männer. Die anderen werden für die Landwirtschaft eingeteilt. Um 8:30 Uhr treffen die Ortsbauernführer der umliegenden Dörfer ein und holen einige von euch ab. Zuerst rufe ich die Namen für die Arbeit in der Ziegelei auf.«

Er verlas 30 Namen, darunter auch Slavos, und fügte streng hinzu: »Ihr geht sofort zum Lagertor. Dort wartet ein Laster, der euch zur Ziegelei bringt. Seid fleißig und macht unserem Land keine Schande. Wer sich vor der Arbeit drückt, wird bestraft.«

Nachdem die jungen Männer zum Ausgang aufgebrochen waren, wandte er sich noch mal an die Zurückgebliebenen. »Um 8:30 Uhr tretet ihr hier noch einmal an. Bringt dann wieder euer Gepäck mit!«

Ich sah Slavos hinterher, er lief mitten in der Gruppe und sprach mit niemandem, drehte sich noch einmal um und schaute in meine Richtung. Ich hob kurz die Hand zum Winken, es schien mir, als lächle er wieder, doch konnte ich mich bei der Entfernung auch täuschen. Die jungen Männer erreichten das Tor, bestiegen zwei Lastwagen und fuhren davon.

Beklommen fragte ich Tatjana: »Für welche Arbeit werden wir wohl eingeteilt werden?«

»Eigentlich ist mir das nicht so wichtig. Hauptsache, wir bleiben zusammen«, *meinte sie.*

Osterholz-Scharmbeck, Polizeikommissariat
Fünf Minuten vor Beginn der Sitzung erreichten die Verdener die Polizeidienststelle in Osterholz-Scharmbeck. Köster sah, dass sie wieder vollständig erschienen waren. An der Seite von Gisela Schmidt betrat eine mittelgroße jüngere Frau das Sitzungszimmer und musterte die anwesenden Kollegen ernst. Schmidt stellte sie vor. »Das ist Gerda Lemke, unsere Staatsanwältin.«
Köster reichte ihr die Hand und stellte sich und seine Osterholzer Kollegen vor. Nachdem alle Platz genommen hatten, schenkte Anne Kaffee und Tee aus.
Die Staatsanwältin erklärte: »Frau Schmidt hat mich bereits über die Ereignisse in Kenntnis gesetzt. Ich bin interessiert zu erfahren, was es Neues gibt.«
Köster musterte die junge Frau. Er spürte ihre Unsicherheit, die sie mit ihrer forschen Ansprache zu kaschieren suchte. Ihr Blick wirkte starr, dabei flackerten die Augen. Kein Wunder, sie war erst seit wenigen Wochen im Amt. Dabei war sie recht hübsch mit ihren mittelblonden lockigen Haaren, die ihr schmales Gesicht umrahmten. Sie trug ein dunkelrotes, gut geschnittenes Kostüm, darunter eine passende cremefarbene Bluse. Ein wenig zu konservativ für ihr Alter, fand Köster. Sie konnte höchstens Anfang Dreißig sein. Er schaute zu Anne Grotheer hinüber, die aufmerksam und mit leicht geröteten Wangen den Worten der Staatsanwältin folgte. Für beide war dies der erste Mordfall, mit dem sie es zu tun hatten. Ihnen war die Aufregung anzumerken, die sie aber auf ganz unterschiedliche Weise zeigten. Eine Staatsanwältin musste eben selbstsicherer auftreten als eine junge Kommissarin.
Für einen Moment war Köster abgelenkt und hatte die letzten Sätze von Frau Lemke nicht mehr mitbekommen. Er hörte wieder zu, als die Leiterin der Mordkommission übernahm: »Wir machen heute nicht zu lange, am heutigen Heiligabend wollen ja viele zu ihren Familien. Wer mag beginnen?«

Köster fasste sich und ergriff als Erster das Wort. »Inzwischen habe ich den abschließenden Obduktionsbefund erhalten. Zur Todesursache bestätigt er letztlich nur, was mir Dr. Bartels vorher berichtete. Das Opfer ist an einer Schussverletzung gestorben und innerhalb weniger Minuten verschieden. Auf dem Weihnachtsmarkt scheint er einiges konsumiert zu haben. Im Magen fanden sich Reste von Bratwurst und gebrannten Mandeln, im Blut ein Alkoholgehalt von 0,8 Promille, der anscheinend auf den Genuss einiger Gläser Glühwein zurückzuführen ist. Dadurch ist er wohl sehr müde geworden, denn laut Zeugenaussage schlief er auf der Rückfahrt fast die ganze Zeit. Noch etwas: Bartels versucht weiterhin herausbekommen, in welchem Land das Opfer zahntechnisch behandelt wurde. Dabei ist er aber noch nicht wirklich weitergekommen. Inzwischen hat er Röntgenaufnahmen des Gebisses an die Ermittlungsbehörden verschiedener Staaten des ehemaligen Ostblocks weitergeleitet und wartet auf Rückmeldungen.«

Bisher hatte die Staatsanwältin nur zugehört, jetzt räusperte sie sich und meldete sich zu Wort.

»Gibt es denn noch andere neue Informationen zur Identität und Herkunft des Opfers?«, fragte sie. »Im Protokoll der letzten Sitzung las ich auch etwas von der Kleidung des Toten, die Rätsel aufgibt.«

Immerhin hat sie sich informiert, stellte Köster für sich fest.

»Ich habe im Internet herausgefunden, dass es eine Schuhmarke namens Baak gibt. Firmensitz ist in Straelen, eine Kleinstadt am Niederrhein nahe der holländischen Grenze. Sie stellen vor allem Arbeitsschuhe her, aber auch Sport- und Wanderschuhe. Laut Auskunft der Webseite werden die Arbeitsschuhe in Polen, China, Indien und Deutschland gefertigt«, referierte Brunner. Die Lesebrille auf die Nasenspitze geklemmt, las er aus seinem vor ihm liegenden Text.

»Polen«, bemerkte Völkel, »daher könnte das Opfer stammen.«

»Ja. Aber es geht noch weiter.« Brunner ließ sich nicht beirren und fuhr fort. »Baak-Schuhe werden in viele Länder exportiert bzw. verkauft: Holland, Belgien, Luxemburg, Norwegen, Schweden, Dänemark, Polen,

Ukraine, Schweiz, Österreich und Frankreich. Darunter sind somit zwei östliche Länder, Polen und die Ukraine.«

»Wir sollten daraus aber keine voreiligen Schlüsse ziehen. Gibt es etwas Neues zur Unterwäsche?«, fragte Schmidt.

»Ja, meine Kollegin aus Bremen hat den Text auf den Etiketten übersetzen können. Er ist tatsächlich auf Russisch geschrieben«, berichtete Inge Mertens. »Auf der Vorderseite stehen als Größe M und als Marke Kom-Torg, auf der Rückseite 100% Baumwolle und eine sechsstellige Nummer, wahrscheinlich die Artikelbezeichnung.«

»Kom-Torg, was ist das für eine Marke?«, fragte die Staatsanwältin.

»Das habe ich mich auch gefragt und danach gegoogelt. Kom-Torg ist eine Textilfabrik in Berdjansk, einer kleinen Hafenstadt in der Ukraine.«

»Ukraine, dazu passt dann auch die kyrillische Schrift. Es wäre gut, wenn wir noch mehr über die Herkunft der gesamten Kleidung erfahren würden. Auch wohin sie überall geliefert wird. Inge und Hans, bitte geht dem noch weiter nach. Dann bleibt noch die Frage, wie das Opfer zu der Boss-Kleidung gekommen ist. Wir wissen noch sehr wenig über den Toten. Es sind noch viele Fragen zu klären.« Gisela Schmidt machte sich Notizen und wandte sich an Völkel.

»Gibt es Neues aus der KTU?«

»Die ballistischen Untersuchungen haben bestätigt, dass es sich bei der Mordwaffe höchstwahrscheinlich um eine P O8 handelt. Es ist jetzt auch sicher, dass ein Schalldämpfer benutzt wurde.«

»Eine Luger?«, fragte Kruse erstaunt nach. »Die Pistole der Wehrmacht oder eine Neufertigung als Sportwaffe?«

»Du kennst dich gut aus«, bemerkte Anne Grotheer anerkennend. »Was ist das für eine Waffe?«

»Die O8 ist eine Selbstladepistole, die von einem Herrn Luger entwickelt wurde, daher der Name. Im Ersten und Zweiten Weltkrieg war sie die Standardpistole der deutschen Armee, wurde aber schrittweise durch die preiswertere und zuverlässigere P 38 ersetzt. Seit den 70er Jahren fertigen die Mauserwerke verschiedene Modelle der P O8 neu, vor allem als Sportwaffen.«

»Im Bericht der KTU steht, dass es sich um eine alte Waffe handelt«, fügte Völkel hinzu.

»Jetzt stellt sich natürlich die Frage, wie der Täter dazu gekommen ist«, meinte Gisela Schmidt.

»Nach dem Zweiten Weltkrieg brachte eine Reihe von Soldaten, die nicht in Kriegsgefangenschaft geraten war, ihre Pistolen mit, ob zum eigenen Schutz oder aus anderen Gründen, ist nicht mehr festzustellen. Auf so manchem Dachboden findet sich daher noch eine P 08. Dazu ist sie heute als Sammlerwaffe hoch begehrt und es werden enorme Preise für sie gezahlt. Ich weiß das von meinem Großvater, der selbst Soldat war und sich mit Waffen auskannte«, fügte Kruse hinzu.

»Dann kann es sich beim Täter um den Sohn oder Enkel eines Wehrmachtsangehörigen oder einen Sportschützen handeln. Auf jeden Fall weiß er viel über Waffen«, folgerte die Kommissionsleiterin.

»Gibt es neue Erkenntnisse zu den Fahrgästen und möglichen Zeugen der Tat?«

Bayer sah Anne Grotheer an und sie nickte. Er berichtete von ihrem Besuch bei der Tourismus GmbH in Stade und sie verteilte die fotokopierte Liste der Ticketkäufer. »Vierzehn Personen haben insgesamt siebenunddreißig Fahrkarten für die Fahrt von Osterholz-Scharmbeck nach Stade und wieder zurück gekauft. Zehn Mal wurden zwei Tickets bestellt, darunter könnten der Täter und das Opfer sein. Der Täter könnte aber auch mehr gekauft haben, die er nicht alle nutzte.«

»Dazu sollten wir alle noch mal befragen«, wandte Frau Schmidt ein.

»Wie auch immer, wir haben jetzt eine Spur, der wir unbedingt folgen sollten.« Sie wandte sich an die beiden und nickte anerkennend.

»Ich würde vorschlagen, wir nehmen erst mal Kontakt zu den Ticketkäufern auf, die in Osterholz-Scharmbeck eingestiegen sind, das hat Vorrang.«

Inge Mertens hob die Hand und fragte: »Woher kommen denn die vierzehn Käufer, sind Sie hier aus der Kreisstadt oder aus der Umgebung?«

Anne Grotheer schüttelte den Kopf und schaute auf ihre Liste. »Nur vier wohnen hier in der Stadt, fünf kommen aus den umliegenden Dörfern, zwei aus entfernteren Orten und drei aus Bremen.«

»Die Bremer könnten Hans und ich übernehmen«, schlug Mertens vor.

Brunner nickte.

»Können wir mit der Befragung nicht erst nach Weihnachten beginnen?«, fragte Kruse. »Ich kann das meiner Frau und den Kindern nicht antun, an den Feiertagen nicht da zu sein.«

Gisela Schmidt stimmte zu. »Ist in Ordnung. Heiligabend und den ersten Feiertag sollten Sie mit Ihren Familien verbringen. Aber am 26. möchte ich, dass Sie wieder im Dienst sind.«

Unruhe verbreitete sich im Raum, doch keiner widersprach.

»Wir sollten die Käufer nur zu zweit aufsuchen, schon aus Sicherheitsgründen. Denn ihr wisst, einer davon könnte der Täter sein. Wir teilen die übrigen elf unter uns auf. Die Einteilung kann Kruse übernehmen, er kennt sich hier in der Gegend am besten aus. Die Befragung lässt sich sicher an einem Tag schaffen. Grotheer und Bayer, Kruse und Völkel, Köster und ich übernehmen die in Osterholz-Scharmbeck und umzu Wohnenden, Mertens und Brunner die Bremer. Dann können wir uns am 27. wieder hier treffen.«

»Erfreut werden die Leute nicht sein, wenn wir sie an einem Feiertag stören«, sagte Kruse.

»Außerdem werden wir wahrscheinlich nicht alle zu Hause antreffen, da einige sicher auf Verwandtenbesuch sind. Gerade am zweiten Weihnachtsfeiertag sind viele Familien unterwegs«, fügte Mertens hinzu.

Gisela Schmidt runzelte die Stirn. »Wir ermitteln in einem Mordfall, das geht vor Familienidylle. Darauf können wir keine Rücksicht nehmen. Der zweite Einwand leuchtet mir aber ein. Also solltet ihr die Befragungen am 27.12. durchführen. Das ist zwar ein Sonntag, aber mehr Zeit sollten wir nicht verstreichen lassen. Und ihr habt dafür die Feiertage frei. Wir werden uns einen Tag später hier wiedersehen, am Montag, den 28.12. um 9:00 Uhr.«

Zustimmendes Gemurmel erfüllte den Raum. Unterbrochen wurde es durch Köster, der sich noch einmal zu Wort meldete.

»Ich werde mit den beiden Bahnangestellten reden, Behrens und Meyer. Vielleicht ist ihnen noch etwas eingefallen. Wichtig wäre auch zu

48

wissen, wer auf der Fahrt in der Nähe des Opfers und seines vermeintlichen Mörders gesessen und eventuell mehr von diesen mitbekommen hat. Und dann stellt sich noch die Frage, ob jemand mehr Karten gekauft als benutzt hat.«

»Gute Idee. Dann sollten wir die Sitzung jetzt beenden und uns am 28. um 9 Uhr hier wieder treffen. Ich wünsche Ihnen allen ein frohes Fest«, beendete die Kommissionsleiterin die Sitzung.

»Das wünsche ich Ihnen auch«, fügte die Staatsanwältin hinzu. »Das nächste Mal kann ich leider nicht dabei sein, möchte aber weiterhin über die Ermittlungsergebnisse informiert werden.«

Sie verließ als Erste den Raum. Ihr folgten Schmidt und Völkel, die Privates austauschten. Völkel flüsterte ihr etwas ins Ohr und sie lachte. Köster fragte sich, in welcher Beziehung die beiden zueinander standen. Vielleicht wusste Kruse Näheres.

24. Dezember 2015, 12:30 Uhr

Osterholz-Scharmbeck, Kösters Wohnung
Nachdem Kruse den einzelnen Kriminalbeamten Namen und Adressen der zu Befragenden zugewiesen und Grotheer und Bayer sich für den 27. um 9 Uhr vor dem Polizeikommissariat verabredet hatten, verabschiedeten sich die Verdener und verließen in gelöster Stimmung die Polizeidienststelle. Alle schienen sich auf das Weihnachtsfest zu freuen.

Köster wünschte seinen Mitarbeitern ebenfalls ein frohes Fest. Als Kruse und Grotheer ihm ein Geschenk übergaben, eine in Folie eingewickelte Teedose mit einem passenden Becher, schämte sich Köster, er hatte nicht daran gedacht, für die beiden etwas zu besorgen. Wenig später machte er sich zu Fuß auf den Heimweg. Es nieselte und er fröstelte. Über der Bahnhofstraße schaukelte die Weihnachtsbeleuchtung im Wind. Einige Bewohner eilten unter dem Schutz ihrer Regenschirme durch die Straßen, noch kurz vor Ladenschluss die letzten Einkäufe erledigend, ansonsten waren die Straßen leergefegt. Nur wenige Autos fuhren durch den Ort. Vor den Häusern leuchteten die illuminierten Bäume, die fleißige Familienväter bereits im November verkabelt hatten. Dazu wurden die Fenster von vielen farbigen Sternen erleuchtet, in deren Mitte eine Glühbirne hing, eine Dekoration, die sich in den letzten Jahren immer mehr durchgesetzt hatte. Endlich erreichte Köster seine Wohnung und schloss die Tür hinter sich.

Er hängte seine Jacke an die Garderobe, betrat die Küche und schaute in den Kühlschrank. Immerhin hatte er am gestrigen Abend noch für die Feiertage eingekauft, vor allem Fertiggerichte. Sabine würde die Nase rümpfen, viel zu viele Kohlenhydrate und zu wenig Vitamine. Er holte eine Lasagne aus dem Kühlfach und schob sie in die Mikrowelle. Noch einmal öffnete er den Kühlschrank und zögerte, wählte dann ein alkoholfreies Bier, da er noch arbeiten wollte. Mit der Flasche in der Hand betrat er sein Wohnzimmer. Sein Blick streifte die Einrichtung, die ihm eigentlich nicht gefiel. Die Kiefernholzschrankwand und die graue Couch hatte er von seinem Vormieter übernommen, die Regale mit einigen seiner Bücher und dem kleinen Flachbildfernseher bestückt. Sein Blick fiel auf die Fernsterbänke. Sie waren verwaist geblieben, Blumen gab es keine im Raum. Er wusste genau, dass sie nach kurzer Zeit eingehen würden. Immerhin hatte er es geschafft, nach dem Einzug einige Bilder aufzuhängen, vor allem Landschaftsfotos von den Familienurlauben am Meer, über dem Esstisch noch einen selbst gebauten Drachen.

Einen Moment betrachtete Köster ihn und erinnerte sich daran, wie er vor vielen Jahren im Sommerurlaub in Dänemark mit Mats und Johann die Hölzer für das Gerüst gesägt, gebohrt und miteinander verbunden, die Folie befestigt und zuletzt den Schwanz gefertigt und angebunden hatte. Wie begeistert waren die beiden dabei gewesen und mit welcher Freude hatten sie den fertigen Drachen steigen lassen! Und wie oft mussten sie ihn reparieren, da er immer wieder abstürzte, ein Holz brach oder die Folie riss.

Seit vier Monaten lebte Köster in dieser Wohnung, doch es fehlte jegliche weihnachtliche Dekoration. Sicher hatte Sabine das Hamburger Haus edel dekoriert mit weißen Sternen und großen Kiefernsträußen, die sie mit wenigen Strohsternen behängte. In der Mitte des langen Esstisches stand sicher wieder ein längliches Adventsgesteck, das sie jedes Jahr nach der neuesten Mode schmückte. Er vermutete, dass es dieses Mal blaue Kerzen sein würden. Wahrscheinlich hatte sie das Gesteck schon vor der Abfahrt nach Sylt entsorgt, es hatte seine Schuldigkeit getan.

In der Küche ertönte ein kurzes Ping, die Lasagne war fertig. Als er mit seiner Mahlzeit ins Wohnzimmer zurückkehrte, klingelte das Telefon.

Mats war am Apparat. Im Hintergrund hörte Köster eine Möwe kreischen, sein Sohn schien draußen unterwegs zu sein. Anscheinend wollte Mats nicht, dass seine Mutter etwas mitbekam.

»Hallo Papa, wir sind jetzt auf Sylt. Gestern sind wir angekommen.«

»Wie schön, dass du anrufst, Mats. Wie geht's dir? Und was treibt dein Bruder?«

»Mir geht's gut. Es ist ein bisschen langweilig. Johann ist dauernd am Simsen. Er hat jetzt eine Freundin, mit der ist er ständig beschäftigt.«

»Ach, eine Freundin?«

»Ja, aus seiner Klasse. Seitdem bin ich nur noch Luft für ihn.«

»Das ist schade. Aber das wird sich bestimmt wieder ändern«, tröstete ihn Köster. Im Stillen fragte er sich, ob Mats aus Langeweile anrief oder seinen Vater wirklich vermisste. Vielleicht war es von beidem etwas.

»Und was machen die anderen?«

»Mama war gerade joggen und duscht. Oma und Opa halten ihren Mittagsschlaf. Dann wollen sie noch einen Strandspaziergang mit uns machen. Wenn es dunkel wird, ist Bescherung.«

Köster kannte die Heiligabendgestaltung seiner Schwiegerfamilie, es war jedes Jahr dasselbe. Nach der Bescherung gab es das gemeinsame Abendessen, meistens eine Fischplatte von Gosch. An den Feiertagen würden sie essen gehen, selber kochen lag beiden Frauen nicht.

»Dann bist du sicher gespannt auf deine Geschenke.«

»Na klar. Papa, ich muss jetzt Schluss machen, Mama ruft mich! Ich wünsche dir frohe Weihnachten!«

»Das wünsche ich dir auch, Mats, und grüß Johann von mir.«

Als Köster auflegte, nahm er die Stille wahr, die ihn umgab. Er spürte, wie sich Beklommenheit in ihm ausbreitete. Zuletzt war er nur ungern an den Weihnachtsfeiertagen nach Sylt gefahren, doch jetzt vermisste er die Zeit dort, vor allem das Zusammensein mit seinen Söhnen. Wie gerne würde er jetzt mit ihnen über den Strand laufen und später zusehen, wie sie ihre Geschenke auspackten.

Die Lasagne hatte er im Wohnzimmer abgestellt, sie war inzwischen kalt geworden. Der Hunger war ihm vergangen, dennoch nahm er die Plastikschachtel und stellte sie noch einmal in die Mikrowelle. Er schlang sie schnell am Küchentisch hinunter und trank sein Bier dazu.

Nachdem er aufgeräumt hatte, suchte Köster in seinen Unterlagen nach dem Namen des Moorexpress-Lokomotivführers. Die Telefonnummer fand er im Internet, notierte sie und griff zum Hörer. Für einen Moment zögerte er. Es war halb drei, in den meisten Familien liefen jetzt die Vorbereitungen für den Heiligen Abend, um diese Zeit rechnete niemand mit dem Anruf eines Polizisten. Dennoch wählte er.

»Behrens«, meldete sich der Zugführer.

»Köster hier. Guten Tag, Ich hoffe, ich störe Sie nicht.«

»Nein, nein«, entgegnete Behrens. »Meine Frau und ich sind in diesem Jahr allein. Unser Sohn verbringt die Feiertage mit seiner Familie bei den Schwiegereltern im Westfälischen. Da machen wir es uns gemütlich.«

»Ich würde mit Ihnen und Herrn Meyer gerne noch mal über Ihre letzte Fahrt mit dem Moorexpress reden. Wäre das möglich?«

»Meinen Sie heute noch? Und mit uns beiden? Bei mir ginge es schon. Ich weiß allerdings nicht, was Bernd macht. Wenn Sie möchten, kann ich versuchen, ihn zu erreichen. Und rufe Sie dann zurück.«

»Das wäre sehr nett von Ihnen. Ich warte dann auf Ihren Rückruf.«

Ein wenig überrascht bemerkte Köster, dass der Zugführer fast erfreut auf seinen Anruf reagiert hatte. Wenig später rief Behrens zurück.

»Wie ich es mir dachte, ist Bernd, äh, Herr Meyer allein zu Hause. Wenn Sie wollen, können Sie zu uns kommen, Bernd wohnt ganz in der Nähe und braucht nur wenige Minuten zu uns.«

24. Dezember 2015, 15:30 Uhr

Bremervörde

Die Dämmerung setzte bereits ein, als Köster seinen Wagen aufschloss und den Motor startete. Im Ort begegnete er mehreren Familien, die sich anscheinend zu Fuß auf den Weg zu den Weihnachtsgottesdiensten machten. Sonst war es sehr still auf den Straßen.

Behrens hatte die Route in die ehemalige Kreisstadt gut beschrieben, Köster fand Straße und Haus des Lokführers ohne Mühe. Noch bevor er klingeln konnte, öffnete Behrens die Tür.

»Nur herein«, erklang es fröhlich. Kaffeeduft erfüllte die Diele, im Wohnzimmer war der Esstisch bereits gedeckt. Während der Lokomotivführer und der Zugbegleiter leger in Jeans und Pullover gekleidet waren, hatte sich Gerda Behrens fein gemacht. Sie trug eine dunkelgrüne Stoffhose, dazu einen passenden hellgrünen Blazer. Im Vergleich zu ihrem Mann war sie sehr schlank und einen Kopf kleiner. Ihre grauen, mittellang geschnittenen Haare umrahmten das schmale Gesicht, das bereits einige Falten aufwies. Köster schätzte sie auf Mitte 60, doch ihr Lächeln und ihr freundlicher, aufmerksamer Blick ließen sie jünger erscheinen. Wenig später saßen alle um den Esstisch, tranken Kaffee und aßen Stollen. Auf der Fensterbank drehte sich langsam eine aus Kiefernholz gefertigte Weihnachtspyramide, und auf dem Esstisch leuchteten zwei rote Kerzen in einem grünen Tannengesteck. Es fehlte allerdings der Weihnachtsbaum. Gerda Behrens sah, dass Kösters Blick durch den Raum wanderte. Als würde sie seine Gedanken erraten, meinte sie: »Einen Baum gibt es bei uns nur, wenn die Kinder und Enkel zum Fest da sind, also alle zwei Jahre. Für uns allein macht das keinen Sinn.«

Köster fühlte sich wohl in der behaglichen Atmosphäre des Wohnzimmers. Schrankwand, Esstisch und Stühle in Eiche rustikal erinnerten ihn an die Einrichtung seiner Eltern.

»Danke für den netten Empfang. Mit Kaffee und Kuchen habe ich gar nicht gerechnet«, begann er. »Zum Grund meines Besuchs: Ich möchte noch mal auf die letzte Moorexpressfahrt zurückkommen, auf der Sie den Toten entdeckt haben. Dazu hätte ich noch ein paar Fragen.«

»Möchten Sie allein mit meinem Mann und Bernd sprechen?«, unterbrach Frau Behrens ihn.

»Nein, Sie können gerne dabei sein.« Ihr schien die Antwort zu gefallen, sie lehnte sich zurück und schaute den Kommissar gespannt an.

»Herr Meyer, können Sie sich erinnern, wer in der Nähe des Opfers und seines Begleiters saß?«

»Erst war alles frei. In Worpswede stieg eine Familie zu, die auf der anderen Seite des Gangs Platz nahm. Eine große Familie mit Eltern und Großeltern und zwei kleinen Kindern. Ein Mädchen um die fünf, sechs Jahre, und ein kleiner Junge, der höchstens ein Jahr alt war. Um ihn drehte sich alles. Er wanderte von einem Schoß zum anderen und wurde ständig gefüttert. Er war auch sehr laut, darum kann ich mich wohl gut daran erinnern.«

»Und wer saß auf den Plätzen gegenüber von den zwei Männern?«

»Der Großvater. Neben ihm lagen die Rucksäcke und Jacken der Familie.«

»Unterhielt sich der ältere Mann mit den beiden?«

»Ich glaube nicht. Er war mit der jungen Familie beschäftigt und reichte Essen und Trinken nach. Kurz nach der Abfahrt in Worpswede hatten sie schon die Piccolos herausgeholt und vier Plastikbecher damit gefüllt. Das machen viele der Mitreisenden, gehört für sie anscheinend zu einer Fahrt zum Weihnachtsmarkt dazu.«

»Dir wäre es sicher lieber, sie würden dein Bier trinken. Das wäre besser fürs Geschäft«, meldete sich Behrens lächelnd zu Wort. Bernd zuckte mit den Achseln.

»Können Sie sich erinnern, wer noch im Waggon saß?«, führte Köster wieder zum Thema zurück.

»Vor der Familie saß eine Gruppe von vier Frauen, sie gehörten auch zu der Piccolofraktion. Sie waren schnell angeheitert. Sonst noch eine Menge Paare, zwei schienen befreundet zu sein, denn sie unterhielten sich die ganze Zeit angeregt. Ach ja, dann waren da noch die jungen Leute aus Osterholz-Scharmbeck. Wie gesagt, die meisten der Mitreisenden im meinem Abteil stiegen in Worpswede ein und aus. Ein Paar noch in Gnarrenburg.«

»Auf den seitlichen Bänken in der Nähe des Führerhauses und deines Verkaufstisches saßen doch auch noch einige Gäste«, sagte Behrens.

»Richtig. Die waren aber weit von den beiden entfernt. Eine junge Familie mit einem Kind im Kinderwagen und ein Rollstuhlfahrer in Begleitung seiner Frau.«

»Der junge Vater sprach mich an den Haltestellen an und wollte einiges über die technische Ausstattung des Moorexpress wissen«, fügte Behrens hinzu.

»Danke, das war schon sehr informativ. Noch eine andere Frage: Gab es jemand, auf dessen Ticket mehr Personen angegeben waren, als mitgereist sind?«

»Nein, dieses Mal nicht. Sonst kommt das aber immer wieder mal vor. Da wird jemand aus der Gruppe oder der Familie krank oder kann aus anderen Gründen nicht mitkommen.«

»Und ist es möglich, dass einige, die Karten gekauft haben, gar nicht mitgefahren sind?«

»Ja, das passiert immer. Wir haben keine Listen der Mitfahrer. Wir erfahren aber, wenn der Moorexpress ausverkauft ist. Dann sehen wir an den Plätzen, die leer bleiben, wie viele nicht mitgekommen sind. Viele waren das dieses Mal nicht, nur zwei gegenüber vom Toten und dem anderen. Die größere Familie hat sie dann ja noch für sich eingenommen.«

»Soweit ich es verstanden habe, gibt es keine Platzreservierungen?«

»Nein, es besteht freie Wahl. Allerdings weisen wir unterwegs bestimmte Gruppen den Waggons zu, so auch in Osterholz-Scharmbeck. Und Leute mit Kinderwagen und Rollstuhlfahrer bleiben im vorderen Fahrgastraum in der Nähe des Fahrerstands.«

»Gut.« Köster machte sich einige Notizen und schaute sich in der Runde um.

»Ist Ihnen denn noch etwas zu der Fahrt eingefallen? Gab es etwas, das anders war als sonst? Noch Eindrücke von dem Opfer und seinem Begleiter?«

Behrens und Meyer sahen sich an und schwiegen. Zögernd begann der Zugführer, seine Rede wurde aber immer schneller.

»Wir haben schon darüber gesprochen. Das Ganze war ein richtiger Schock und hat uns beiden keine Ruhe gelassen. Ein Toter in unserem Zug, erschossen. Dazu das viele Blut. Wir haben nichts davon mitbekommen und auch keiner der Passagiere. Das muss jemand ganz genau geplant und ganz leise durchgeführt haben. Der Mann, der bei ihm saß, hatte bestimmt was damit zu tun, er lief in Osterholz-Scharmbeck so schnell davon. Vielleicht aber auch das verliebte Pärchen.«

Erstaunt folgte Köster der Rede des Eisenbahners, sagte aber nichts.

Nach einer kurzen Pause fuhr Meyer fort: »Dabei sahen die beiden so unterschiedlich aus. Der eine in dem feinen Zwirn und der andere in der legeren Kleidung. Auf der anderen Seite könnte sich der Mörder in der Kleidung auch getarnt haben, mit der dunklen Jacke und der Wollmütze.«

Köster atmete tief durch. »Danke. Da haben Sie uns wichtige Hinweise gegeben, die uns weiterhelfen können. Wenn man Sie so hört, könnte man denken, dass Sie zur Kriminalpolizei gehören.«

Behrens zwinkerte Meyer zu: »So was Ähnliches habe ich Bernd schon öfters gesagt.«

19. Juni 1943

Trennung von Tatjana
Um halb neun erschienen wir wieder auf dem Versammlungsplatz. Dieses Mal standen uns mehrere Männer gegenüber. Wieder ergriff der Soldat das Wort.

»Mädchen, ihr werdet in Zukunft in der Landwirtschaft arbeiten. Ihr werdet hier in der Gegend auf verschiedene Höfe verteilt. Wenn ihr fleißig seid, werdet ihr es dort gut haben und genug zu essen bekommen. Wenn nicht, wird uns Meldung erstattet und ihr werdet bestraft. Merkt euch das.«

Neben ihm stand ein deutscher Soldat, der ein paar Sätze sprach, unser Landsmann übersetzte: »Vor euch stehen einige Ortsbauernführer, das sind die Leiter der Bauernschaften in den umliegenden Dörfern. Sie werden euch mitnehmen und auf die Höfe verteilen. Wir rufen euch einzeln auf und sagen euch, zu wem ihr gehen sollt. Wir wollen nicht viel Zeit vergeuden, also los. Wer aufgerufen wird, kommt sofort nach vorne.«

Ich schaute die deutschen Männer an. Sie waren in zivil, wirkten für mich dennoch uniformiert mit ihren blauen Kapitänsmützen. Einige von ihnen schauten uns prüfend an, als wollten sie abschätzen, wie es um unsere Kraft bestellt war. Ein kleiner, dicker Bauer sah uns junge Mädchen lüstern an. Ich betete inständig, dass Tatjana und ich nicht auf seinem Hof landeten.

Als unser Landsmann die Namen zu verlesen begann, hielten wir zwei uns an der Hand.

In den ersten zwei Gruppen waren wir nicht dabei. Die beiden Bauernführer zogen mit den zuvor aufgerufenen Jungen und Mädchen ab.

Jetzt fiel Tatjanas Name. Ich mochte ihre Hand nicht loslassen, ihr Name wurde ungeduldig wiederholt. Tatjana ergriff ihr Bündel, lief nach vorne, stellte sich neben den nächsten Bauern und schaute mich an. Unverwandt starrte ich auf den Soldaten, ich versuchte, ihn zu hypnotisieren, mich auch aufzurufen. Doch es gelang nicht. So musste ich zusehen, wie Tatjana mit der nächsten Gruppe durch das Tor verschwand.

Ich bekam es kaum mit, als ich dem letzten Ortsbauernführer zugeteilt wurde, zum Glück nicht dem kleinen Dicken. Wie in Trance folgte ich den anderen Jugendlichen zum LKW, der uns zu unserer Arbeitsstelle bringen sollte.

27. Dezember 2015, 8:45 Uhr

Osterholz-Scharmbeck, Polizeikommissariat
Kurz nach Köster traf Kruse in der Dienststelle ein. Köster war froh, seinen Kollegen für einen Moment alleine sprechen zu können. Dieser entledigte sich seiner Winterjacke und warf sich stöhnend auf einen Stuhl.

»Die Feiertage waren wieder einmal zu fettig. Am Heiligabend Raclette, dann noch zwei Tage Gänsebraten. Nicht zu vergessen die Torten am Nachmittag.« Er strich sich über den runden Bauch. »Dazu noch die

Enkelmeute und der Besuch der Schwiegereltern. Ich bin froh, dass wieder Ruhe eingekehrt ist.«

Köster lächelte. »Dabei hast du auf der letzten Sitzung doch für die arbeitsfreien Feiertage gesorgt. Dafür waren dir alle sehr dankbar.«

»Ist ja gut, es war natürlich auch schön mit allen«, lenkte Kruse ein. »Ich hätte es nicht missen mögen.« Nach einer kurzen Pause wandte er sich an Köster. »Und wie war's bei dir?«

»Ruhig«, entgegnete dieser kurz. »Am 24. war ich noch in Bremervörde.« Er berichtete von seinem Gespräch mit Behrens und Meyer.

»Jetzt wissen wir, wer in der Nähe des Opfers und seines vermeintlichen Mörders saß. Die Familie stieg aber in Worpswede ein und aus und ist somit nicht unter den Ticketkäufern, die wir heute befragen. Wahrscheinlich haben sie auch nicht viel von den beiden mitbekommen, sie waren so mit sich beschäftigt. Mich erstaunte nur, welche Gedanken sich die Eisenbahner gemacht haben.«

Kruse nickte und schaute seinen Vorgesetzten nachdenklich an. »Und du warst nicht bei deiner Familie in Hamburg?«, fragte er vorsichtig.

»Nein. Meine Frau und die Kinder sind wie jedes Jahr mit den Großeltern auf Sylt. Da gehöre ich nicht mehr dazu.«

Kruse spürte, dass Köster nicht weiter darüber sprechen wollte und wechselte das Thema. »Mich hat die Schmidt mit Völkel eingeteilt. Das ist ein ziemlich eingebildeter Fatzke. Lieber wäre ich mit dir unterwegs gewesen.«

Köster lächelte. »Geht mir auch so. Ich bin gespannt, wie es mit der Leiterin der Mordkommission wird. Ich kenne sie ja kaum.«

»Na ja, sie tritt sehr forsch auf. Privat ist die Schmidt aber ganz nett, das weiß ich von einigen Festen im Kollegenkreis. Mal sehen, wie du sie erlebst.«

Einen Moment zögerte Köster, sprach die Frage aber doch aus: »In welcher Beziehung stehen denn Schmidt und Völkel zueinander?«

Irritiert schaute Kruse ihn an. »Wie meinst du das? Ob sie was miteinander haben? Ich glaube nicht. Völkel ist in festen Händen. Auf der anderen Seite lege ich nicht die Hand für ihn ins Feuer, so wie der flirtet. Ich glaube aber nicht, dass die Schmidt etwas mit einem Kollegen anfängt. Na ja, aber man weiß ja nie, sie ist schließlich geschieden. Von einem Neuen haben wir noch nichts gehört.« Kruse hielt einen Moment inne und fügte dann verschmitzt lächelnd hinzu: »Völkel und mir habe ich Adressen in Osterholz-Scharmbeck ausgesucht. Da müssen wir nicht so weit fahren und sind hoffentlich schnell mit allem durch.«

In diesem Augenblick hörten sie, dass die Eingangstür geöffnet wurde. Die beiden ergriffen ihre Jacken und gingen den Kollegen entgegen. Die Kommissionsleiterin war gemeinsam mit Völkel angereist, Seite an Seite betraten sie das Revier. Die übrigen Kommissare hatten sich an anderer Stelle verabredet. Nach einer kurzen Begrüßung verabschiedeten sich die beiden Verdener voneinander, Köster konnte dabei keine besondere Vertraulichkeit feststellen.

Am Tag zuvor hatte er die Adressen der ihnen zugewiesenen Ticketkäufer in sein Navi eingegeben. Schmidt nahm auf dem Beifahrersitz Platz. Nachdem sie sich auf den ersten Namen geeinigt hatten, startete Köster den Wagen. Sein Blick streifte verstohlen seine Vorgesetzte und er nahm wahr, dass sie aus dem Fenster schaute und mit sich beschäftigt schien. Ihm war es recht, so plötzlich mit ihr allein zu sprechen, wäre ihm unangenehm gewesen.

In Ohlenstedt befragten Schmidt und Köster eine rundliche kleine Frau namens Kück. Sie berichtete, mit ihrem Mann auf der Fahrt im vorderen Waggon gesessen und nichts vom Geschehen im hinteren Wagen mitbekommen zu haben.

»Das Paar können wir abhaken«, befand die Ermittlungsleiterin.

»Zum Glück ist das Ganze schnell gegangen. Jetzt können wir nur hoffen, dass die nächste Vernehmung ergiebiger ist. Wo fahren wir jetzt hin?«

»Nach Axstedt. Das ist ganz in der Nähe.«

»Wie heißt denn unser nächster Kandidat oder unsere Kandidatin?«

»Gerda Müller. Sie hat auch zwei Karten bestellt.«

Köster hielt vor einem neuen Klinkerhaus, zu dem ein frisch gepflasterter Weg führte. Alles wirkte noch sehr kahl und weniger begrünt als die anderen umliegenden Gärten der Siedlung.

Dieses Mal öffnete der Ehemann, Köster schätzte ihn auf Mitte Vierzig. Unter dem schlabberigen Pullover wölbte sich ein runder Bauch, der auf einen regelmäßigen Bierkonsum schließen ließ. Körperlich schien er sich wenig zu betätigen. Die dünnen Haare reichten ihm über die Ohren. Herr Müller teilte gleich mit, dass seine Frau nicht zu Hause sei. »Sie ist bei meinen Eltern. Sie pflegt meinen Vater«, fügte er erklärend hinzu.

Im Flur erfuhren sie, dass die Müllers die Karten von ihren Schwiegereltern geschenkt bekommen hatten. »Sie haben an dem Tag auch unsere Kinder gehütet.«

Im Hintergrund hörten sie den laut gestellten Fernseher. Eine quäkige Stimme deutete auf eine Zeichentrickserie hin. Herr Müller berichtete, dass sie im vorderen Waggon gesessen hätten, ihnen sei nichts aufgefallen.

»Das Haus hat nicht zu dem Mann gepasst«, stellte die Kommissionsleiterin anschließend fest. »Alles so neu und schnieke, dann diese ungepflegte Erscheinung.«

»Das fiel mir auch auf. Vielleicht haben seine oder ihre Eltern das Haus finanziert. Wir kennen ja seine Frau nicht, sie ist ja immerhin sehr pflichtbewusst.«

»Auf dem Land scheint die Pflege noch immer in den Aufgabenbereich der Frauen zu fallen, auch wenn es sich nicht um ihre Eltern handelt. Dabei ist der Ehemann zu Hause und hätte selbst mal nach seinem Vater sehen können«, sagte Gisela Schmidt ärgerlich.

Die dritte Befragung brachte ihnen genauso wenige Erkenntnisse, denn die vierköpfige Familie aus Lübberstedt hatte ebenfalls im vorderen Waggon Platz gefunden und von den Vorkommnissen im hinteren nichts mitbekommen. Erschöpft und hungrig suchten die Ermittler nach einer Einkehrmöglichkeit. Die umliegenden Landgasthäuser schienen alle Ruhetag zu haben, daher bot sich nur der Imbiss eines Supermarktes an. Beide bestellten eine Tasse Kaffee und ein Wurstbrötchen.

»Wie war Ihr Weihnachtsfest?«, fragte Gisela Schmidt.

»Ich habe es ganz ruhig verbracht.« Köster berichtete erneut vom Inselaufenthalt seiner Kinder und seiner getrennt lebenden Frau.

»Sylt.« Schmidt schien dem Klang des Wortes zu lauschen. »Wo denn da?«

»Kampen, direkt am Strand.«

»Und da sind Sie in den letzten Jahren auch gewesen?«

Köster nickte.

»Da passen Sie doch gar nicht hin«, stellte Schmidt energisch fest.

»Das stimmt schon.« Köster lächelte gequält. »Ich habe mich dort nie richtig wohlgefühlt. Aber ich war mit meinen Söhnen zusammen.«

»Das kann ich mir vorstellen. Und die fehlen Ihnen jetzt sicherlich.«

Wieder nickte Köster. »Wie haben Sie denn Weihnachten verbracht?«

Schmidt durchschaute sein Ablenkungsmanöver, ging aber darauf ein. »Wie immer mit der Familie. Das heißt mit meiner achtzehnjährigen Tochter und meinem Ex-Mann.«

Als sie Kösters erstaunten Blick sah, fuhr sie fort: »Wir sind schon viele Jahre getrennt und meine Tochter lebt bei mir. Sie wünscht sich aber ein gemeinsames Fest, so bieten wir ihr das auch. Na ja, wir verbringen Heiligabend zusammen, das reicht. Am ersten Feiertag ist sie dann bei ihrem Vater und sie besuchen mittags seine Eltern. Am zweiten ist sie dann wieder bei mir. Da kommt meine Mutter zum Essen.«

»Das klingt nach einer guten Lösung«, befand Köster. »Wie lange geht das denn schon so?«

»Seit unserer Trennung vor sechs Jahren. Aber lange wird es wohl nicht mehr nötig sein, denn Katrin macht dieses Jahr Abitur. Danach möchte sie für ein Jahr ins Ausland, Work and Travel.«

Schmidt schaute Köster fragend an. »Wie alt sind denn Ihre Jungen?«

»13 und 16. Sie werden noch länger Weihnachten mit der Familie verbringen wollen.«

»Kommen Sie denn auch mal ein Wochenende zu Ihnen?«

»Bisher nur einmal. Sie haben keine Lust auf Osterholz-Scharmbeck. Ich versuche, mich regelmäßig alle zwei, drei Wochen mit ihnen in Hamburg zu verabreden.«

Um das Gespräch zu beenden, erhob sich Köster. »Ich glaube, wir sollten noch unsere letzte Adresse aufsuchen.«

In Hambergen klingelten sie vergeblich an der Haustür. Anscheinend wurden sie vom Nachbarhaus beobachtet, denn kurz darauf öffnete sich ein Fenster und ein alter Mann schaute heraus. »Suchen Sie die Papes?«, fragte er.

Schmidt bejahte und wies sich aus. »Können Sie uns sagen, wo sich das Ehepaar aufhält?«

»Haben die was angestellt?«

»Nein, wir wollen nur eine Zeugenaussage von ihnen«, erwiderte Köster.

»Soweit ich weiß, sind sie verreist. Vielleicht kann ihnen ja die Tochter weiterhelfen. Sie wohnt mit ihrer Familie ganz in der Nähe.«

Köster notierte die Adresse, bedankte sich und wenig später läuteten sie erneut an einer Tür.

Ein kleines Mädchen öffnete und führte sie ins Haus zu ihrer Mutter. Diese teilte ihnen mit, dass ihre Eltern für vier Wochen nach Gran Canaria geflogen seien.

»Moorexpress? Ja, die Karten hatten meine Eltern gekauft. Da sie aber ganz überraschend die günstige Reise auf die Kanaren buchen konnten, haben sie die Tickets meiner jüngeren Schwester geschenkt. Sie ist Lehrerin in Bremen.«

»Mit wem ist sie denn gefahren?«

»Mit ihrem neuen Freund. Sie kennen sich noch nicht lange. Ich bin mal gespannt, wie lange das dieses Mal hält. Erst ist sie immer schrecklich verliebt, doch dann kommt die Ernüchterung und schon ist es vorbei.« Sie lächelte traurig und schüttelte den Kopf. »Dabei sehnt sie sich nach einer festen Beziehung und würde so gerne eine Familie gründen.«

»Ja, das ist traurig«, sagte Schmidt. »Könnten Sie uns Namen und Anschrift Ihrer Schwester sowie ihre Telefonnummer geben?«

Als Köster und Schmidt zur Polizeidienststelle in Osterholz-Scharmbeck zurückkehrten, setzte die Dämmerung ein, dabei war es gerade mal 16 Uhr.

»Da haben sich unsere Ermittlungen wenigstens ein bisschen gelohnt. Bei der jungen Frau Pape und ihrem Freund scheint es sich ja um das verliebte Paar im Moorexpress zu handeln«, vermutete Schmidt. »Morgen sollten wir zu ihnen Kontakt aufnehmen.«

Osterholz-Scharmbeck, Polizeikommissariat
Dieses Mal tauchten die Verdener etwas verspätet auf. Völkel, der Fahrer der Gruppe, berichtete von einem Traktor, dem sie über eine längere Strecke folgen mussten.

Zu Beginn der Sitzung fasste Köster kurz die Ermittlungsergebnisse aus Ohlenstedt, Axstedt und Hambergen zusammen. Abschließend fügte er hinzu: »Gestern Abend habe ich noch die junge Frau erreicht, die mit ihrem Freund im Zug war. Sie bestätigte bereits am Telefon, dass sie im Waggon saßen, in dem der Mord geschah. Heute sind die beiden zu Hause und stehen für eine Vernehmung zur Verfügung.«

»Gut, dann werden wir sie später aufsuchen. Wer möchte fortfahren?«

Völkel ergriff als nächster das Wort. Von den vier in Osterholz-Scharmbeck lebenden Ticketkäufern hatten sie drei zu Hause angetroffen, den vierten über sein Handy erreicht. Zwei gaben an, mit ihrem Ehepartner unterwegs gewesen zu sein, einer mit seiner Frau und seinen drei Kindern. Ein Osterholz-Scharmbecker hatte die Karten für seinen fünfköpfigen Kegelklub gekauft. Alle schienen im vorderen Waggon Platz genommen zu haben.

Bayer ermutigte Grotheer, über ihre Ergebnisse zu berichten. Sie sagte, dass sie alle zu Befragenden in ihren Häusern oder Wohnungen angetroffen hatten. Unter ihnen waren zwei Ehepaare sowie zwei Freundeskreise, jeweils aus vier und drei Personen bestehend. Auch diese hatten im überwiegend von den Osterholz-Scharmbeckern benutzten Abteil gesessen.

Mertens und Brunner hatten bisher nur zwei Bremer Käufer erreicht, die ebenfalls mit ihren Partnern im vorderen Abteil gesessen hatten. Die dritte Person war nicht zu Hause und ging auch nicht ans Telefon.

»Damit haben wir das Opfer und seinen Begleiter noch nicht gefunden. Das wäre auch zu einfach gewesen«, befand Schmidt.

»Noch etwas«, meldete sich Köster noch einmal zu Wort. »Bei mir hat sich ein Redakteur des Osterholzer Anzeigers gemeldet. Er wolle endlich wissen, was denn da am Bahnhof passiert sei. Die Öffentlichkeit habe ein Recht auf Information, der übliche Text. Sie kennen das ja.«

Schmidt seufzte. »Damit mussten wir rechnen. Gut, da die Staatsanwältin bereits eingeschaltet ist, werde ich mich an sie wenden, damit sie eine Presseerklärung darüber abgibt, dass am 19.12. auf der Moorexpressfahrt ein Mann zu Tode gekommen ist und die Ermittlungen auf Hochtouren laufen.«

»Meinst du, damit ist die Presse zufrieden?«, fragte Völkel zweifelnd.

»Wahrscheinlich nicht. Aber wenn wir von einem Mord sprechen, wird das erst recht alle wachrütteln. Es könnte ja noch hinzugefügt werden, dass die Verdener Mordkommission, unterstützt von Angehörigen des Polizeikommissariats Osterholz, dabei ist, den Fall zu untersuchen. Und ferner der Hinweis darauf, dass zurzeit aus ermittlungstechnischen Gründen noch keine genaueren Angaben gemacht werden können. Rainer, kannst du das formulieren und an Frau Lemke weiterleiten?«

Völkel nickte.

»Wie wäre es, die Zeitungen zu informieren und die Leser um Mithilfe zu bitten? Vielleicht meldet sich jemand, der eine wichtige Beobachtung gemacht hat oder etwas über das Mordopfer weiß«, schlug Anne Grotheer vor.

»In einem anderen Fall wäre das sicher sinnvoll. Aber wir haben die Mitfahrer des Moorexpresses bereits ermittelt und sind dabei, sie zu vernehmen. Wenn wir die Bevölkerung um Mithilfe bitten, bekommen wir nur eine große Anzahl von Hinweisen, die oftmals nicht hilfreich sind, um es mal gelinde auszudrücken. Für ihre Bearbeitung haben wir im Moment auch nicht genug Leute. Zur Identität des Opfers läuft noch Dr. Bartels Anfrage an mehrere seiner osteuropäischen Kollegen. Falls diese nichts ergibt, können wir uns immer noch an die Öffentlichkeit wenden«, antwortete Schmidt.

»Es fehlen uns noch zwei Befragungen. Inge und Harald, bleibt bitte dran und versucht, den Bremer Ticketkäufer zu finden. Unsere Kandidaten werden wir heute noch interviewen. Wir sollten uns auch erst wieder treffen, wenn wir zu neuen Erkenntnissen gelangt sind«, schloss Gisela Schmidt die Sitzung.

28. Dezember 2015, 12:30 Uhr

Bremen-Findorff

Kurz nach der Sitzung machten sich die Kommissionsleiterin und Kommissar Köster auf den Weg nach Bremen. Köster wollte die Adresse in sein Navigationsgerät eingeben, aber Schmidt unterbrach ihn.

»Die Straße kenne ich. In der Nähe habe ich eine Zeitlang gewohnt.« Die Temperaturen waren gefallen, der Regen ging in Schneefall über. Die Scheibenwischer arbeiteten unentwegt, dennoch blieb die Sicht getrübt, sie mussten langsam fahren. Nach einer Stunde erreichten sie den Bremer Stadtteil Findorff.

Auf ihr Klingeln öffnete eine hübsche, groß gewachsene Frau mit kurz geschnittenem, dunkelblondem Haar, gekleidet in modische Jeans mit einigen eingearbeiteten Löchern und einen eng anliegenden hellblauen Pullover. Sie führte die beiden in das Wohnzimmer, wo sie bereits von ihrem Freund erwartet wurden, einem sehr schlanken jungen Mann mit einem Pferdeschwanz. Dieser hatte zuvor auf dem Sofa gelegen und mit seinem Smartphone gespielt. Jetzt stand er auf und begrüßte Schmidt und Köster. Als er neben seine Freundin trat, stellte Köster fest, dass er diese noch um einen halben Kopf überragte. Der Kommissar musste zu ihm aufschauen. Nachdem sie sich gegenseitig vorgestellt und um den Wohnzimmertisch Platz genommen hatten, die beiden jungen Leute eng nebeneinander auf der Couch, begann Schmidt mit der Befragung:

»Frau Pape und Herr Meißner, wie Sie meinem Kollegen bereits am Telefon mitgeteilt haben, nahmen Sie am 19.12. an der Moorexpressfahrt zum Weihnachtsmarkt nach Stade teil und saßen dabei auf der Hinfahrt im hinteren Abteil, das ja auf der Rückfahrt zum vorderen wurde. Wo genau war denn Ihr Platz?«

»In der vorletzten Reihe, in der Nähe von der Tür«, antwortete Meißner.

»Können Sie uns das hier einmal einzeichnen?« Köster reichte beiden eine vorbereitete Skizze des Waggons.

Pape malte zwei Kreuze in den Plan. »Ich glaube hier. Ist das so richtig?« Unsicher wandte sie sich an ihren Freund.

Er nickte. »Ich glaube schon.«

»Dann saßen Sie in der dritten Reihe hinter dem Toilettenabteil mit Blick auf den zweiten Waggon?«, schlussfolgerte Köster. »Ja.« Meißner schaute noch mal auf das Blatt. »Dass es die dritte Reihe war, wusste ich nicht mehr. Nur, dass wir auf der Hinfahrt in Fahrtrichtung schauen konnten. Was wir aber nicht so oft gemacht haben.« Vielsagend lächelnd griff er seine Freundin um die Taille. Doch im nächsten Augenblick wurde er wieder ernst und schaute die Kriminalpolizeibeamten forschend an. »Warum fragen Sie uns das alles? Was ist denn in dem Zug passiert? Das beschäftigt uns schon seit Ihrem Anruf gestern. Da sprachen Sie von einem besonderen Ereignis auf der Moorexpressfahrt.«

Schmidt und Köster wechselten kurz einen Blick. Die Kommissionsleiterin ergriff das Wort: »In dem Abteil, in dem Sie saßen, ist auf der Rückfahrt von Stade nach Osterholz-Scharmbeck ein Mann zu Tode gekommen. Da Sie bis zum Schluss im Abteil saßen, möchten wir von Ihnen wissen, ob Ihnen etwas Besonderes aufgefallen ist.«

Erschrocken sah das Paar Schmidt an. Sie schienen noch näher zusammenzurücken.

»Der Mann, der auf der Fahrt verstarb, saß auf dem Sitz direkt vor den Toiletten. Ein etwa siebzigjähriger Mann im Mantel. Neben ihm ein Mann um die Fünfzig, der beim Ein- und Aussteigen eine dunkle Wollmütze und eine Jacke trug. Können Sie sich an die beiden erinnern?«

Meißner fand als Erster die Sprache wieder, seiner Stimme war die Erschütterung anzumerken. »Das ist schrecklich, wir haben die Fahrt und die Zeit in Stade so genossen, und dann stirbt ein Mann im Zug und wir bekommen nichts davon mit. Nein, ich habe die beiden nicht gesehen. Wie auch, wir saßen mit dem Rücken zu ihnen.«

Seine Freundin räusperte sich. »Auf der Rückfahrt bin ich einmal aufs Klo gegangen. Das war schon ein besonderes Erlebnis, ich habe versucht, an der Toilettenschnur zu ziehen, da kam aber kein Wasser. Dann sah ich die Gießkanne und schüttete Wasser nach. Egal, auf dem Weg dorthin fiel mir eine Familie auf, Eltern und anscheinend noch die Großeltern, dazu zwei Kinder. Der kleine Junge schien recht müde zu sein und quengelte rum, alles drehte sich um ihn. Dann waren da noch zwei Männer, die auf unserer Seite saßen, direkt vor dem Kloabteil. Sie schienen nicht richtig dazuzugehören und waren sehr ruhig. Ich kann mich nur an sie erinnern, weil der Ältere wie mein Großvater aussieht. Ist er der Tote?«

Schmidt nickte. »Wie würden Sie die beiden beschreiben?«

Pape dachte nach. »Der Ältere hatte wie mein Opa ein schmales Gesicht mit einem sehr lieben Ausdruck, graue Haare, ich glaube oben schon recht dünn. Er wirkte müde. Der Jüngere war wacher. Er hatte ebenfalls graue schüttere Haare, obwohl er doch noch viel jünger war. Insgesamt erschien er mir in Gesicht und Körper rundlicher zu sein, aber genauso groß wie der Ältere.«

»Fiel Ihnen noch etwas auf? Lassen Sie sich ruhig Zeit.«

Zögerlich begann Frau Pape noch einmal zu sprechen. »Ich glaube sie sahen sich ein bisschen ähnlich. Sie hatten die gleichen graublauen Augen, die schmalen Augenbrauen und die hohe Stirn. Darin erinnern mich beide an meinen Großvater.«

»Bleiben wir einen Augenblick dabei und nehmen einmal an, dass es wahr ist. Gibt es noch etwas, was Ihnen dazu einfällt?«

»Es war nur die obere Gesichtshälfte, die ähnlich war. Mund und Nase sahen ganz anders aus.«

»Sie haben eine gute Beobachtungsgabe«, lobte Köster die junge Frau. Sie errötete. »Das habe ich von meinem Vater, er kann Menschen auch gut beschreiben. Es hilft mir bei meinen Schülern. Auf diese Weise kann ich mir Gesichter besser merken.«

»Wissen Sie noch, wann Sie zur Toilette gegangen sind?«

»Das muss kurz hinter Bremervörde gewesen sein.«

Pape hielt einen Moment inne und fragte dann mit leiser Stimme: »Und wie ist er gestorben?«

»Das können wir Ihnen leider nicht sagen. Zu einem späteren Zeitpunkt werden Sie es sicher erfahren«, erwiderte Schmidt und wechselte das Thema. »Laut Aussage des Schaffners hat der zweite Mann den Zug in Osterholz-Scharmbeck ganz schnell verlassen. Er muss an Ihnen vorbei Richtung Ausgang gelaufen sein. Haben Sie ihn gesehen?«

Das Paar schaute sich fragend an. Während Pape den Kopf schüttelte, schien ihrem Freund etwas einzufallen. »Ja, jetzt erinnere ich mich: Wir waren gerade dabei aufzustehen, und ich wollte auf den Gang treten, da drängte sich jemand an uns vorbei, ein kleinerer, kräftiger Mann in dunkler Jacke und mit Wollmütze. Draußen sah ich noch, wie er die Treppe hinunterlief. Ich wunderte mich, warum er es so eilig hatte, und dachte mir, anscheinend hat er noch was vor.«

»Ist Ihnen dabei etwas an ihm aufgefallen?«

Meißner schaute etwas ratlos. »Das ging so schnell und ich war auch mehr mit Lena beschäftigt. An mehr kann ich mich nicht erinnern.«

»Wir haben noch eine Bitte: Können Sie morgen zu uns nach Osterholz-Scharmbeck kommen? Wir möchten mit Ihrer Hilfe ein Phantombild vom Begleiter des Toten erstellen lassen«, bat Köster das Paar.

Beide wechselten einen Blick und nickten. »Wir werden kommen«, stimmte Frau Pape zu.

»Dann seien Sie bitte um 10 Uhr bei uns.«

Die Kommissare erhoben sich. »Sie haben uns auf jeden Fall weitergeholfen, vielen Dank!«, beendete Schmidt das Gespräch.

Auf dem Rückweg zum Auto bemerkte Schmidt lächelnd: »Die beiden sind ja noch zusammen. Ganz so schnell, wie ihre Schwester meint, scheint Frau Pape ihre Beziehungen nicht zu beenden.«

Schnell wurde sie wieder ernst und fragte: »Was ist für uns jetzt neu nach dieser Befragung? Nicht allzu viel.«

»Der vermeintliche Mörder ist vielleicht mit dem Opfer verwandt. Das könnte uns weiterhelfen«, erwiderte Köster nachdenklich.

»Später, wenn wir mehr über ihn wissen. Es wäre schön, wenn Sie mich jetzt zum Hauptbahnhof bringen könnten. In 20 Minuten geht der nächste Zug nach Verden, den kann ich noch erreichen.«

Ein wenig enttäuscht folgte Köster ihrem Wunsch. Er hätte sich gerne noch etwas länger mit seiner Kollegin unterhalten.

19. Juni 1943

Der Moorhof

Wieder saß ich auf der Ladefläche eines Lasters. Das letzte Mal schien ewig lang her zu sein. Dabei war gerade eine Woche vergangen, seit wir von zu Hause abgeholt worden waren, durch unsere vertraute Stadt fuhren und Mama dem Wagen nachgelaufen war. Jetzt war ich in der Fremde und Tatjana nicht mehr bei mir.

Ich starrte in die Landschaft, grüne Wiesen und Kornfelder zogen an mir vorbei, wir passierten einige Dörfer, ähnlich wie auf unserem Marsch zum Lager, nur dass es jetzt viel schneller ging. Der Wagen rumpelte über die mit Klinkern gepflasterten Straßen und wir wurden heftig durchgeschüttelt. Auf den Sandwegen staubte es, wie zu Hause schien es längere Zeit nicht geregnet zu haben.

Nach einer halben Stunde erreichten wir ein langgestrecktes Dorf. In der Mitte hielten wir vor einem Krämerladen. Dort wurden wir bereits von einer Gruppe von Menschen erwartet, vor allem Frauen und alte Männer. Stumm betrachteten sie uns, als wir nacheinander vom Lastwagen stiegen. Der Ortsbauernführer sprach mit den Leuten, er schien einen Scherz gemacht zu haben, einige lachten. Ich verstand nicht, was sie sagten. Im Schulunterricht auf dem Gymnasium hatte ich zwar Deutsch gelernt, dazu Gedichte von Goethe und Schiller gelesen, doch die Dorfbewohner hier sprachen einen Dialekt, den ich nicht verstand.

Wenig später packte der Ortsbauernführer mich am Arm und schob mich zu einer Bäuerin, die mich abschätzend musterte und mir bedeutete, ihr zu folgen. Ich gehorchte und ging mit der kräftigen Frau durch die von Birken gesäumte Straße. Kurz vor Ende des Dorfes bogen wir in die lange Einfahrt ein. Auf der einen Seite standen Apfelbäume, die bereits Früchte trugen. Auf der anderen Seite grasten zwei kräftige Pferde, die fortwährend mit dem Schwanz wedelten, um die Fliegen zu verscheuchen.

An der Haustür des mit Reet gedeckten Bauernhauses wurden wir von einer alten Frau empfangen, die mich freundlich ansprach, doch die Jüngere herrschte die Ältere kurz an und schob mich ins Haus.

Im Flur war es dunkel und ich hatte Mühe etwas zu erkennen. Die Bäuerin bedeutete mir, ihr in den leeren Stall zu folgen. Ich roch Kuhdung, die Kühe schienen auf der Weide zu sein.

Auf der anderen Seite befanden sich mehrere Türen. Eine öffnete die Bäuerin, sie führte in eine schmale Kammer mit einer Pritsche, einer kleinen Kommode und einem Stuhl. Wieder verstand ich nicht, was die Frau mir sagte, schloss aber aus ihren Gesten, dass dies mein Schlafplatz sein sollte. Ich ließ mein Bündel auf dem Stuhl und ging mit der Bäuerin in die Küche. Hier saß bereits die alte Frau am Tisch und schälte Kartoffeln. Die Jüngere bedeutete mir, mich dazuzusetzen, holte Messer, Brett und Schüssel aus dem Schrank und legte alles vor mich hin. Die Großmutter lächelte und nickte. Ich begann zu schälen.

29. Dezember 2015, 8:00 Uhr

Osterholz-Scharmbeck, Polizeikommissariat
Köster saß bereits seit einer Stunde am Schreibtisch und las noch einmal alle Protokolle der letzten Sitzungen und Vernehmungen. Wie so häufig war er früh wach geworden und konnte nicht mehr einschlafen. So war er aufgestanden, hatte sich einen Kaffee gekocht und auf den Weg ins Kommissariat gemacht. Sein Blick fiel auf das Fenster, doch er sah in ihm nur die Spiegelung der Tür. Draußen war es stockdunkel, er hörte auf die Geräusche der vorbeifahrenden Autos.

Kurz nacheinander betraten Kruse und Grotheer die Dienststelle, sahen Licht im Zimmer ihres Chefs und suchten ihn gleich auf. Sie nahmen in der kleinen Sitzecke Platz. Köster drehte seinen Stuhl zu ihnen um. »Tag, ihr beiden. Schön, dass ihr da seid. Gibt es bei euch etwas Neues?«

Kruse berichtete vom Plan seines jüngeren Sohnes, nach Berlin zu ziehen. »Das hat er uns gestern erzählt. Wir sind aus allen Wolken gefallen. – Er meint, für ihn ist die neue Stelle eine große Chance, aber wir sind schon traurig, dass er dann so weit weg ist.«

»Ich finde ihn sehr mutig, in eine so große Stadt zu gehen, wo er niemanden kennt«, erwiderte Anne Grotheer bestimmt, fuhr aber nachdenklicher fort: »Ich weiß nicht, ob ich mich das trauen würde. Dafür hänge ich zu sehr an meiner Familie, meinen Freunden und der Gegend hier. Mein Freund war vor einem Jahr auf die Idee gekommen, für eine Zeit nach Skandinavien zu gehen, da er dort mehr verdienen könne. Zum Glück hat er davon in letzter Zeit nicht mehr geredet.« Sie wandte sich an Köster. »Wie siehst du das?«

»Er nutzt die Chance, das ist doch gut. Er ist noch jung und wird sicher neue Freunde finden. Thomas, für dich und für deine Frau ist das nicht so leicht, ihn gehenzulassen, das kann ich gut verstehen. Aber so angestaubt das klingt, wir müssen lernen, unsere Kinder loszulassen. Dazu ist Berlin ja nicht aus der Welt, ihr könnt ihn doch besuchen.«

Köster fragte sich, ob er wirklich glaubte, was er da sagte. Wenn er daran dachte, wie oft er seine Söhne vermisste, folgte er diesem Grundsatz ganz und gar nicht. Zu seiner Entlastung fiel ihm ein, dass Mats und Johann deutlich jünger waren als Kruses Sohn.

Wieder einmal meldete sich Kösters schlechtes Gewissen, Kruses Vorgesetzter geworden zu sein. Denn Kruse war schon reichlich lang im Polizeikommissariat Osterholz beschäftigt und hätte sich sicher eine höhere Position gewünscht. Er schien Köster aber nichts nachzutragen, ganz im Gegenteil, er hatte ihn mit offenen Armen empfangen und ihn mit den Arbeitsbedingungen in der Kreisstadt vertraut gemacht. Anscheinend hatte sich der Osterholz-Scharmbecker mit seinem vorherigen Vorgesetzten, mit dem Köster seine Stelle getauscht hatte, nicht besonders gut verstanden. Dies schloss Köster aus einigen Anmerkungen Kruses.

Köster wechselte ins Berufliche. »Habt ihr gestern noch was zu unserem Fall herausbekommen?«

Anne Grotheer berichtete, sie sei immer noch auf der Suche nach der Großfamilie, die auf der anderen Gangseite gegenüber vom Opfer und seinem vermeintlichem Mörder gesessen hatte.

»Dazu ging ich alle durch, die in Worpswede ein- und ausgestiegen waren und vier Tickets gebucht hatten. Kinder unter sechs fahren ja gratis. Das waren drei Personen. Eine habe ich schon angerufen, eine Frau aus der Nähe von Worpswede. Sie war mit ihrem Mann und einem befreundeten Paar unterwegs. Die anderen zwei werde ich gleich versuchen zu erreichen.«

»Sehr gut«, lobte Köster.

Kruse schaute nachdenklich aus dem Fenster. »Wir hatten ja vorgestern kein Glück mit unserer Befragung. Mir ist noch mal durch den Kopf gegangen, warum sich das Opfer für den Ausflug nach Stade so in Schale geschmissen hat. Boss-Anzug und -Mantel passen doch nicht wirklich zu einem Weihnachtsmarktbesuch.«

»Ist dir dazu eine Idee gekommen?«

»Vielleicht wollte er seinen Begleiter beeindrucken, damit dieser ihn für was Besseres hält.«

»Oder er ist jemand, der sich immer gut anzieht. Das könnte bedeuten, dass er in seiner Heimat zu den Besserverdienenden gehört hat«, sagte Grotheer.

»Beides ist möglich. Und vielleicht hilft uns das zu einem späteren Zeitpunkt weiter.«

Nachdem sich seine beiden Mitarbeiter in ihr Arbeitszimmer zurückgezogen hatten, machte sich Köster Notizen, wurde aber vom Klingeln des Telefons unterbrochen.

»Bartels hier.« Die Stimme des Gerichtsmediziners klang gehetzt. »Ich habe nicht viel Zeit, deswegen mache ich es kurz: Meine Nachforschungen zum Gebiss des Toten waren erfolgreich. Ich habe die Röntgenaufnahme an Kollegen in die Ukraine und Polen geschickt. Heute kam die Antwort aus Kiew. Der verwendete Zahnersatz wurde in einem der beiden Länder hergestellt. Es gibt dort nur wenige Zahnärzte, die eine so gute Arbeit machen, einer von ihnen erkannte die Aufnahme wieder und konnte sie einem Patienten zuordnen. Sein Name ist Leschek Lutschko, geboren am 20. August 1944, wohnhaft Sagaidatchny-Straße 10, Kiew. Ich schicke Ihnen das Ergebnis noch per Mail.«

Bevor sich Köster bedanken konnte, hatte Dr. Bartels aufgelegt. Völlig überrascht schaute der Kommissar auf den vor ihm liegenden Block, auf dem er die Neuigkeiten notiert hatte. Endlich hatte der Tote einen Namen, Leschek Lutschko, ein Geburtsdatum und eine Adresse. Das

Alter passte zu dem vom Gerichtsmediziner angenommenen: Er war 71 Jahre alt geworden. Das erklärte zwar nicht, was er in Deutschland und im Moorexpress zu suchen hatte und in welchem Verhältnis er zu seinem mutmaßlichen Mörder stand. Aber es war ein Anfang. Köster atmete tief durch und suchte nach dem Formblatt, um einen Rechtshilfeantrag an die ukrainische Polizei zu stellen. Jetzt brauchte er noch einen Kaffee. Das Ausfüllen würde einige Zeit dauern. Er sollte die Leiterin der Mordkommission informieren.

29. Dezember 2015, 18:30 Uhr

Osterholz-Scharmbeck, Kösters Wohnung
Müde schloss Köster die Wohnungstür hinter sich, er fror. Sein erster Weg führte zu den Heizkörpern im Wohnzimmer, er stellte das Thermostat höher. Im Kühlfach fand er noch eine Pizza, die er in der Mikrowelle aufbackte. Gerade als er eine Bierflasche geöffnet hatte, klingelte das Telefon. Auf dem Display sah er die Nummer seiner Ehefrau, er atmete tief durch und nahm den Anruf an. Sie berichtete kurz vom Weihnachtsfest auf Sylt, das ihre Mutter wunderschön gestaltet hatte, dem hervorragenden Essen und dem tollen Winterwetter auf der Insel. Ja, die Jungen hätten sich über sein Geschenk gefreut. Aber musste es unbedingt eine neue Playstation sein, die beiden hingen doch schon genug vor dem PC.

»Kannst du sie nach Silvester bis zum Schulanfang nehmen? Genau gesagt vom 1. bis zum 6. Januar?«

»Du weißt genau, dass die beiden keine Lust auf Kleinstadt haben. Das haben sie mir nach dem Besuch im November deutlich gesagt. Außerdem bin ich mitten in den Ermittlungen zu einem Mordfall.«

»Das bist du doch ständig. Wie oft musste ich mir das schon anhören! Sonst bin ich immer für sie da, jetzt bist du dran.«

Bevor Köster antworten konnte, hatte seine Frau aufgelegt. Er spürte, wie ohnmächtige Wut in ihm aufstieg, wie so oft nach Auseinandersetzungen, die Sabine mittendrin beendete. Dazu rührte sich sein schlechtes

Gewissen, sich zu wenig um seine Söhne zu kümmern. Doch wie sollte er ihren Besuch mit den Mordermittlungen vereinbaren? Und was konnte er einem Dreizehn- und einem Sechzehnjährigen in Osterholz-Scharmbeck schon bieten?

30. Dezember 2015, 8:30 Uhr

Osterholz-Scharmbeck, Polizeikommissariat
Es wurde gerade hell, als Grotheer und Kruse Kösters Büro betraten. Es schien ein nebliger, trüber Tag zu werden.
»Ist das feuchtkalt draußen, brr!« Anne schüttelte sich. »Ich koch gleich mal Kaffee.«
»Warte einen Moment«, bat Köster und berichtete vom bevorstehenden Besuch seiner Kinder. »Was soll ich in der Zeit mit ihnen machen? Wir sind doch mitten in den Ermittlungen«, fragte er niedergeschlagen.
Kruse schwieg, aber Grotheer schien eine Antwort zu wissen. »Du kannst sie doch mit ins Kommissariat bringen. Polizeiliche Ermittlungen sind doch spannend für so Jungens, vor allem, wenn es mit Computerarbeit zu tun hat. Mein Cousin Tim, der neben uns wohnt, ist siebzehn und geht noch zur Schule. Er kann sich auch mit den beiden beschäftigen.«
»Das wäre natürlich schön. Aber hätte Tim denn überhaupt Lust dazu?«
»Warum denn nicht? Die beiden sind aus der Großstadt und sie hätten sich sicher einiges zu erzählen. Dazu könnten sie auch miteinander nach Bremen fahren, das macht Tim öfter. Ansonsten werden wir den beiden einige Aufgaben zur Recherche geben, das macht deinen Jungens sicher Spaß.«
Köster bedankte sich bei Anne. Insgeheim wunderte er sich, dass er nicht selbst auf die Idee gekommen war, seine Söhne mit ins Kommissariat zu nehmen. In Hamburg hatte er sie stets von seiner Arbeit fernhalten wollen, sie erschienen ihm noch zu jung, um sich mit so schweren Themen zu beschäftigen. Doch die Ermittlungen hatten nicht immer nur mit Gewalt und Mord zu tun, es gab genügend andere Beschäftigungen

im Umfeld, die Johann und Mats interessieren könnten. Dazu waren sie keine kleinen Kinder mehr. Manchmal schien er das zu vergessen.

Wenig später rief er Johann auf seinem Handy an und lud ihn und seinen jüngeren Bruder zum Besuch ein. Wie er erwartet hatte, reagierte Johann verhalten, willigte dennoch ein. Köster vermutete, dass seine Frau mit den Jungen gesprochen und beiden mitgeteilt hatte, dass es keine Alternative zum Aufenthalt in Osterholz-Scharmbeck gäbe. Johann kannte bereits die Ankunftszeiten der Züge aus Bremen, mit denen er und sein Bruder am 1. Januar in Osterholz ankommen könnten. Vater und Sohn vereinbarten, dass der Kommissar seine Söhne am frühen Nachmittag am Bahnhof abholen würde. Beide wünschten einander einen guten Rutsch ins neue Jahr.

Einen kurzen Moment fragte sich Köster, warum Sabine ihre Söhne für die ersten Tage des neuen Jahres aus dem Haus haben wollte. Seit ihrer Trennung hatte sie noch nie auf einer Besuchsregelung bestanden. Köster nahm an, dass sie bisher nicht auf ihn angewiesen war. Er kannte ihre Eltern, die jederzeit bereit waren, sich der Jungen anzunehmen. Nur schienen diese selbst am Anfang des nächsten Jahres beschäftigt oder verreist zu sein. Eigentlich war Johann alt genug, um sich für ein paar Tage um sich und seinen kleineren Bruder zu kümmern. Entweder war er nicht bereit dazu oder Sabine traute es ihm noch nicht zu.

22. August 1943

Sommer auf dem Moorhof
Jetzt bin ich zwei Monate auf dem Hof. Jeden Tag denke ich an zu Hause und vermisse Mama und Tatjana. Von beiden habe ich nichts mehr gehört, auch von niemand anderem aus dem Zug.
Vor einer Woche schenkte mir die alte Frau ein Heft und einen Stift. Wie heute war es sehr heiß. Den Vormittag hatte ich mit den anderen Gras gewendet, das die Männer bereits ab 4 Uhr bis zum Frühstück gesenst hatten. Nach dem Melken waren die Bäuerin und ich mit dazugekommen.

Zum Kochen kehrte ich in die Küche zurück. Die Großmutter hatte schon das Suppenfleisch aufgesetzt, da gab sie mir Heft und Stift. Beides hat sie anscheinend im Dorfladen gekauft. Als ich mich dafür bedanken wollte, winkte sie ab, lächelte aber und sagte, ich solle beides in meine Kammer bringen. Das habe ich gleich getan. Danach schälte ich Kartoffeln und das Gemüse. Es roch so gut nach der Suppe, so dass ich bald Hunger bekam.

Als das Essen fertig gekocht war, erschienen alle in der Küche. Zu den Mahlzeiten sitzen die Bäuerin, ihre drei Kinder und die Großmutter am großen Tisch, Pierre, der französische Zwangsarbeiter, der einen Monat nach mir angekommen ist, und ich am kleinen Tisch. Eine meiner Aufgaben ist es, das Essen auszuteilen. Wie immer füllte ich meinen Teller zuletzt auf und nahm gegenüber von Pierre Platz. Schweigend aßen wir alle, außer dem Schlürfen und dem Kratzen der Löffel war nichts zu hören. Der älteste Sohn Jan unterbrach die Stille und rief mit barscher Stimme: »Ick will noch wat!«

Sofort sprang ich auf, lief zum Familientisch und gab ihm einen Nachschlag. Pierre gab mir ein Zeichen, so füllte ich auch seinen Teller noch einmal auf.

Hier auf dem Hof können wir uns alle satt essen, es gibt genug. Ganz anders als zu Hause, wo Mama und ich oft hungrig zu Bett gegangen sind. Dafür muss ich hier schwer arbeiten, von früh bis spät, und höre selten ein freundliches Wort. Allein die Großmutter lächelt mich von Zeit zu Zeit an, doch nur, wenn sie allein mit mir in der Küche ist. Sie spricht als einzige mit mir. Sie erklärt mir die Namen der Speisen auf Hoch- und Plattdeutsch.

Einmal überraschte die Bäuerin uns, als wir beide über einen Scherz lachten. In keifendem Ton wies sie ihre Schwiegermutter zurecht und schickte mich mit den Kartoffelschalen in den Stall zu den Schweinen. Seit dieser Zeit spricht die Großmutter nur noch selten mit mir. Nur dann, wenn sie ganz sicher weiß, dass ihre Schwiegertochter für längere Zeit aus dem Haus ist. Der unruhige Blick der alten Frau huscht dann zur Tür, sie scheint sich vor der Jüngeren zu fürchten.

Ich finde das seltsam, in meiner Heimat werden die älteren Menschen mit mehr Respekt behandelt. Die deutsche Großmutter erinnert mich an meine Oma. *Eigentlich war sie immer da, wohnte sie doch bei uns in einem Zimmer unterm Dach. Vor zwei Jahren ist sie an Krebs erkrankt und wenig später gestorben. Wenn ich an sie denke, versuche ich die Tränen zu unterdrücken. Dazu kommen mir immer wieder Bilder von zu Hause, in Gedanken bin ich oft bei Mama und frage mich, wie es ihr wohl jetzt so allein geht. Und ob sie endlich Nachrichten von Papa und Boris bekommen hat. Wenn die alte deutsche Frau sieht, dass ich traurig bin, und die Bäuerin nicht in der Nähe ist, streicht sie mir leicht über den Arm oder über den Kopf.*

Am Abend lag ich im Bett in meiner Kammer. Nebenan hörte ich eines der Pferde leise schnauben, ein beruhigendes Geräusch. Erst wusste ich nicht, was ich mit dem Heft anfangen sollte, aber dann kam mir der Gedanke, alles aufzuschreiben, was mir seit dem Abschied von meiner Heimat passiert ist. Hier kann ich mit niemanden darüber sprechen, fühle mich oft so einsam und möchte auch nichts vergessen. Ich will alles später noch einmal lesen können, wenn ich wieder zu Hause bin. Obwohl ich sehr müde war, habe ich gleich angefangen und fast jeden Abend etwas aufgeschrieben. Jetzt bin ich am heutigen Tag angelangt.

31. Dezember 2015, 9:46 Uhr

Osterholz-Scharmbeck, Polizeikommissariat
Das Telefonläuten riss Köster aus seinen Gedanken. Es rauschte in der Leitung,

»Hallo, hier ist Viktor Borsow, Kommissar aus Kiew. Und wer sind Sie?«

Überrascht lauschte Köster der lauten Stimme, die englisch sprach. Nach einem kurzen Zögern stellte er sich ebenfalls vor.

Borsow fuhr fort: »Ich erhielt Ihre Anfrage gestern. Mein Vorgesetzter schickte mir Ihre E-Mail. Sie schrieben, dass Sie Informationen über Leschek Lutschko haben möchten. Er wurde am 19.12. auf einer Zugfahrt erschossen. Es gibt noch keine Verdächtigen?«

Köster stimmte zu. »Ja, deshalb möchten wir mehr über Lutschko erfahren, über seine Lebensumstände und mögliche Kontakte in Deutschland und warum er sich in Deutschland aufgehalten hat.«

»Dann habe ich Ihre Anfrage richtig verstanden. Ich habe heute mit den Nachforschungen begonnen und wollte Ihnen von den ersten Ergebnissen berichten. Ich hätte das auch per E-Mail machen können, doch das Schreiben dauert zu lange. Ist das in Ordnung?«

Köster hatte Mühe, den ukrainischen Ermittler zu verstehen, da dessen englische Aussprache von einem heftigen Akzent gefärbt war.

»Natürlich. Herzlichen Dank für Ihre schnelle Antwort! Bitte fahren Sie fort.«

»Zuerst suchte ich im Polizeicomputer, aber da ist Lutschko bisher noch nicht aufgetaucht. Seine Fingerabdrücke damit auch nicht. Aber die Adresse, die Sie schickten, stimmt. Ich fand sie im Melderegister und im Telefonbuch. Einige andere Details: Er war mit Nadja Lutschko verheiratet, sie wurden aber vor fünf Jahren geschieden. Die beiden haben eine Tochter, Sophia Lutschko, geboren am 20. November 1975 in Kiew. Alle drei leben in unserer Stadt.«

Borsow schwieg, er schien am Ende seines Berichts angekommen zu sein.

Köster räusperte sich. »Wäre es möglich, dass Sie noch mehr über seine Familie und seine Geschichte herausbekommen könnten? Wo wurde er geboren und wer waren seine Eltern? Hatte er Verbindungen nach Deutschland?«

»In Ordnung. Ich versuche seine Geburtsurkunde ausfindig zu machen. Und ich werde Anfang Januar zu seiner Wohnung fahren und seine Nachbarn interviewen. Wenn ich genug Zeit habe, nehme ich noch Kontakt zu seiner Ex-Frau und Tochter auf. Sie müssen auch vom Tod Lutschkos erfahren.«

»Schön, das wird uns sehr helfen. – Darf ich Ihnen eine persönliche Frage stellen?«

»Klar, wenn ich sie beantworten kann.«

»Wie kommt es, dass Sie so gut Englisch sprechen?«

Borsow lachte. »Ach, das wollen Sie wissen. Ich habe in England studiert. Da hatte ich genug Übung. Aber meine englischen Freunde meinen, sie könnten mich trotzdem nicht so gut verstehen. Das muss mit meiner Aussprache zu tun haben.«

»Danke für die Antwort. Ich wünsche Ihnen einen guten Start ins neue Jahr!«

»Ihnen ebenfalls ein gutes neues Jahr!«, beendete Borsow das Gespräch.

Köster legte den Hörer beiseite und atmete tief durch. Langsam wich die Anspannung, die er während des Telefonats mit dem ukrainischen Ermittler gespürt hatte. Er nahm die Stille im Raum wahr, sein Blick fiel auf die Notizen vor ihm und er fasste das Ergebnis noch einmal für sich zusammen. Dabei war er erstaunt, wie schnell der Kontakt zur ukrainischen Polizei hergestellt worden war. Borsow würde ihnen helfen, mehr über das Opfer zu erfahren. Gleichzeitig spürte er ein leichtes Unbehagen, auf Borsows Informationen angewiesen zu sein.

31. Dezember 2015, 15:30 Uhr

Worpswede, Bergstraße

Nach dem Anruf Borsows meldete sich Köster bei der Kommissionsleiterin und berichtete ihr von dem Gespräch. Sie reagierte mit Erstaunen und Erleichterung. »Das sind wichtige Neuigkeiten aus der Ukraine. Wie gut, dass Kommissar Borsow so kooperativ ist. Eigentlich müssten wir noch einmal die Mordkommission einberufen und berichten. Aber heute ist Silvester und die meisten Kollegen sind schon in Feierlaune. Dazu fehlen noch wichtige Details zum Opfer und zu seiner Herkunft, die Borsow hoffentlich noch in Erfahrung bringt.«

Für einen Moment hielt Schmidt inne, auch Köster schwieg.

»Wie wäre es, wenn wir uns heute Nachmittag in Worpswede treffen und alles noch einmal durchgehen?«, schlug sie vor.

Pünktlich zum vereinbarten Termin erreichte Köster das Künstlerdorf. Unruhig schaute er über den großen Parkplatz in der Bergstraße. Einige

Pfützen bedeckten den seltsamen sandgelb gefärbten Untergrund. Nur wenige Autos parkten am Rande. Soweit Köster sehen konnte, war noch keines mit einem Verdener Kennzeichen dabei. Endlich bog ein dunkelblauer Audi ein und hielt am anderen Ende des Platzes an. Gisela Schmidt stieg aus und sah sich unsicher um. Köster hob seine Hand und winkte. Als sie ihn erkannte, schloss sie ihren Wagen ab und lief zu ihm. Sie trug einen dunkelroten Wollmantel, dazu einen blauen Schal und Mütze.

»Ich hoffe, Sie mussten nicht allzu lange warten«, entschuldigte sie sich und reichte ihm die Hand.

»Nein, nein, ich bin auch gerade erst gekommen«, entgegnete Köster. »Ich bin ganz froh, dass es einmal nicht regnet.«

»Wie wäre es, wenn wir ein paar Schritte laufen?«

Köster willigte ein und sie machten sich zu Fuß auf den Weg zum Weyerberg.

Nach wenigen Schritten erreichten sie die Lindenallee und bogen auf den Sandweg ein, der zur höchsten Erhebung des Weyerbergs führte. Der Wind blies heftig, Köster fror, schlug den Kragen hoch und bedauerte, dass er keine wärmere Jacke angezogen und seinen Schal vergessen hatte. Dagegen schien Schmidt das Laufen zu genießen, ihr warmer Mantel und die Wollmütze schützten sie gegen die Kälte. Sie schritt weit aus, Köster bemühte sich, mit ihr auf gleicher Höhe zu bleiben.

»Das tut gut. Ich liebe den Weyerberg. Immer wenn ich in Worpswede bin, versuche ich mir Zeit zu nehmen hier zu gehen. Waren Sie schon einmal hier?«

Er nickte. »Ja, bereits mehrere Male. Einmal auch mit meinen Jungens, als sie mich besuchten. Sie waren aber nicht so begeistert, fanden die Gegend eher langweilig. Mir gefällt es hier, auch wenn der Weyerberg nur eine kleine Erhebung ist. Der Blick ist wunderbar.« Köster deutete auf die Landschaft vor ihnen.

Gemeinsam schauten sie über die Felder und Wiesen und entdeckten in der Ferne die Fabriktürme Bremens. Ein großer Hund lief an ihnen vorbei, gefolgt von einer Joggerin.

»Wie wäre es, wenn wir umkehren würden? Mir wird langsam kalt«, gestand Köster.

Zurück in der Bergstraße suchten sie ein Café auf und wärmten sich bei einem Milchkaffee und einem Stück Kuchen wieder auf. Köster fasste die bisherigen Ermittlungsergebnisse noch einmal zusammen.

»Wir wissen jetzt, dass das Opfer Leschek Lutschko heißt, aus Kiew stammt, verheiratet war und eine erwachsene Tochter hat. Borsow wird noch mehr in Erfahrung bringen, hoffentlich auch, was Lutschko in unserer Gegend wollte und zu wem er Kontakt aufgenommen hatte.«

Nachdenklich schob Schmidt die letzten Kuchenkrümel auf ihrem Teller zur Seite.

»Wir können nur Vermutungen anstellen, in welcher Beziehung Lutschko zu seinem vermutlichen Mörder stand. Sie könnten miteinander verwandt sein. Doch das ist nur eine Vermutung, die von der jungen Bremer Lehrerin stammt.«

»Bisher wissen wir noch nichts über den Begleiter Lutschkos. Zu dumm, dass die bisherigen Befragungen der Mitreisenden noch keinen Hinweis auf ihn ergeben haben. Wenn sie miteinander verwandt sein sollten, könnten beide Ukrainer gewesen sein. Ich werde noch einmal den Zugbegleiter fragen, ob er mitbekommen hat, in welcher Sprache sie sich unterhalten haben«, fügte Köster hinzu.

»Eine gute Idee. Und wir müssen uns noch gedulden, bis wir neue Informationen aus Kiew bekommen.« Hiermit schien Gisela Schmidt den beruflichen Teil abschließen zu wollen und schaute ihren Kollegen fragend an. »Wie verbringen Sie denn den heutigen Abend?«

Etwas irritiert über den schnellen Wechsel räusperte sich Köster. »Ähm, Kruse hat mich eingeladen, Silvester mit ihm und seiner Frau zu verbringen. Es kommen auch ein paar Freunde von den beiden. Eine nette Geste von ihm, mit der er dafür sorgen will, dass ich nicht allein zu Hause sitze.« Der Kommissar lächelte. »Dabei hätte mir das nichts ausgemacht. Und Sie, was haben Sie heute noch vor?«

»Ich feiere wie üblich mit meinem alten Freundeskreis, und wir schauen uns um Mitternacht das Verdener Feuerwerk an.«

»Schön, dann wünsche ich Ihnen einen guten Rutsch ins neue Jahr!«

»Ich Ihnen auch. Viel Spaß mit Kruse und seiner Familie.« Gisela Schmidt zögerte einen Moment. »Jetzt, da das alte Jahr zu Ende geht und etwas Neues beginnen wird, wie wäre es denn, wenn wir vom Sie aufs du übergehen? Wir sind schon eine Weile gemeinsam mit dem Fall beschäftigt und ich schätze unsere Zusammenarbeit. Wenn Sie einverstanden sind: Ich heiße Gisela.«

Überrascht schaute Köster Schmidt an, fasste sich aber schnell und lächelte. »Das ist ein guter Gedanke. Dann wiederhole ich noch einmal: Ich wünsche dir einen guten Rutsch ins neue Jahr, Gisela.«

»Ich dir auch, Peter!«

5. Oktober 1943

Ankunft des Bauern

Der Sommer ist vorbei, die Ernte abgeschlossen. Der Torf, den wir gestochen haben, ist getrocknet und in der Scheune verstaut. Jetzt lebe ich schon fast vier Monate auf dem Hof und habe nichts mehr in mein Heft geschrieben. Stattdessen habe ich mehrere Briefe an Mama geschickt, weiß aber nicht, ob sie angekommen sind, denn bisher hat sie nicht geantwortet. Wenn ich wenigstens wüsste, dass es ihr gut geht und Papa und Boris leben! Auch von Tatjana habe ich nichts gehört, ich weiß nicht einmal, wo sie untergekommen ist. Ich habe so viel Heimweh, dass ich fast jeden Abend im Bett weinen muss. Zum Glück bin ich von der Arbeit so müde, dass ich trotzdem schnell einschlafe.

Warum ich heute schreibe: Es war ein besonderer Tag. Der Bauer ist auf den Hof zurückgekommen. Doch erst einmal wusste niemand davon. Es war kalt und ich fror, als ich mit einem Korb voller Torf aus der Scheune zurückkehrte. An der Haustür angekommen schaute ich mich noch einmal um. Da sah ich, dass auf der Auffahrt jemand lief, ein großer Mann in deutscher Uniform, er schien es eilig zu haben. Schnell öffnete ich die Tür, trug den Korb in die Küche und stellte ihn neben den Ofen. »Da kommt jemand«, sagte ich der Großmutter. Neugierig lief sie zur Haustür, da kam der Soldat schon herein. »Hinnerk!«, rief die alte Frau und umarmte ihn. »Wie gut, dass du wieder da bist.« Sie trat einen Schritt zurück und betrachtete ihn ängstlich. »Bist du verletzt?«

Ihr Sohn lachte. »Nein, ich lebe noch, Mama. Und bin auch nicht verletzt. Ich habe Glück gehabt.« Und fügte ernst hinzu: »Mehr Glück als andere.«

Seine Mutter nickte. »Ja, Jan Kück hat es erwischt. Und es gibt noch mehr Tote und Verwundete im Dorf.« Sie wechselte das Thema. »Bleibst du länger?«

»Eine Woche habe ich Fronturlaub, dann muss ich zurück.«

»Eine Woche, das ist nicht lange. Aber immerhin.«

Sie schaute ihn an. »Du siehst gut aus, hast auch nicht abgenommen.«

»Die Ernährung ist gut in Norwegen. Es geht uns nicht schlecht dort. Wie geht es Gesche und den Kindern? Wo sind sie? Und wie war die Ernte?«

»Gesche ist einkaufen und die Kinder sind in der Schule. Zum Mittagessen sind sie wieder da. Die Ernte ist einigermaßen. Nun komm erst mal herein und setz dich.«

Hinnerk folgte seiner Mutter in die Küche. Erst jetzt entdeckte er mich und fragte: »Und wer ist das?«

»Lydia, eine Fremdarbeiterin, die uns zugeteilt wurde«, erklärte die alte Frau. »Sie hilft in der Küche, im Stall und auf dem Feld.«

»Und wo kommt sie her?«

»Aus der Ukraine. Und wir haben jetzt auch noch einen aus Frankreich.«

»Da ist ja viel passiert, seit ich das letzte Mal hier war«, stellte der Soldat nachdenklich fest. »Und wo ist der Franzose?«

»Im Stall, er mistet gerade aus. Zum Mittagessen kommt er rein. Magst du was trinken?«

Der Bauer nickte, die Großmutter gab ihm ein Glas Milch, das er gleich austrank. Er stand auf und sagte: »Ich ziehe mich erst mal um.«

1. Januar 2016, 15:00 Uhr

Osterholz-Scharmbeck, Bahnhof

Wider Erwarten war der Silvesterabend bei Kruses kurzweilig verlaufen und Köster bemerkte am Ende erstaunt, wie schnell die Zeit vergangen war. Neben ihm hatten Kruse und seine Frau noch drei befreundete Paare und einen alleinstehenden Cousin eingeladen, eine Gruppe, die anscheinend öfter miteinander feierte. Jeder brachte etwas zum Essen mit, so dass ein kleines Buffet entstand, an dem sich alle bedienten. Die anderen Gäste stammten wie Kruse aus Osterholz-Scharmbeck und den umliegenden Dörfern. Alle gingen recht unterschiedlichen Berufen nach und wirkten, was Kleidung und Auftreten anging, ebenso verschieden. Das Spektrum reichte von elegant bis sehr leger. Gemeinsam war allen ein besonderer Humor. Köster wurde schnell in den Kreis aufgenommen und unterhielt sich bald angeregt mit einem Lehrerpaar, anschließend mit einem Autoschrauber und seiner Frau, einer Secondhandladenbesitzerin. Köster fiel auf, wie ähnlich Erika Kruse ihrem Mann sah, sie hätten fast als Geschwister durchgehen können. Beide nahmen ihre Gastgeberrolle sehr entspannt wahr und schlugen nach dem Essen vor, gemeinsam Tabu zu spielen. Zu Kösters Gruppe gehörten Kruses, der Cousin sowie das Lehrer- und ein Landwirtspaar. Ihnen gelang es, die meisten Begriffe zu raten, ohne dass eines der fünf Tabuwörter genannt wurde.

Köster trank im Laufe des Abends einige Gläser Wein und stieß um Mitternacht noch mit Sekt an. Beschwingt lief er um zwei Uhr in der Frühe zu Fuß nach Hause. Kruses wohnten nur eine halbe Stunde von ihm entfernt.

Am späten Vormittag des ersten Januar wachte er mit Kopfschmerzen auf und kochte einen starken Kaffee. Nach dem Frühstück räumte er auf und bezog die Gästebetten. Als er im letzten Sommer nach Osterholz-Scharmbeck gezogen war, hatte er eine Dreizimmerwohnung gesucht. Einen Raum hatte er für seine Söhne eingerichtet, ausgestattet mit zwei Betten an den Wänden, einem Schreibtisch und einem eigenen Fernseher. Damals war Köster noch davon ausgegangen, dass die beiden ihn regelmäßig an jedem zweiten Wochenende besuchen würden.

Pünktlich um 15 Uhr fuhr der Regionalzug aus Bremen ein. Die Türen wurden von innen geöffnet, doch nur wenige Mitfahrer verließen den Zug. Köster wartete am Bahnsteig und sah, wie aus dem hinteren Waggon seine Söhne ausstiegen. Mats als Erster, er schulterte seinen Rucksack und sah sich um, entdeckte seinen Vater, winkte und lief ihm entgegen. Ihm folgte betont lässig sein älterer Bruder, dessen

Gesichtsausdruck Ablehnung ausdrückte. Johann schien wieder einmal gewachsen zu sein und wirkte noch hagerer als zuvor. Auch Mats war größer geworden, aber noch immer einen Kopf kleiner als sein älterer Bruder. Trotz des Größenunterschieds sahen sie einander sehr ähnlich. Die glatten, blonden Haare hatten sie von ihrer Mutter geerbt, die dunklen Augen stammten aber von ihm. Köster begrüßte beide mit Handschlag und umarmte sie. »Schön, dass ihr gekommen seid!« Während Mats sich zu freuen schien, spürte Köster, wie Johann sich bei der Berührung versteifte. Der Kommissar versuchte es zu überspielen und lud seine Söhne ein, ihm in seine Wohnung zu folgen. Da es regnete, war er mit dem Auto gekommen. Mats setzte sich als jüngerer ungefragt auf den Rücksitz und Johann nahm neben seinem Vater Platz, holte aber gleich sein Smartphone heraus und schaute nach neuen Nachrichten. Köster sah, dass auch Mats eines besaß und darauf herumtippte, sicher ein Geschenk von Sabines Eltern zu Weihnachten.

Im Wohnzimmer tranken sie Kaffee und aßen Stollen. Mats erzählte von seinem Silvesterabend. Er und seine Freunde waren an die Elbe gezogen und hatten viele Böller hochgehen lassen. Johann berichtete vom Silvesterfest bei seiner Freundin, zu der auch andere Klassenkameraden eingeladen gewesen waren. Leas Eltern waren ausgegangen, so hätten sie die Wohnung für sich gehabt. Zu mehr wollte er sich nicht äußern.

Für den Abend hatte Köster einen Tisch in einer Pizzeria in der Stadt bestellt. Beim Essen sprach er mit seinen Söhnen über die Gestaltung der nächsten Tage.

»Leider habe ich keinen Urlaub bekommen können und muss auch morgen aufs Revier. Wir sind gerade mit einem aktuellen Mordfall beschäftigt. Wenn ihr Lust habt, könnt ihr aber gerne mit aufs Kommissariat kommen und mir beim Recherchieren helfen oder ihr beschäftigt euch selbst, schaut euch zum Beispiel Bremen an. Ihr habt die Wahl.«

Mats und Johann schauten ihren Vater erstaunt an.

»Mit aufs Revier? Das durften wir doch noch nie«, sagte Mats.

Johann fügte hinzu: »Und wie sollten wir dir bei den Ermittlungen helfen? Wir sind doch keine Polizeibeamten. Das meinst du doch nicht ernst.«

»Ihr könnt gut mit Computern und mit euren Smartphones umgehen und im Internet recherchieren. Da gibt es genug Themen, zu denen wir noch mehr Informationen brauchen.«

2. Januar 2016, 9:00 Uhr

Osterholz-Scharmbeck, Polizeikommissariat
Es war nicht leicht gewesen, Johann und Mats zum frühen Aufstehen zu bewegen, waren sie es doch beide gewohnt, in ihren Ferien lange zu schlafen. Auch wenn sie letztlich zugestimmt hatten, ihren Vater auf das Revier zu begleiten, erschien es ihnen nicht einsichtig, deshalb ihr Bett früh zu verlassen. Köster hatte sie zweimal geweckt, es aber schließlich aufgegeben und das Frühstück vorbereitet. Vielleicht war es der Kaffeeduft, der sie zum Aufstehen bewegte, oder der Gedanke, sich ohne ihren Vater in dem für sie öden Osterholz-Scharmbeck zu langweilen. Wenig später erschienen sie in der Küche, aßen Cornflakes und tranken Kakao (Mats) und Kaffee (Johann und sein Vater). Pünktlich um 9 Uhr trafen sie in der Dienststelle ein und wurden von Kruse und Anne Grotheer begrüßt. Die junge Frau nahm eine große Einkaufstasche auf und führte die beiden Jungen gleich in einen nahe gelegenen kleinen Raum, in dem ein Schreibtisch mit Lampe, ein leeres Aktenregal und zwei Stühle, jedoch kein PC standen.

»Dies ist ein Reserveraum der Dienststelle. Den könnt ihr in den nächsten Tagen benutzen.« Sie brachte aus ihrer Einkaufstasche ein Notebook, Kabel und einen handlichen Drucker zum Vorschein. »Da Polizeicomputer für euch tabu sind, habe ich euch mein privates Notebook mitgebracht. Ich habe es mir selbst zu Weihnachten geschenkt und es noch nicht benutzt. Mit ihm und euren Smartphones könnt ihr im Internet alle notwendigen allgemein zugänglichen Daten recherchieren, die uns weiterhelfen könnten. – Hat euer Vater euch von unserem Mordfall erzählt?«

Mats und Johann nickten. »Ja, gestern Abend. Allzu viel wisst ihr ja noch nicht, vor allem noch gar nichts über den Mörder«, wandte Johann ein. »Und was sollen wir herausfinden?«

»Wie ihr vielleicht erfahren habt, trug das Mordopfer vor allem Boss-Kleidung: Anzug, Hemd, Mantel, alles von dieser Marke. Für einen Ukrainer eine erstaunliche Kleiderwahl. Es stellt sich also die Frage, wo er sich eingekleidet hat, ob noch in seiner Heimat oder hier in Deutschland. Das Opfer wohnte in Kiew, der Hauptstadt der Ukraine. Versucht doch mal herauszufinden, ob es dort Geschäfte gibt, in denen Boss-Kleidung verkauft wird. Vielleicht gibt es auch noch einen besonderen Grund, warum er gerade diese Marke gewählt hat. Also recherchiert mal zur Marke Boss überhaupt: Gibt es da einen Zusammenhang mit der Ukraine oder irgendeinen anderen Hinweis, der uns weiterhelfen könnte? Wenn ihr etwas findet, kopiert es und speichert es in eine eigene Datei. Und vergesst nicht zu notieren, woher ihr die Information habt.«

Als Köster wenig später nach seinen Söhnen schaute, saßen sie bereits konzentriert vor dem Bildschirm des Notebooks und über ihren Smartphones und schauten kaum auf, als er sich bemerkbar machte. Leise schloss er die Tür, besuchte Anne Grotheer und Kruse in ihrem Büro und lud sie in sein Büro ein.

Zunächst bedankte sich Köster für den schönen Silvesterabend. »Ich habe mich sehr wohl bei euch gefühlt. Ihr habt schon besonders nette Freunde.«

Kruse lächelte verschmitzt. »Finden wir auch. Dabei ist dieser Kreis so nach und nach entstanden. Früher feierten wir meistens mit Verwandten und Nachbarn, so wie das hier üblich ist. Auf den recht langweiligen Festen waren aber manchmal ein paar Leute, mit denen wir uns gut unterhalten haben. Das fiel uns beiden auf, und so beschlossen Erika und ich vor ein paar Jahren die Sympathischen zu uns einzuladen. Wenn du Lust hast, kannst du das nächste Mal wieder dabei sein.«

Köster nickte erfreut. Wenig später tauschte sich Köster mit Kruse und der jungen Kommissarin über die bisherigen Ermittlungsergebnisse aus, berichtete auch vom Treffen mit der Leiterin der Mordkommission am Nachmittag des Einunddreißigsten. Zum Abschluss wandte sich Köster an Anne Grotheer: »Ich finde es wunderbar, dass du auf die Idee gekommen bist, Mats und Johann für diese Art von Rechercheaufgaben einzuteilen.«

»Die beiden sind doch klasse, so was von motiviert. Und sie arbeiten super zusammen. Soweit ich es mitbekommen habe, sucht jeder für sich am PC und per Smartphone zu einem Thema nach Informationen. Manchmal finden sie dasselbe heraus, manchmal aber auch Verschiedenes. Das teilen sie sich gleich mit, es ist ein richtiger Wettbewerb. Und Mats kann anscheinend gut mithalten.«

Mittags holte Köster seine Söhne ab. »Es ist genug für heute, wir haben schließlich Sonnabend. Wie geht es bei euch voran?«

»Gut«, meinte Mats. »Wir haben bereits mehrere Geschäfte in Kiew gefunden, die Boss-Anzüge und Mäntel verkaufen.«

»Das war nicht so einfach, da diese Läden meistens auf Russisch oder Ukrainisch inserieren, und das heißt in kyrillischer Schrift«, ergänzte Johann. »Es gibt im Internet aber Übersetzerprogramme, die alles gleich ins Deutsche übertragen.«

»Witzig ist nur, was dabei herauskommt, meistens völlig verdrehtes Deutsch«, ergänzte Mats lachend.

»Wir haben versucht, alles neu zu schreiben und dem Ganzen einen Sinn zu geben«, fügte Johann ernst hinzu.

»Gut gemacht«, lobte Köster seine Söhne.

»Am liebsten würden wir noch weitermachen. Wir wollten noch zur Boss-Firma recherchieren«, sagte Johann.

Sein Vater schüttelte den Kopf. »Jetzt ist Wochenende. Ihr habt dazu noch am Montag und Dienstag Zeit, ihr fahrt ja erst am Mittwoch wieder nach Hause.«

11. Oktober 1943

Abschied vom Bauern
Morgen endet der Fronturlaub des Bauern und er muss wieder nach Norwegen. Ein letztes Mal saß er mit am Abendbrottisch und trank sein zweites Bier. Doch das besserte seine Stimmung nicht. Wie die Großmutter und die Kinder wirkte er bedrückt, nur seiner Frau war nichts anzumerken. In der vergangenen Woche hatte er viel gearbeitet, die Tiere begutachtet und

die Ernte überprüft, mit Pierre Zäune und Werkzeug ausgebessert. Die beiden scheinen sich gut zu verstehen. Am letzten Nachmittag hat der Bauer dem Franzosen noch Anweisungen gegeben, welche Arbeiten er in der Herbst- und Winterzeit zu erledigen hat. Hans und Gisela waren viel bei ihm, nur Jan, der Älteste, ging ihm aus dem Weg.

Seine Frau kümmerte sich wenig um ihren Mann. Zweimal bekam ich mit, wie der Bauer sich ihr näherte, ihren Arm berührte oder versuchte, sie zu umarmen, aber jedes Mal zuckte sie zurück und verließ den Raum. Jetzt am Abendbrottisch sitzen sie nebeneinander, schauen sich aber nicht an.

Seit der Bauer da ist, sitzen Pierre und ich mit am großen Tisch, darauf hat der Bauer bestanden, denn er meint, wir gehören jetzt mit zur Familie. Den Einwand der Bäuerin, dass dies verboten sei, hat ihr Mann beiseitegeschoben. Mochte der Polizist auch kommen und kontrollieren, wenn es an der Tür klingelte, würden wir schnell unseren Platz am kleinen Tisch einnehmen und alles hätte wieder seine offizielle Ordnung.

Ich merke, dass ich selbst traurig werde. Ich mag den Bauern, er ist so freundlich. Er ist der einzige, der öfters mit mir spricht und etwas von meiner Familie und meiner Heimat wissen will.

4. Januar 2016, 9:30 Uhr

Osterholz-Scharmbeck, Polizeikommissariat
Nachdem seine Söhne ihren Schreibtisch aufgesucht hatten, zog sich Köster in sein Büro zurück. Für einen Moment ließ er den vorangegangenen Sonntag Revue passieren. Er hatte ihn mit Mats und Johann in Bremen verbracht. Gemeinsam hatten sie das Universum, ein Wissenschaftsmuseum besucht, waren an der Schlachte essen und am späten Nachmittag ins Kino gegangen.

In aufgelockerter Stimmung waren sie nach Osterholz-Scharmbeck zurückgekehrt. Köster freute sich, seinen Söhnen wieder nähergekommen zu sein.

Gerade als er seinen PC hochgefahren hatte und nach neuen Mails schauen wollte, klingelte sein Telefon.

Borsow rief an. »Hallo, Herr Köster. Frohes neues Jahr!«

»Ihnen auch! Ich bin überrascht, dass Sie sich so schnell wieder melden. Haben Sie neue Informationen?«

»Ja, in der Tat. Heute Morgen fuhr ich in die Sagaidatchny Straße Nr. 10 zu Lutschkos Wohnung und klingelte, aber niemand öffnete. Ein Nachbar erzählte mir, dass er allein lebt. Er beschrieb ihn als netten, ruhigen und vornehmen Rentner, der selten Besuch bekommt. Vor zwei Wochen sah er ihn das letzte Mal. Eine ältere Dame, die neben ihm wohnt, erinnerte sich an seine Ehefrau, von der er geschieden ist, und an die Tochter, die manchmal nach ihrem Vater sieht.«

»Fragten Sie die Nachbarn, ob Lutschko ihnen etwas von seiner geplanten Reise erzählt hatte?«

»Ja, habe ich. Der älteren Dame teilte er mit, dass er für einige Wochen verreisen würde, aber nicht wohin. Sie fragte nicht weiter, da sie wusste, dass er ungern von sich sprach. Sie gab mir noch die Adresse des Hausmeisters. Er suchte nach dem Schlüssel und öffnete Lutschkos Haustür. Ich habe mir einen ersten Überblick verschafft. Drei gut möblierte Räume, alles sehr ordentlich und sauber. Im Kühlschrank befanden sich nur ein paar Flaschen Bier und Mineralwasser. Ich vermute, Lutschko plante, länger wegzubleiben. Der Kleiderschrank im Schlafzimmer war ebenfalls gut aufgeräumt. Darin hingen ein paar Hosen, Hemden, Jacketts, in den Fächern Socken und Unterwäsche. Alles in bester Qualität. Er muss großen Wert auf seine Kleidung gelegt haben. In seinem Arbeitszimmer fand ich einen Ordner mit persönlichen Unterlagen, darunter auch seine Geburtsurkunde. Ich schicke Ihnen gleich eine Kopie per E-Mail. Die anderen Dokumente schaue ich mir morgen an. Bei der ersten Durchsicht seiner Bankauszüge stellte ich fest, dass er für unsere Verhältnisse eine gute Pension bekam. Ich schätze, dass er leitender Angestellter war, fand aber noch nicht heraus, wo er arbeitete. In seinem Schreibtisch lag ein Adressbuch mit den Namen und Adressen seiner Ex-Frau und Tochter. Sie stimmen mit denen überein, die im Melderegister stehen. Ich werde morgen mit ihnen Kontakt aufnehmen.«

»Herzlichen Dank für Ihre Unterstützung«, sagte Köster.

Wenig später erreichte ihn Borsows E-Mail mit der eingescannten Geburtsurkunde. Köster druckte sie aus und studierte sie. Viktor Lutschko wurde demnach am 20. August 1944 in Kiew geboren.

Als Vater wurde Pjotr Lutschko genannt, Büroangestellter, geboren am 10.04.1918 in Kiew, als Mutter Lydia Lutschko, geborene Marchuk, Hausfrau, geboren am 04.03.1927 in Berdjansk.

Köster rechnete. Lutschkos Mutter war bei dessen Geburt erst 17 Jahre alt, der Vater bereits 26. Wie das die Eltern der jungen Mutter wohl aufgenommen hatten? Waren sie die Ehe freiwillig eingegangen? Oder heirateten in der Ukraine die jungen Mädchen häufiger so früh? Wie auch immer, es gab noch keinen Hinweis auf den Grund für Lutschkos Reise nach Deutschland. Borsows Bericht zeigte aber, welchen Wert das Opfer bereits in seiner Heimat auf gute Kleidung gelegt hatte.

Köster rief Gisela Schmidt an. Beide waren etwas verlegen, die Ansprache mit dem du war noch etwas ungewohnt, als sie einander ein frohes neues Jahr wünschten. Köster berichtete von Borsows Anruf und schickte ihr die Datei mit der Geburtsurkunde. Sie vereinbarten, das Ergebnis der nächsten Recherche des Ukrainers abzuwarten und sich dann noch einmal in Osterholz zu treffen.

Endlich konnte Köster Feierabend machen und seine Söhne abholen. Als er sie an ihrem Schreibtisch aufsuchte, schienen sie noch ganz in ihre Arbeit vertieft. Mit glänzenden Augen saßen sie vor den Geräten.

»Ist schon Schluss?«, fragte Mats. »Wir sind aber noch nicht fertig.«

»Ihr könnt morgen weitermachen. Da habt ihr noch den ganzen Tag Zeit.«

Die beiden Jungen schauten sich an und tuschelten kurz miteinander.

»Ist gut, wir drucken nur noch kurz etwas aus«, sagte Johann. Wenig später ratterte der Drucker, Mats griff nach den Papieren und heftete sie zusammen.

In diesem Augenblick trat Anne Grotheer zu Köster und seinen Söhnen.

»Habt ihr eurem Vater schon erzählt, was ihr heute alles herausgefunden habt?«

Johann schüttelte den Kopf. »Er ist ja gerade erst gekommen.«

»Also dann mal los.« Köster zog einen Stuhl heran und setzte sich.

»Das würde zu lange dauern. Wir fassen mal kurz zusammen«, befand Johann. »Wir haben, wie du ja weißt, zur Boss-Firma recherchiert. Es ist unglaublich, was alles im Netz über sie steht und wie sie sich selbst darstellt. Erst einmal ein paar Fakten: Boss ist einer der größten Hersteller gehobener Männer-Oberbekleidung. Also mehr das Zeug, was die Geschäftsleute tragen, nicht so für unseren Jahrgang.«

»Sie versuchen aber auch Hosen und Jacketts herzustellen, die für junge Leute geeignet sein sollen, so für Hochzeiten oder so«, mischte Mats sich ein.

»Ist ja egal, wichtiger ist, dass sie immer mehr expandieren und inzwischen auch Mode für Frauen herstellen«, fiel ihm Johann gereizt ins Wort, fuhr aber ruhiger fort: »Wie viele andere Klamottenfirmen produzieren sie das Meiste in Billiglohnländern. Dazu gibt es auch viel Kritik im Netz. Da sie teuer verkaufen, machen sie auch richtig Gewinn. Das machen viele Firmen, auch die aus dem hochpreisigen Segment. In einigen Fabriken, die für Boss arbeiten, wurden aber besonders schlechte Arbeitsbedingungen festgestellt und angeprangert. Daraufhin gelobte Boss Besserung. Ob Boss dafür wirklich gesorgt hat, ist nicht ganz klar.

Spannend ist das, was über die Geschichte der Firma im Netz steht. Boss wurde 1924 gegründet und stellte im Dritten Reich Uniformen für die Wehrmacht, Waffen-SS und Hitlerjugend her. Es gibt auch das Gerücht, Hugo Boss wäre der Leibschneider Adolf Hitlers gewesen, das ist aber nicht bewiesen. 140 Zwangsarbeiterinnen und 40 französische Kriegsgefangene mussten in Metzingen Uniformen schneidern. Damit machte die Firma ein großes Geschäft. Hugo Boss war bereits 1931 in die NSDAP eingetreten, zwei Jahre vor der Machtergreifung Hitlers. 1946 musste er sich einem Entnazifizierungsverfahren unterziehen, bei dem er in der ersten Instanz als ›belastet‹ eingestuft wurde und eine Geldstrafe von 100.000 Reichsmark zu zahlen hatte. In der Nachkriegszeit produzierte das Werk weiterhin Uniformen, jetzt für die französischen Besatzungssoldaten und für das Rote Kreuz. In den fünfzier Jahren nahm Boss auch Anzüge mit ins Programm.«

Johann hielt inne und schaute seinen Vater erwartungsvoll an. Köster hatte bisher still zugehört, doch jetzt räusperte er sich. »Unglaublich, das habe ich alles nicht gewusst.«

»Aber das ist noch nicht alles. Es gibt noch eine besondere Verbindung von Boss in die Ukraine. Das haben wir zuletzt recherchiert und gerade noch ausgedruckt.«

»Das lass mich erzählen«, meldete sich Mats aufgeregt zu Wort. Johann nickte und reichte Mats die Papiere.

»Es ging doch auch um die Frage, wo der Ukrainer seine Boss-Sachen herbekommen hat. Wir hatten ja am Sonnabend einige Kiewer Läden entdeckt, in denen Boss-Klamotten verkauft werden. Wir fragten uns, ob die Firma nicht vielleicht auch in der Ukraine nähen lässt. Danach haben wir recherchiert. In einem ellenlangen Geschäftsbericht von Boss lasen wir, dass sie eigene Produktionsstätten in der Türkei, den USA, Polen, Italien und Deutschland besitzen. In Lohnfertigung werden vor allem in osteuropäischen Betrieben Mäntel, Anzüge, Sportjacken, Sakkos und Hosen produziert. Das sind anscheinend eigenständige Betriebe. Ihnen werden Schnitte, Stoffe und das Zubehör zur Verfügung gestellt, aus denen die Arbeiter dann die fertigen Klamotten nähen. Die Hälfte aller Hugo-Boss-Produkte wird in der Türkei und in Osteuropa hergestellt. In welchen osteuropäischen Ländern genau, stand nicht in dem Bericht, oder wir haben es nicht gefunden. Morgen versuchen wir noch mehr herauszubekommen.«

Hier beendete Johann seinen Bericht und schaute seinen Vater erwartungsvoll an,

Köster stand auf und umarmte seine Söhne. »Ich bin stolz auf euch. Soviel hat bisher keiner von unseren Leuten herausgefunden. Und es wird uns sicher weiterhelfen.«

24. Dezember 1943

Weihnachten

Hier ist schon heute Weihnachten, anders als bei uns zu Hause, wo wir erst Anfang Januar Christi Geburt feiern. Wie auch immer, das ist das erste Weihnachtsfest, das ich fern von meiner Familie und ohne Mama verbringe. Wie es ihr wohl geht? Ich wünsche mir so, dass sie wenigstens einen der Briefe erhalten hat, die ich ihr geschrieben habe, und dass sie weiß, wo ich lebe und dass ich hoffe, bald nach Hause fahren zu dürfen. Vielleicht bekommt Papa ja jetzt auch Urlaub wie der deutsche Bauer, damit Mama nicht so allein ist.

Als der Bauer heute früh auf dem Hof ankam, wechselte er wieder gleich seine Kleidung und mistete erst einmal mit Pierre den Stall aus. Im Bad wurde der Ofen angeheizt und er badete, nach ihm seine Frau und die Kinder. Zuletzt durften auch wir Zwangsarbeiter die Wanne benutzen. Gestern hat Pierre eine Tanne im benachbarten Forst geschlagen und auf den Hof gebracht. Nachdem der Bauer sie in der Stube aufgestellt hatte, schmückte seine Frau den Baum. Ich durfte ihr die Kugeln und die Kerzenhalter anreichen, wurde aber immer wieder von ihr ermahnt, vorsichtig mit dem Baumschmuck umzugehen. Er sei schon seit vielen Generation in Familienbesitz. Es sind ganz besondere Kugeln, silbern verziert, so einen Baumschmuck kenne ich nicht von zu Hause. Der Bauer saß in seinem Sessel, trank ein Bier und beobachtete uns bei der Arbeit.

Zur Bescherung kamen die Kinder in die Stube. Sie bewunderten kurz den Baum mit den brennenden Kerzen, sie interessierten sich aber mehr für die Geschenke darunter und packten sie schnell aus. Auch Pierre und ich erhielten etwas, ein gutes Stück Seife.

Als die Familie zum Kirchgang aufbrach, blieben wir Zwangsarbeiter zurück. Ich überwachte in dieser Zeit den Schweinebraten, der auf dem Herd schmorte und kochte die Kartoffeln, Pierre schrieb einen Brief. Er spricht kaum mit mir. Dennoch weiß ich, dass er häufig an seine Verlobte denkt, die er in seiner Heimat zurücklassen musste. Er macht sich Sorgen um sie, fürchtet auch, sie könnte ihn in der Zwischenzeit verlassen haben.

Als die Familie vom Kirchgang zurückkam, aßen wir gemeinsam. Nachdem die Kinder zu Bett gegangen waren, gab es zur Feier des Tages für die Erwachsenen einen Grog. Der Bauer hatte eine Flasche Rum mitgebracht. Ich bin Alkohol nicht gewöhnt und spürte, dass mir warm und gleichzeitig schwindelig wurde. Die Bäuerin stand auf und schwankte, fasste sich aber schnell und ging wortlos schlafen. Der Bauer goss sich und Pierre noch einen Becher ein. Sie prosteten einander zu und tranken. Ich spürte, dass der Bauer mich öfter mit seinen glänzenden Augen ansah. Das machte mich ganz verlegen, und kurz darauf ging ich auch zu Bett.

Ich war bereits eingeschlafen, als ich merkte, dass mich jemand berührte. Erschrocken wachte ich auf. Der Bauer beugte sich über mich, legte seinen Finger auf seinen Mund und strich mir gleichzeitig vorsichtig über den Kopf. Vor Schreck konnte ich mich nicht mehr rühren.

5. Januar 2016, 15:00 Uhr

Osterholz-Scharmbeck, Polizeikommissariat
Ein letztes Mal hatten Mats und Johann ihre Plätze am Schreibtisch in »ihrem« Büro eingenommen und, nur unterbrochen von der Mittagspause, im Internet recherchiert. Am frühen Nachmittag suchte Köster seine Söhne noch einmal auf und ließ sich von ihnen über ihre Fortschritte berichten.

»Wir haben versucht herauszubekommen, ob es eine Verbindung zwischen Boss und einem ukrainischen Betrieb gibt«, berichtete Johann. »Stell dir vor, es gibt eine, die Kleiderfabrik Yunost in den Außenbezirken von Kiew! Die Nachricht fanden wir in der Kiew Post. Sie wurde auf Englisch geschrieben. Wir haben den Artikel von einem Internetprogramm übersetzen lassen. Da ist wieder so ein Kauderwelsch herausgekommen, das wir erst mal in richtiges Deutsch bringen mussten. Jetzt zum Inhalt: Seit 1997 produziert Yunost für Hugo Boss. In dem Bericht steht auch, dass die Ukrainerinnen, es sind meistens Frauen, nur ein Fünftel des Lohnes der deutschen und halb so viel wie die portugiesischen Arbeiter bekommen, deshalb ist die Ukraine als Fertigungsland so attraktiv für Boss. Yunost stand kurz vor der Pleite, da war die Leitung zufrieden, mit der deutschen Firma in Kontakt zu kommen. Boss investierte 300.000 DM in die maroden Anlagen, so dass Yunost mit der Fertigung beginnen konnte. Die Näherinnen sind froh, wieder Arbeit zu haben, auch wenn sie so wenig verdienen. Yunost plant wohl auch einen Fabrikverkauf. Vielleicht ist er schon eingerichtet und der ermordete Ukrainer hat sich dort seine Boss-Kleidung gekauft. Oder er hatte was mit der Firma zu tun.«

»In dem Artikel steht auch, dass Yunost einmal berühmt war, weil in der Fabrik die Uniformen der Roten Armee geschneidert wurden. Und jetzt arbeiten sie für Boss, der früher die Uniformen für die Wehrmacht und Waffen-SS herstellte. Ist das nicht verrückt?«, fügte Johann mit leuchteten Augen hinzu und schaute seinen Vater fragend an.

»Klasse, was ihr da jetzt noch herausbekommen habt. Das ist ein guter Anhaltspunkt, dem wir noch nachgehen werden. Aber ich denke, es ist jetzt genug und ihr solltet Schluss machen«, befand Köster.

»Lass uns noch einen Moment Zeit, wir wollen noch herausfinden, wo sich die Fabrik befindet. Vielleicht ja in der Nähe der Wohnung Lutschkos. Dann hören wir auch sicher auf«, bat Mats seinen Vater. Köster wunderte sich über die Arbeitsenergie seiner Söhne und fragte sich, ob sie solch einen Einsatz in der Schule zeigten.

»Gut, dann ist aber wirklich Schluss.«

Köster zog sich in sein Büro zurück. Wenig später rief Borsow erneut an. Obwohl sie schon mehrfach miteinander telefoniert hatten, musste sich Köster wieder sehr darauf konzentrieren, die englische Aussprache seines ukrainischen Kollegen zu verstehen, zumal er schnell sprach und sich kaum unterbrechen ließ:

»Hallo, Köster. So oft, wie wir telefonieren, könnten wir bald eine Dauerleitung einrichten. Spaß beiseite: Ich habe heute versucht, Kontakt zur Ex-Frau Lutschkos aufzunehmen. Das klappte nicht, da sie an der Adresse, die in Lutschkos Buch stand, nicht mehr gemeldet ist. Die Tochter habe ich erreicht und gleich mit ihr einen Termin ausgemacht.

Sophia Lutschko ist Lehrerin an einer Grundschule. Heute hatte sie früher Schluss, so besuchte ich sie am frühen Nachmittag in ihrer Wohnung. Eine sehr nette Person, hübsch, zweiunddreißig Jahre alt und noch unverheiratet. Sie lebt aber in einer festen Beziehung mit einem Kollegen ihrer Schule. Sie reagierte sehr erschüttert auf die Nachricht vom Tod ihres Vaters, vor allem als ich ihr sagen musste, dass er ermordet wurde. Zum Glück war ihr Lebensgefährte ebenfalls zu Hause und konnte sie trösten. Sie musste immer wieder weinen, nahm sich aber zusammen und antwortete auf meine Fragen. Sie betonte, dass es wichtig für sie wäre, dass der Tod ihres Vaters aufgeklärt wird. Die beiden scheinen sich nahe gestanden zu haben. Sie beschreibt ihren Vater als warmherzig und lebensfroh, er habe aber unter Stimmungsschwankungen bis hin zu depressiven Verstimmungen gelitten. Das sei auch der Grund für die Trennung ihrer Eltern gewesen, die Mutter habe das nicht mehr ausgehalten. Von der jungen Frau Lutschko erfuhr ich auch, warum ich ihre Mutter nicht erreicht habe. Sie leidet seit zwei Jahren an Alzheimer, kann sich nicht mehr selbst versorgen und lebt in einem Heim. Zurück zu ihrem Vater: Er hatte ihr erzählt, dass er für einige Zeit verreisen wollte, aber nicht wohin. Er erzählte ihr aber, dass diese Reise für ihn sehr wichtig sei und ihm helfen würde, einige Fragen zu klären. Nach seiner Rückkehr wollte er ihr Genaueres berichten. Sie habe kein gutes Gefühl dabei gehabt, konnte ihn aber auch nicht davon abbringen zu fahren.«

»Wieso konnte sie ihn nicht davon abbringen?«, fragte Köster.

»So genau konnte sie das auch nicht erklären. Sie glaubt, dass das Ganze etwas mit seiner Herkunft zu tun habe. Irgendetwas stimmte da nicht. Ihr Großvater väterlicherseits hatte ihr einmal erzählt, dass er im Zweiten Weltkrieg auf russischer Seite gekämpft und sechs Jahre nach seiner Rückkehr ihre Großmutter kennen- und liebengelernt hatte. Die junge Frau Lutschko fragte ihren Opa, wann das war. Das war 1951. Ihr Vater wurde aber 1944 geboren, also sieben Jahre früher, da konnte der Großvater also nicht der Vater ihres Vaters sein. Als sie diesen danach fragte, reagierte er ungehalten und sie wagte nicht mehr darüber zu sprechen. Jetzt sei es zu spät, ihr Großvater sei vor fünf und die Großmutter vor einem Jahr gestorben.«

Borsow unterbrach kurz seinen Redefluss und holte Atem: »Aber sie sagte, da gäbe es noch einen entfernten Onkel von ihr. Das sei der Neffe der Großmutter, der Sohn ihres älteren Bruders. Er lebt in Berdjansk. Der wisse vielleicht mehr. Sie suchte nach seiner Adresse und schrieb sie mir auf. Leider wird es nicht so leicht sein, mit ihm Kontakt aufzunehmen, denn Berdjansk befindet sich in den umkämpften ukrainischen Landesteilen.«

Köster erinnerte sich, dass in Lutschkos Geburtsurkunde als Geburtsort der Mutter Berdjansk stand. Ihm schien es, als hätte er den Namen der Stadt noch in einem anderen Zusammenhang gehört, wusste aber nicht mehr in welchem.

Borsow hielt einen Moment inne und fragte: »Ich habe vielleicht ein bisschen viel erzählt. Haben Sie alles mitbekommen?«

»Ja, wenn ich es auch schwer hatte mitzuschreiben. Es scheint also ein Geheimnis um die Herkunft Lutschkos zu geben. In seiner Geburtsurkunde ist aber Pjotr Lutschko als sein leiblicher Vater angegeben. Wie ist es dann möglich, dass er das nicht ist?«

»Wir werden die Geburtsurkunde noch mal überprüfen. In dieser Zeit sind oft Ersatzdokumente ausgestellt worden, die nicht unbedingt der Wahrheit entsprechen müssen. Das war eine chaotische Zeit. Da kann uns der Neffe von Frau Lydia Lutschko vielleicht mehr erzählen. Ich versuche, auch zu ihm Kontakt aufzunehmen. Zum Glück gibt es im Moment keinen aktuellen Mordfall, zu dem ich ermitteln muss, das kann sich aber schnell wieder ändern.«

»Vielen Dank für Ihre Unterstützung. Ohne Ihre Hilfe würden wir in unserem Fall nicht weiterkommen.«

»Es handelt sich bei dem Opfer um einen Landsmann von uns. Somit ist es auch in unserem Interesse, dass der Täter gefunden wird.«

»Haben Sie denn noch Zeit gefunden, in Lutschkos Akten nachzuschauen, wo er früher gearbeitet hat?«, wechselte Köster das Thema.

»Ach ja, das habe ich ganz vergessen. Er war Abteilungsleiter bei einer Bekleidungsfabrik. Yunost ist ihr Name. Sie haben sicher noch nicht davon gehört.«

»Doch«, erwiderte Köster. »Seit heute weiß ich, dass es sie gibt.« Er berichtete kurz von Mats und Johanns Recherche.

»Da haben Sie clevere Söhne, alle Achtung. Das wusste ich auch noch nicht, dass Yunost für die deutsche Modefirma arbeitet. Das erklärt, wie Lutschko zu der teuren Kleidung gekommen ist. Angestellte erhalten diese immer günstiger.«

Borsow schien einen Moment nachzudenken. »Wie wäre es, wenn Sie zu uns kämen und wir gemeinsam weitere Nachforschungen anstellen?«, fragte er. »Es geht ja noch darum, alte Kollegen und Freunde ausfindig zu machen und zu interviewen, um mehr über Lutschko zu erfahren. Ich würde die Vernehmungen führen, aber wir könnten das weitere Vorgehen miteinander absprechen. Kiew ist doch mit dem Flugzeug leicht zu erreichen, soviel ich weiß gibt es auch eine Verbindung von Hamburg aus.«

»Danke für die Einladung. Ich denke darüber nach und werde es mit der Leiterin der Mordkommission besprechen.«

6. Januar 2016, 8:00 Uhr

Osterholz-Scharmbeck

Wieder einmal musste Köster seine Söhne mehrfach wecken, bis sie endlich aus ihren Betten krochen. Es reichte nur noch für ein schnelles Frühstück, da sie den Zug um 8:50 Uhr erreichen mussten. Um 9 Uhr erwarteten die Osterholz-Scharmbecker ihre Verdener Kollegen zur Mordkommissionssitzung, da musste er in der Dienststelle sein. Am Bahnsteig umarmten sie einander, auch Johann ließ sich fest drücken. Noch einmal bedankte sich Köster bei seinen Söhnen. »Ihr wart einfach klasse. Noch einmal vielen Dank für eure Hilfe.«

Da der Zug pünktlich abfuhr, erreichte Köster das Kommissariat rechtzeitig. Als er aus dem Auto stieg, trafen die Verdener Kollegen ein. Dieses Mal war die Staatsanwältin mitgekommen, dafür fehlte Kommissar Brunner. Als alle ihre Mäntel und Jacken ablegt hatten, entdeckte

Köster, dass Gisela Schmidt das erste Mal einen Rock trug. Er stand ihr, fand Köster. Im Besprechungszimmer warteten bereits Kruse und Grotheer, Kaffee, Tee und Gebäck standen auf dem Tisch.

Nachdem Gisela Schmidt die Sitzung eröffnet hatte, wünschte die Staatsanwältin allen ein gutes Jahr und bat um die neuesten Ermittlungsberichte. Köster fasste seine Gespräche mit dem Rechtsmediziner Dr. Bartels und dem ukrainischen Kommissar Borsow zusammen und berichtete von den Nachforschungen seiner Söhne.

Raunen erfüllte den Raum. »Diese Erkenntnisse verdanken wir in erster Linie Borsow, abgesehen von den erstaunlich ergiebigen Recherchen deiner Söhne«, wandte sich die Leiterin der Mordkommission lächelnd an Köster. »Die beiden sollten später zur Polizei gehen.«

»Ich werde es ausrichten«, erwiderte Köster gespielt ernst, aber mit innerem Stolz. Aufmerksam folgten die Osterholz-Scharmbecker und Verdener dem Gespräch, wohl bemerkend, dass sich Schmidt und Köster nicht mehr siezten. Das vertrauliche »Du« verwendeten derzeit nahezu alle Mitarbeiter der Dienststellen, die sich länger kannten.

Köster und Anne Grotheer waren noch nicht lange in Osterholz-Scharmbeck dabei und somit das erste Mal im gemeinsamen Team. Dazu auch die Staatsanwältin aus Verden, die allerdings von allen Mitarbeitern gesiezt wurde.

»Was haben die Nachforschungen zu den Mitreisenden ergeben?«, fragte Schmidt in die Runde.

Mertens meldete sich zu Wort. »Uns fehlte ja noch ein Ticketkäufer, der zunächst nicht zu erreichen war, ein Dirk Lange aus Bremen. Am Montag, den 4. Januar, also vorgestern, hatten wir ihn endlich am Telefon. Er erzählte, dass er längere Zeit verreist war. Für die Moorexpressfahrt hatte er zwei Karten gekauft, als Überraschung für seinen Freund, mit dem er dann auch gefahren ist.« Mertens räusperte sich und fuhr fort:

»Ich habe gleich für denselben Nachmittag unseren Besuch angekündigt und ihn gebeten, seinen Freund einzuladen, damit wir auch ihn kennenlernen könnten. Er meinte aber, das wäre nicht möglich, da dieser immer noch unterwegs sei. Ihr könnt euch vorstellen, wie gespannt Hans und ich auf dieses Gespräch waren. Irgendwie schien alles zu passen, zwei mitreisende Männer, einer angeblich abwesend. So waren wir auch auf der Hut, wir wussten ja nicht, ob dieser Mann gefährlich ist.

Uns öffnete ein mittelgroßer, schlanker Mann so um die Vierzig. Der Schaffner sowie die junge Lehrerin hatten den Begleiter des Toten als etwa fünfzigjährig und kräftig beschrieben, so schien dieser Mann es auf den ersten Blick nicht zu sein. Er war sehr zuvorkommend, berichtete, dass sein Freund eisenbahnbegeistert sei und sich daher sehr über die Moorexpressfahrt nach Stade gefreut habe. Beide hätten im vorderen Waggon gesessen.

Über Weihnachten seien sie auf die Malediven geflogen und kurz vor Silvester wiedergekommen. Silvester hätten sie noch gemeinsam verbracht, dann wollte sein Freund seine alten Eltern in Süddeutschland besuchen, da seine Arbeit erst wieder nächste Woche beginne.

Wir liehen uns noch ein Foto von seinem Freund aus. Wie ihr sehen werdet, zeigt es einen etwa fünfzigjährigen sehr schlanken Mann mit Stirnglatze. Der Begleiter des Opfers soll doch anders aussehen.« Er reichte Gisela Schmidt ein Bild, das sie kurz ansah und dann weitergab.

»Er könnte Ihnen auch ein falsches Foto gegeben haben«, wandte die Staatsanwältin ein.

»Das dachten wir uns auch und ließen uns noch die Adresse und Handynummer dieses Freundes geben. Ich habe ihn am selben Abend erreicht und er hat die Geschichte bestätigt. Er schickte uns per Mail ein Foto seines Ausweises, der auf den Namen Jens Ehlers ausgestellt ist. Name und Bild stimmten mit den Angaben seines Freundes überein.« Mertens holte die vergrößerte Kopie des Ausweises aus einem Aktendeckel und reichte auch diese herum.

»Es könnte ja sein, dass Lange gelogen hat und sein Freund Ehlers gar nicht mitgefahren ist«, fügte Mertens nachdenklich hinzu. »Dann müssten sich die beiden abgesprochen haben. Aber mir erscheint das ziemlich unwahrscheinlich. Lange sieht ja auch nicht aus wie der von den Zeugen beschriebene Begleiter des Toten. Mit dem Phantombild hat er ebenfalls kaum Ähnlichkeit. Hans ist auch meiner Meinung, konnte heute aber leider nicht kommen. Er liegt mit Grippe zuhause.«

»Das können wir erst wissen, wenn wir dem Schaffner sowie der Lehrerin das Foto von Lange zeigen. Hast du eines von ihm gemacht oder dir eines geben lassen?«, fragte ihn Köster.

»Wir haben seinen Ausweis eingescannt, das Foto ist jedoch älter, Lange sieht darauf deutlich jünger aus als heute. Wir könnten ihn aber noch um ein aktuelles Bild bitten oder selbst eins aufnehmen.«

»Noch besser wäre eine Gegenüberstellung, bei der Schaffner und Lehrerin Lange so gekleidet sehen wie den Begleiter des Opfers auf der Zugfahrt, mit dunkler Jacke und Mütze«, schlug Inge Mertens vor.

»Das erscheint mir noch ein bisschen früh, aber wir können es im Sinn behalten«, entschied Schmidt. »Erst einmal sollte ein Foto reichen, dass wir beiden Zeugen können. Rainer, besorge doch bitte ein aktuelles Bild von Lange.«

Völkel nickte, machte sich eine Notiz und schaute wieder auf. Köster beobachtete, dass der Verdener Kommissar Schmidt anlächelte. Läuft da doch was zwischen den beiden?, fragte er sich und spürte Ärger in sich aufsteigen.

Anne Grotheer meldete sich. »Fallen die jungen Lehrer ganz als mögliche Mittäter raus? Sie sind die einzigen, von denen wir wissen, dass sie während des Mordes im Abteil waren und angeblich nichts mitbekommen haben.«

»Ich halte sie für glaubwürdig. So wie ich sie bei der Vernehmung erlebt habe, war die Erschütterung über den Mord bei beiden echt. Dennoch hast du recht, wir sollten sie nicht ganz aus den Augen verlieren«, erwiderte Schmidt.

Köster stellte fest, dass auch Anne Schmidt nicht mehr siezte. Ob sie miteinander darüber gesprochen hatten?

»Wenn Lange es nicht war, und auch das Lehrerpaar nicht beteiligt war, muss einer der anderen befragten Moorexpress-Mitfahrer gelogen haben«, meinte Inge Mertens nachdenklich.

»Wie meinst du das?«, fragte Schmidt.

»Der Mörder oder das Opfer werden auf zwei Karten gefahren sein, die in Stade gekauft wurden, soviel steht fest. Jetzt haben wir alle Mitfahrer befragt und es gibt keinen Hinweis auf den Ukrainer und seinen

Begleiter. Jemand anderes muss die Tickets für die beiden gekauft haben, tut aber so, als wäre er oder sie mit ihrem Mann oder Frau gefahren.«

»Oder die Ehefrau kaufte die Karten, die ihr Mann für sich und den Ukrainer verwendete«, fügte Kruse hinzu.

»Kein schlechter Gedanke. Aber ich denke eher, dass der Mörder die Tat genau geplant hat und versuchte, möglichst alle Spuren zu beseitigen. Deswegen wird er nicht seine Ehefrau beauftragt haben, die Karten für sich und Lutschko zu kaufen. Eher einen Freund oder Bekannten, der auf jeden Fall schweigen wird. Nur ist die Frage, wie wir herausbekommen, wer das war.« Schmidt schaute sich erneut in der Runde um.

»Anscheinend müssen wir die Befragung bei denen noch mal wiederholen, die angegeben haben, mit ihrem Ehepartner gefahren zu sein, Bilder von den Mitreisenden machen und sie den Eisenbahnern vorlegen. Am besten in den Mänteln oder Jacken, die sie auf der Fahrt trugen, dazu mit den möglichen Kopfbedeckungen. Einige werden die Eisenbahner wiedererkennen, die fallen als mögliche Täter erst mal heraus. Bei den Nichterkannten werden wir genauer nachforschen müssen, ob sie eine Verbindung zu dem Ukrainer haben. Doch wie sollen wir das feststellen? Erst wenn wir erfahren haben, warum Lutschko nach Norddeutschland fuhr und welche Beziehung er zu unserem Land hat, wissen wir, wonach wir die Ticketkäufer fragen müssen«, sinnierte Köster.

»Auf der letzten Weihnachts-Moorexpressfahrt waren viele Mitfahrer dabei, an den Samstagen und Sonntagen vorher ebenso. Die beiden Eisenbahner werden sich kaum an alle erinnern können, vielleicht auch einige aufgrund von Ähnlichkeiten fälschlich als Teilnehmer der letzten Fahrt bezeichnen«, wandte Bayer ein.

»Du hast recht.« Schmidt nickte ihrem Mitarbeiter zu. »Dennoch ist es im Moment eine unserer wenigen Möglichkeiten herauszubekommen, wer der Täter ist. Also bitte ich euch, noch einmal alle Mitfahrer zu vernehmen und Aufnahmen von ihnen und ihren Mitfahren zu machen.«

»Vielleicht wäre es auch gut nachzufragen, ob einer der Beteiligten Erfahrung mit Waffen hat, eventuell Mitglied im Schützenverein ist«, meldete sich Kruse zu Wort. »Lutschko wurde mit einer Luger ermordet, die wahrscheinlich aus Wehrmachtsbeständen stammt. Wie auch immer sich der Mörder diese besorgt hat, ob vom Dachboden des Vaters oder Großvaters oder irgendwo gekauft, er konnte mit ihr umgehen. Hat sogar noch einen Schalldämpfer darauf montiert.«

Schmidt nickte. »Auch wenn wir annehmen können, dass keiner der Ticketkäufer oder deren Ehepartner der Mörder war, befragt bitte die männlichen Mitfahrer nach einer möglichen Mitgliedschaft im Schützenverein und ihren Erfahrungen mit Waffen. – Gibt es noch andere Erkenntnisse zu den Mitfahrern, die einen Hinweis auf Täter und Opfer liefern können?« Die Kommissionsleiterin blickte erneut in die Runde.

Anne Grotheer ergriff das Wort. »Ich habe die Familie ausfindig gemacht, die auf der anderen Gangseite gegenüber vom Mordopfer und seinem Begleiter saß. Wenn ihr euch erinnert, ein Elternpaar mit zwei kleinen Kindern und die Großeltern der Kleinen. Gestern haben Harald und ich sie aufgesucht, sie waren tatsächlich alle im Hause der jungen Familie versammelt. Zum Glück wurde der Einjährige gerade zum Schlafen gelegt, die Fünfjährige malte, so dass wir in Ruhe miteinander reden konnten. So wie es der Eisenbahner beschrieben hatte, waren die Eltern und die Großeltern auf der Zugfahrt sehr mit den Kindern beschäftigt. Nur der Großvater warf ab und zu einen Blick auf die beiden Männer und nahm wahr, dass sie sich auf der Hinfahrt unterhielten, er verstand aber nicht, in welcher Sprache. Dabei hätten sie recht vertraut auf ihn gewirkt. Zwischendurch sahen sie zu den Kindern hinüber, der Ältere habe dabei gelächelt. Auf der Rückfahrt seien sie aber sehr schweigsam gewesen, der Ältere sei kurz hinter Bremervörde eingeschlafen. Der Großvater beschrieb die beiden wie die junge Lehrerin, nur von einer Ähnlichkeit habe er nichts festgestellt.«

»Welche Erkenntnisse ziehst du aus deiner Befragung?«, wollte Schmidt wissen.

Grotheers Stimme klang unsicher. »So viel Neues nicht. Das Vertraute der beiden stellte ja schon die andere Zeugin fest. Anscheinend waren sie sich auf der Rückfahrt nicht mehr so nah. Da schwiegen beide und das Mordopfer schlief ein. Vielleicht ist etwas auf dem

Weihnachtsmarkt passiert, dass zu einer Verstimmung zwischen ihnen geführt hat, ein Streit vielleicht.«

Nach der Beendigung der Sitzung bat Köster Schmidt um ein kurzes Gespräch unter vier Augen. Schmidt folgte ihm in sein Büro und schaute Köster erwartungsvoll an. Dieser berichtete von der Einladung Borsows.

Schmidt runzelte die Stirn. »Hältst du denn die Reise für sinnvoll?«

Köster zuckte mit den Schultern: »Ich weiß nicht so recht. Borsow scheint mir ein fähiger Kommissar zu sein, der bereits viel Wichtiges zu unserem Fall herausgefunden hat. Als deutscher Beamter darf ich in der Ukraine nicht ermitteln. Damit würde Borsow die Vernehmungen weiter führen müssen, ich würde nur dabei sein und verstehe ja nicht einmal die ukrainische Sprache. Borsow schlug vor, dass wir das weitere Vorgehen miteinander absprechen könnten. Und ich bekäme ein Bild vom Lebenshintergrund unseres Opfers. Das müsste uns weiterhelfen.«

»Und hättest du Lust zu fahren?«

»Ich weiß nicht, die Ukraine ist mir als Reiseziel noch nie in den Sinn gekommen. Dazu gibt es noch die schwierige politische Situation im Land. Wenn, dann würde ich es nur für unseren Fall machen.«

»Dann schlafe besser noch einmal eine Nacht darüber. Wir haben genügend Mitarbeiter, die hier vor Ort weiter ermitteln können. Auf der anderen Seite schätze ich die Zusammenarbeit und den Austausch mit dir. Das würde mir während deiner Abwesenheit fehlen.«

25. März 1944

Auf dem Moorhof

Drei Monate sind seit Weihnachten vergangen. Ich kann mich kaum noch an die Ereignisse erinnern. Am Weihnachtsmorgen wurde ich von der Bäuerin geweckt, ich hatte das erste Mal verschlafen. Ich fühlte mich elend und zerschlagen. Seit diesem Tag hat mich der Bauer kaum noch angesehen und nur das Nötigste mit mir gesprochen. Das war mir recht so. Die Bäuerin schaute uns öfter komisch an, sagte aber nichts. Als er kurz vor dem Jahreswechsel seine Soldatenuniform anzog und den Hof wieder verließ, war ich einerseits froh, vermisste ihn aber auch. Doch mehr den zugewandten Hinnerk, der etwas über meine Familie und unser Leben in der Ukraine wissen wollte, den Hinnerk von vor dem Weihnachtsfest. Seinen Besuch in der Nacht versuchte ich zu vergessen.

Im Januar war Schnee gefallen, Eis bedeckte die Moorgräben und die Kinder liefen Schlittschuh.

Es ist jetzt immer noch kalt, der Frühling lässt auf sich warten. Häufig fegt der Nordwind über den Hof. Ich friere und bin froh, wenn wir das Melken und Füttern hinter uns haben und in die warme Küche zurückkehren können. Doch ich freue mich weniger auf den Morgenkaffee und das Butterbrot, habe kaum Appetit. Beim Geruch des Gemüse-Speck-Eintopfs wird mir übel. Die alte Frau schaut mich öfter besorgt an und fragt, ob es mir nicht gut geht. Ich versuche sie zu beruhigen, sage ihr, dass ich nur keinen Hunger habe.

Ich vermisse Mama immer mehr. Oft denke ich auch an Tatjana, und frage mich, wie es ihr wohl geht, ob sie genauso einsam ist wie ich. Immer wieder höre ich das Tuten eines Zuges, der wohl in der Nähe vorbeifährt. Dann muss ich an unsere Fahrt hierher denken und wünsche mir, mit der Bahn wieder in meine Heimat zurückzufahren, am liebsten in einem Abteil mit Tatjana.

Seit zwei Monaten habe ich keine Monatsblutung mehr gehabt, aber ich möchte nicht daran denken, arbeite den ganzen Tag und krieche abends todmüde in mein Bett.

8. Januar 2016, 9:45 Uhr

Osterholz-Scharmbeck
Köster hatte die Entscheidung über den Flug nach Kiew aufgeschoben. Stattdessen erhielt er am Freitag einen Anruf von der Tochter des Mordopfers, die sich mit leichtem Akzent auf Englisch vorstellte und ihr Anliegen vortrug.

»Sophia Lutschko aus Kiew, guten Tag. Wissen Sie, wer ich bin?«
Nachdem Köster bejahte, fuhr sie fort: »Ich hoffe, ich störe Sie nicht. Aber nachdem ich vom Tod meines Vaters erfahren habe, geht es mir nicht gut und ich bin in Gedanken ständig bei ihm und möchte verstehen, was da wirklich passiert ist.«

Köster sprach zunächst sein Beileid aus und berichtete der jungen Frau behutsam von den bisherigen Ermittlungsergebnissen, die letztlich nur die Identität des Opfers, aber weder den Namen des Täters noch sein Motiv hätten klären können.

»Sie haben Kommissar Borsow erzählt, dass nach Ihren Informationen Ihr Großvater nicht der wirkliche Vater Ihres Vaters war. Haben Sie eine Idee, wer dies gewesen sein könnte?«, fragte Köster die junge Frau.

»Ich weiß es nicht, habe aber auch darüber nachgedacht. Da mein Vater nach Deutschland gefahren ist, vermute ich, dass sein Vater ein Deutscher ist. Die Ukraine wurde doch von der deutschen Wehrmacht besetzt. Also könnte mein richtiger Großvater ein deutscher Soldat gewesen sein, den meine Großmutter in dieser Zeit kennengelernt hat. Das ist alles nur eine Vermutung, mehr weiß ich nicht darüber.«

»Das ist ein wichtiger Gedanke. Wir werden sicher bald die deutsche Familie finden, die Ihr Vater besucht hat.«

Köster versprach Sophia Lutschko, sie auf dem Laufenden zu halten, und verabschiedete sich von der jungen Frau.

9. Januar 2016, 9:00 Uhr

Ohlenstedt, Axstedt und Osterholz-Scharmbeck
Für den nächsten Morgen hatten sich Köster und Schmidt für eine erneute Vernehmung der beiden Ticketkäufer verabredet, die sie kurz nach Weihnachten bereits interviewt hatten.

Köster stellte fest, dass er sich auf die gemeinsame Fahrt freute. Vor dem Spiegel hatte er noch einmal sein Aussehen überprüft, sein Haar gekämmt und einige Fussel von seiner Jacke entfernt. Auf dem Weg informierte der Kommissar seine Kollegin über den Anruf Sophia Lutschkos.

»Es ist gut, dass sie sich bei dir gemeldet hat«, befand Gisela Schmidt. »Und der Gedanke, ihr Großvater könnte ein deutscher Besatzungssoldat gewesen sein, macht auch Sinn.«

»Wahrscheinlich wird es dazu keinen Nachweis in der Ukraine geben. Borsow berichtete ja bereits, dass in den Kriegswirren viele Geburtsurkunden verschwunden sind. Und Lutschkos Mutter wird sicher nicht den richtigen Vater angegeben haben«, erwiderte Köster nachdenklich.

»Vielleicht findet Lutschkos Tochter noch andere Hinweise. Wir sollten auch Borsow danach fragen.«

Es war Samstag, sie hatten sich bei allen angekündigt und Termine vereinbart, so trafen sie die Beteiligten auch an. Das Bremer Paar würde per Mail ein Foto von sich schicken.

In Ohlenstedt wurden sie vom Ehepaar Kück erwartet. Herr Kück berichtete, dass er als Verkäufer in einem Autohaus arbeitete. Er habe seinen Pflichtdienst bei der Bundeswehr absolviert und sei auch Mitglied im Schützenverein. Von der Luger habe er schon gehört, er besitze aber keine, habe auch noch nie mit einer geschossen. Gisela Schmidt bat die beiden, die Kleidung anzuziehen, die sie auf der Fahrt getragen hatten. Köster fotografierte. Zu gerne hätten die Kücks mehr darüber erfahren, was im Zug passiert war, Köster sah es ihnen an. Zum Schluss bedankte sich Schmidt bei den beiden und bat sie, Stillschweigen zu bewahren.

Eine gute halbe Stunde später erreichten die Ermittler Axstedt und saßen Ehepaar Müller gegenüber. Die Kinder schienen ihre Zeit wieder vor dem Fernseher zu verbringen. Dieses Mal sah Herr Müller etwas gepflegter aus, die Haare weniger strähnig, und anscheinend hatte er vorher noch einen sauberen Pullover angezogen. Seine Frau war etwas größer als er, schlank und trug ihre lockigen, mittelblonden Haare halblang. Insgeheim fragte sich Köster, wie dieser Mann zu so einer attraktiven Frau gekommen war.

Herr Müller arbeitete als Verkäufer in einem Getränkeladen. Er habe den Wehrdienst verweigert und seinen Zivildienst in einer Behinderteneinrichtung absolviert. Waffen lehne er ab, habe noch nie mit einer geschossen, gehöre deshalb auch keinem Schützenverein an.

Als sich Müller und seine Frau in ihren Winterjacken zum Foto aufstellten, fragte Köster, ob sie an diesem Tag eine Kopfbedeckung getragen hatten.

Frau Müller wandte sich an ihren Mann. »Du hattest doch deine Wollmütze auf. Warte, ich hole sie.« Missmutig setzte ihr Mann sie auf und ließ sich ablichten.

Vor der Tür schauten sich die Ermittler an. »Dunkle Jacke und Mütze, dazu die untersetzte Figur«, meinte die Ermittlungsleiterin. »Er könnte es sein, auch wenn er angeblich noch nie eine Waffe in der Hand gehabt hatte. Aber warten wir erst mal ab, was die Eisenbahner dazu sagen.«

Dieses Mal hatte Köster sein Abendessen beendet, als Sabine anrief.

»Wie konntest du Johann und Mats mit in die Dienststelle nehmen und sie auch noch Polizeiarbeit machen lassen?«, schimpfte sie. »Es reicht doch, dass du bei dem Verein arbeitest. Mord und Totschlag, die beiden Jungen damit zu belasten, das ist unglaublich!«

Köster kannte Sabines Wutanfälle und versuchte, sie zu beruhigen.

»Sie haben Recherchearbeiten gemacht, die im Zusammenhang mit dem Fall stehen, aber selbst nichts mit dem Tötungsdelikt zu tun haben. Außerdem haben sie es gern getan und meines Wissens keinen Schaden erlitten. Und sie haben ihre Arbeit gut gemacht.«

Sabine war noch nicht fertig. »Nicht, dass du auf die Idee kommst, sie dazu zu bringen, auch noch zur Polizei zu gehen! Es gibt anständigere Berufe, für die sie geeignet sind!«

»Du meinst, sie sollen wie die meisten in eurer Familie Wirtschaft oder Jura studieren?«, fragte Köster. »Warum lässt du sie das nicht …«

Ein Klicken unterbrach seinen Satz. Sabine hatte aufgelegt.

11. Januar 2016, 18:00 Uhr

Bremervörde
Inzwischen waren die neuen Befragungsergebnisse samt Fotos bei Köster und Schmidt eingegangen. Von den zehn Ehemännern waren fünf

bei der Bundeswehr gewesen und vier Mitglied in einem Schützenverein.

»Dennoch müssen wir immer noch davon ausgehen, dass der Täter höchstwahrscheinlich keiner der Befragten ist«, hatte Schmidt in einem mittäglichen Telefonat mit Köster bemerkt. Doch sie hatte nicht nachgefragt, ob er nach Kiew reisen wollte.

Wenig später hatte sich Köster erneut bei Lokführer Behrens in Bremervörde angemeldet und seinen Besuch für den Abend angekündigt. Er bat darum, dass auch Bernd Meyer dabei sein möge, Köster selbst würde noch den Zugbegleiter Peter Gieschen aus Scharmbeck mitbringen.

Gerda Behrens war am Telefon. Ab halb sechs wäre ihr Mann zu Hause, Bernd würde sie Bescheid sagen.

Gieschen, der auf der Moorexpressfahrt im vorderen Abteil seinen Dienst ausgeübt hatte, war eine halbe Stunde zuvor in der Dienststelle erschienen und hatte sich die Aufnahmen der Mitfahrer angesehen. Von den zehn Paarfotos hatte er fünf auf Anhieb als Mitreisende wiedererkannt, bei zweien war er sich nicht sicher. Ein Paar sei nicht in seinem Abteil gewesen. Köster nickte, es war das Bild der jungen Lehrer aus Bremen, die im anderen Waggon mitgefahren waren.

Pünktlich um 18 Uhr erreichten Köster und Gieschen Gnarrenburg. Gieschen hatte sich zurückgelehnt und die Fahrt sichtlich genossen, dabei von seiner Familie in Ostfriesland berichtet, die er über Weihnachten besucht hatte.

Wieder hatte Gerda Behrens den Tisch gedeckt, die Hühnersuppe dampfte auf einem Stövchen, dazu gab es Brot, Käse und Wurst. Als der Kommissar und der Zugbegleiter aus Osterholz-Scharmbeck eintraten, saßen die beiden Eisenbahner bereits erwartungsvoll auf ihren Stühlen. Der Kommissar entschied sich für ein alkoholfreies Bier, Gieschen für ein alkoholhaltiges und alle langten tüchtig zu. Erst jetzt bemerkte Köster, wie hungrig er war und lobte die leckere Suppe. Als alle gesättigt waren, räumte Gerda den Tisch wieder ab. Köster holte die Mappe mit den Fotos aus seiner Tasche und zeigte sie Behrens und Meyer.

Meyer deutete sofort auf das Bild der jungen Leute. »Das ist das verliebte Paar.«

Behrens nickte. »Die erkenne ich auch. Kein Wunder bei der Show, die die beiden abgezogen haben.« Er lächelte, wurde aber gleich wieder ernst. »Bei den anderen bin ich mir nicht so sicher. Was meint ihr beiden denn?«

»Ich habe die Bilder schon gesehen und gesagt, wen ich wiedererkannt habe«, sagte Gieschen und lehnte sich zurück.

»Dann werfen Sie doch bitte noch einen Blick darauf, Herr Meyer. Könnte jemand anderes noch in Ihrem Abteil gewesen sein?«

Der Zugbegleiter schaute sich aufmerksam jedes einzelne Foto an und runzelte die Stirn. »Hm, es waren viele Leute dabei. Einige kommen mir bekannt vor, doch ich könnte sie auch auf dem Bahnsteig gesehen haben.« Er deutete auf das Foto des Paares aus Axstedt. »Der sieht dem Mann ähnlich, der neben dem Toten saß. Vielleicht liegt das aber auch nur an der Mütze.«

Köster deckte das Bild der Ehefrau mit einem anderen umgedrehten Foto ab.

»Jetzt sehen Sie sich den Mann noch mal allein an. Könnte er es sein?«

»Ich weiß nicht.«, Meyer runzelte die Stirn. »Ähnlich sieht er schon aus, das runde Gesicht, der Bauch. Aber irgendwie erscheint er mir anders zu sein, auf jeden Fall jünger.«

»Dann sehen Sie sich das Foto doch noch mal an«, bat Köster die beiden anderen Eisenbahner und deckte die Ehefrau wieder auf.

»Sie könnten auch bei mir im Abteil gewesen sein«, meinte Gieschen und zuckte mit den Achseln. »Sicher bin ich mir aber nicht.«

Behrens schüttelte den Kopf. »Tut mir leid, ich kann mich nicht an die beiden erinnern. Ich war auch mehr mit dem Fahren beschäftigt.«

»Es gibt noch ein Foto, das Herr Gieschen nicht eindeutig den Mitfahrern in seinem Abteil zuordnen konnte.« Köster deutete auf ein anderes Bild, das ein Paar in fortgeschrittenem Alter zeigte, beide mit dunkelblauen Winterjacken, aber ohne Kopfbedeckung. Beide trugen einen grauen Kurzhaarschnitt und schienen gleichgroß zu sein.

»Die sehen so vielen der Mitreisenden ähnlich«, meinte Meyer. »Sie könnten auch bei mir gesessen haben, wären dann aber schon in Worpswede ausgestiegen.«

»In meinem Waggon auch«, fügte Gieschen hinzu. »Aber sicher bin ich mir nicht. Da stimme ich Bernd zu, es gibt viele Paare, die in dem Alter so aussehen.« Er grinste. »Und sich dabei immer ähnlicher werden.«

Köster sammelte die Bilder wieder ein. »Danke, Sie haben uns auf jeden Fall geholfen.«

»Wirklich?« Behrens schien an Kösters Aussage zu zweifeln.

»Gibt es denn etwas Neues?«, meldete sich Frau Behrens zu Wort.

Köster berichtete, dass inzwischen bekannt wäre, dass das Opfer ukrainischer Herkunft sei. Mehr teilte er ihnen nicht mit, bat sie aber einstweilen, Stillschweigen zu bewahren.

Wenig später verabschiedeten sich Köster und Gieschen und traten die Heimfahrt an.

Behrens half seiner Frau in der Küche, räumte den Geschirrspüler ein und wusch die Biergläser ab.

Währenddessen füllte Gerda Behrens den Rest Suppe in einen kleineren Topf und stellte ihn zusammen mit Wurst und Käse in den Kühlschrank. Im Wohnzimmer schüttelte sie die Tischdecke aus und setzte sich mit dem Strickzeug in den Sessel. Ihr Mann nahm auf dem Sofa Platz und griff zur Tageszeitung.

»Jan?«

Er schaute auf.

»Ich muss immer wieder an das arme Opfer denken. Ein Mann aus der Ukraine! Was hat der hier gewollt, so weit weg von seiner Heimat? Und warum wird er hier erschossen?« Sie schaute ihren Mann fragend an.

Behrens nickte. »Ja, das ist alles sehr rätselhaft, Gerda, aber wir können das nicht klären. Das ist Aufgabe der Polizei.«

»Warte mal, mich hat das an was erinnert.« Gerda Behrens ließ sich nicht beirren. »Im Herbst waren wir doch mit den Nachbarn im Lager Sandbostel. Unglaublich, dieses große Kriegsgefangenenlager ganz bei uns in der Nähe. Und wie wenig davon in unserer Gegend gesprochen wird! Ich muss immer wieder daran denken, was die Menschen da alles mitgemacht haben. Auf dem Gelände gab es auch mehrere Schautafeln über die Arbeitseinsätze, erinnerst du dich?«

Behrens nickte.

»Viele der Kriegsgefangenen mussten in der Landwirtschaft arbeiten. Ich erinnere mich an Fotos, die einzelne Zwangsarbeiter mit Dorfbewohnern zeigen. Die alte Frau Kück, die mit uns in Sandbostel war, erzählte davon, dass nicht nur kriegsgefangene Soldaten in Deutschland zur Arbeit gezwungen wurden, sondern auch junge Männer und Frauen aus den besetzten Ländern. Sie hat das selbst noch erlebt. Auf ihrem Hof arbeitete ein Belgier.«

»Und was hat das mit dem Mordopfer zu tun?«

»Seine Mutter könnte doch darunter gewesen und hier schwanger geworden sein. Wie alt war denn der Ukrainer? Hat der Kommissar nicht gesagt, so um die 70?«

Behrens hatte die Zeitung beiseitegelegt. Jetzt rechnete er. »Um die 70 Jahre. Jetzt haben wir Anfang 2016. Da müsste er etwa 1944 oder 1946 geboren sein. Da könnte deine Vermutung stimmen. Gerda, das ist genial!« Der Zugführer schaute seine Frau bewundernd an. »Wir sollten deine Idee dem Kommissar mitteilen, ich bin gespannt, was er davon hält.«

7. Juni 1944

Zweiter Sommer auf dem Moorhof

Nach dem langen, kalten Winter kommt endlich das Frühjahr. Es ist richtig warm draußen und die Blumen blühen. Fast ein Jahr bin ich jetzt auf dem Hof. Was ist in dieser Zeit alles passiert! Von der Bäuerin bekam ich eines ihrer Sommerkleider, denn mein altes, das ich von zu Hause mitbrachte, passt mir nicht mehr. Inzwischen wissen alle, dass ich ein Kind erwarte, aber keiner spricht mit mir darüber. Die Bäuerin behandelt mich noch schlechter als vorher, schreit mich immer wieder an, wenn ich ihrer Meinung nach etwas falsch gemacht habe. Als die Großmutter merkte, wie ihre Schwiegertochter mit mir umging, schaute sie mich zuerst komisch an. Inzwischen ist sie aber wieder freundlich zu mir und achtet darauf, dass ich genug esse.

Seit mir nicht mehr übel ist, habe ich ständig Hunger. Mein Bauch wird immer runder, ich mag ihn nicht. Ich bin ganz verzweifelt, was soll ich mit einem Kind, das auch noch von einem deutschen Bauern stammt? Nur Jan traute sich zu fragen, wer der Vater des Kindes sei. Er wandte sich an Pierre: »Ist das von dir?« Doch der schüttelte den Kopf und ging hinaus.

Die Bäuerin hat mir verboten ins Dorf zu gehen, doch die Besucher, die auf den Hof kommen, sehen mich mit meinem runden Bauch. Daher wissen jetzt wohl alle, dass ich schwanger bin. Wie Jan denken sie sicherlich, dass Pierre der Vater ist.

Alle vier Wochen erhält die Familie einen Feldpostbrief vom Bauern. Mehrmals bekam ich mit, wie die Bäuerin der Großmutter und den Kindern daraus vorlas. Dem Bauer scheint es gut zu gehen. Zuletzt schrieb er, dass es auch in Norwegen warm sei. Ein Bild hat er beigelegt, es zeigte ihn mit den fröhlich lachenden anderen Männern in Badehose am Strand. Vom Krieg schreibt er nichts. Meistens antwortet die Großmutter. Ob sie ihm auch von meiner Schwangerschaft berichtet hat, weiß ich nicht.

12. Januar 2016, 10:00 Uhr

Lager Sandbostel
Nachts schreckte Gerda aus dem Schlaf. Könnte es sein, dass die Mutter des Toten als Zwangsarbeiterin nach Deutschland gekommen war? Oder waren Gerda die Erinnerung an das Lager und das Leiden der vielen Menschen zu sehr zu Herzen gegangen?

Sie fand nur schwer wieder in den Schlaf.

Als am nächsten Morgen ihr Mann zur Arbeit aufgebrochen war, suchte sie im Internet nach den Öffnungszeiten des Lagermuseums, räumte die Küche auf und machte sich auf den Weg nach Sandbostel. Das letzte Mal war ihr Mann gefahren, sie hatte Mühe, den Weg zu finden. Beinahe hätte sie das kleine Schild, das zum Lager wies, übersehen.

Als sie zur Eingangstür trat, wurde gerade von innen aufgeschlossen, ein freundlicher junger Mitarbeiter öffnete ihr. Sie grüßte und schaute sich um, in der Ausstellung befanden sich vor allem Informationen, Fotos und andere Erinnerungsstücke an die über eine Million Kriegsgefangenen, die während des Zweiten Weltkriegs in diesem Lager untergebracht waren, zuletzt auch noch Häftlinge aus dem Konzentrationslager Neuengamme.

Doch dieses Mal hatte Gerda keinen Blick für das Leiden dieser Menschen, sie suchte nach einem bestimmten Raum, den sie aber nicht gleich fand. Der junge Mann wies ihr den Weg. Richtig, an der Wand hingen einige Schautafeln über die Zwangsarbeiter, die in Fabriken und auf den Bauernhöfen eingesetzt worden waren.

Inzwischen war auch eine Schulklasse angekommen und wurde von ihrem Lehrer durch die Ausstellung geführt. Tuschelnd liefen die Kinder von einer Tafel zur anderen, lasen und betrachten das Unglaubliche, das in ihrem Heimatland geschehen war.

Hinter dem Tresen nahe des Ausgangs fand Gerda den Mitarbeiter der Gedenkstätte.

»Gibt es bei Ihnen noch mehr zur Situation der Zwangsarbeiter? Ich interessiere mich vor allem für die jungen Ukrainerinnen, die hier auf den Bauernhöfen arbeiten mussten.«

»Leider nein.«, erwiderte der junge Mann. »Unsere Ausstellung befasst sich in erster Linie mit den ehemaligen Insassen dieses Lagers. Das waren Kriegsgefangene und zum Schluss auch noch KZ-Häftlinge, aber keine aus den besetzten Gebieten verschleppten Zwangsarbeiter.«

12. Januar 2016, 14:00 Uhr

Osterholz-Scharmbeck
Überrascht lauschte Köster Gerda Behrens Bericht. Lutschko als Sohn einer ehemaligen ukrainischen Zwangsarbeiterin, das machte Sinn. Es passte zu seinem Geburtsjahr 1944 und dem unbekannten Vater. Erstaunlich, zu welchen Erkenntnissen die Ehefrau des Lokführers gekommen war. Dabei hatte er gestern den Eisenbahnern und ihr nur

mitgeteilt, dass das Opfer aus der Ukraine stammte. Gleichzeitig wurde dem Kommissar bewusst, wie wenig er über die Auswirkungen des Zweiten Weltkriegs in Norddeutschland wusste. Als Hamburger kannte er das KZ Neuengamme, war dort aber nur einmal als Schüler gewesen. Von dem Kriegsgefangenenlager Sandbostel hatte er noch nie gehört und sich auch nicht mit der Situation der Zwangsarbeiter beschäftigt.

Gerda Behrens sprach von ihrem neuerlichen Besuch in Sandbostel und bedauerte, dass sie dort keine Hinweise auf die Ukrainerinnen gefunden habe.

»Das macht nichts. Auf jeden Fall ist ihre Idee für uns sehr hilfreich. Jetzt müssten wir herausfinden, ob es anderswo Listen der in dieser Gegend untergebrachten Zwangsarbeiterinnen gibt. Falls Ihre Annahme stimmt, müssten wir Lutschkos Mutter und ihren Einsatzort finden«, befand Köster.

»Ich habe selbst schon im Internet nachgesehen, aber keine Hinweise dazu gefunden.«

»Ich werde Bayer darauf ansetzen«, entschied Schmidt. »Von unseren Leuten kennt er sich am besten mit Recherchen dieser Art aus.«

Als Köster das Gespräch beendet hatte, schaute Kruse zur Tür herein.

»Störe ich?«, fragte er.

»Nein«, erwiderte Köster. »Schön, dass du gerade kommst.« Auch ihm berichtete er kurz von der neuen Entwicklung.

Kruse war wenig überrascht. »Das erinnert mich an die Berichte aus unserem Dorf, ganz in der Nähe. Da viele der Bauern eingezogen waren, mussten Fremdarbeiter auf den Höfen arbeiten. So wurden sie bei uns genannt. Klingt auch netter, nicht nach Zwang, sie waren nur Fremde. Meine Eltern und ältere Nachbarn erzählten manches Mal von ihren Erlebnissen mit ihnen. Das waren vor allem Franzosen und Polen. Einmal war auch die Rede von einer Ukrainerin. Alle haben die Fremden natürlich nett behandelt. Immer wieder hörte ich die Geschichte, dass sie mit am Familientisch essen durften, obwohl es verboten war. Wenn Kontrollen kamen, mussten sie sofort wieder an ihren kleinen Tisch, sonst hätten empfindliche Strafen gedroht. Da wurde auch von deutschen Bauersfrauen oder -töchtern erzählt, die sich mit einem der Fremden einließen und von ihnen schwanger wurden. Einmal ist das in einem Nachbardorf rausgekommen und der Zwangsarbeiter wurde erschossen.«

Am Abend rief Johann an. Noch eine Überraschung, stellte Köster fest. »Hallo Papa, ich habe gehört, dass Mama dich angerufen und sich beschwert hat. Tut mir leid. Aber sie hat solange gelöchert, bis wir ihr gesagt haben, was wir beim Besuch bei dir alles gemacht haben. Wir wissen ja, was sie von deiner Arbeit hält. Deshalb erzählten wir erst mal nur vom Bremenbesuch. Sie meinte aber, das könnte doch nicht alles sein, was wir unternommen hätten. Als wir von der Recherche berichteten, ist sie richtig hochgegangen. Sie hat dann nicht mehr zugehört. Am schlimmsten fand sie wohl, dass es uns auch noch Spaß gemacht hat.«

Köster lächelte. »Eure Arbeit hat große Anerkennung im Team bekommen. Und unsere Kommissionsleiterin meint, ihr wärt richtig begabt für die Polizeiarbeit.«

»Wirklich?«, fragte Johann erfreut. »Gibt es denn was Neues?«

Einen Moment zögerte Köster, doch dann berichtete er seinem Sohn vom Beitrag der Zugführersfrau.

»Du weißt aber, dass du niemanden davon erzählen darfst. Du stehst unter Schweigepflicht.«

»Klar.« Johann schwieg einen Moment. »Lutschkos Mutter eine ukrainische Zwangsarbeiterin?«, wiederholte er. »Stell dir vor, zur Zeit gibt es bei uns im Museum für Arbeit eine Ausstellung zum Thema Zwangsarbeit. Da war ich mit meinem Geschichtskurs. Soweit ich mich erinnere, ging es auch um die Arbeit der Ukrainerinnen auf den Höfen. Du glaubst gar nicht, wie viele Menschen unter schrecklichsten Bedingungen für die Deutschen arbeiten mussten und wie viele daran gestorben sind. Ohne sie wäre die deutsche Wirtschaft völlig vor die Hunde gegangen. Dazu noch das Thema der Wiedergutmachung. Es ist so peinlich, wie lange sich viele Firmen, bei denen die Zwangsarbeiter eingesetzt wurden, gegen Entschädigungen wehrten. Erst als die meisten gestorben waren, wurde Geld locker gemacht.«

»Ich wusste gar nicht, dass du dich so für Geschichte interessierst«, bemerkte Köster erstaunt.

»Du fragst ja auch nie danach, was ich in der Schule mache«, erwiderte sein Sohn spitz.

»Das tut mir leid. Wir haben seit meinem Umzug einfach zu wenig Zeit miteinander gehabt.«

»Ist schon gut.« Johann schien schnell versöhnt. »Ein Freund von mir hat ein Referat zu dem Thema gehalten und viele Fotos von den Exponaten gemacht. Ich frage ihn mal, ob er welche von den Ukrainerinnen hat. Die könnte ich dir schicken. – Noch besser wäre doch, du kommst nach Hamburg und wir sehen uns die Ausstellung gemeinsam an. Sie geht noch bis April.«

»Prima« freute sich Köster. »Ich sehe nach, wann ich Zeit habe und komme an einem der nächsten Wochenenden nach Hamburg.«

13. Januar 2016, 9:35 Uhr

Osterholz-Scharmbeck

Nach langer Zeit zeigte sich die Sonne wieder am Himmel und tauchte die feuchten Straßen und Gärten in helles Licht. Obwohl es empfindlich kalt war, ließ sich Köster Zeit auf dem Weg ins Kommissariat und genoss das schöne Wetter. Auch Anne Grotheer schien bester Laune, als sie ihren Chef begrüßte und ihm ungefragt eine Tasse Kaffee brachte.

Wenig später tauchte sie noch einmal auf, gefolgt von einer rotgesichtigen rundlichen Frau im warmen Mantel. In der Hand trug sie eine Aktentasche.

»Das ist Frau Schulz aus Wallhöfen. Sie will eine Aussage machen. Am besten, du sprichst mit ihr.«

Überrascht schaute Köster beide Frauen an und nickte. Er bot Frau Schulz einen Stuhl an und bat auch Anne Grotheer zu bleiben. Als er sah, dass Frau Schulz schwitzte, lud er sie ein, zuerst ihren Mantel auszuziehen. Erleichtert folgte sie seiner Aufforderung. »Es ist aber auch warm bei Ihnen!«, bemerkte sie.

»Was führt sie zu uns?«, fragte Köster.

»Ich leite eine kleine Pension«, begann sie. »Nur ein paar Zimmer. Meine Rente ist sehr niedrig, auf diese Weise komme ich einigermaßen über die Runden. Nun ja, so viele Leute verschlägt es nicht gerade nach Wallhöfen.« Anne Grotheer bemerkte, dass Köster ungeduldig wurde.

»Erzählen Sie doch von Ihrem Gast. Und was er Ihnen hinterlassen hat.«

»Ja«, fuhr Frau Schulz fort. »Ende November, genau gesagt am 28. November, ist ein neuer Gast zu mir gekommen, ein Ausländer, ein richtig feiner Herr, sehr höflich, gut gekleidet. Er sprach auch gut deutsch, allerdings mit einem ziemlich harten Akzent. Seinem Ausweis nach ein Ukrainer. Ohne dass ich das gefordert hätte, zahlte er gleich im Voraus für drei Wochen. Soweit ich mitbekommen habe, hat er sich ein Auto gemietet. Tagsüber war er damit viel unterwegs. Dann kam er seltener. Es muss um den 15. Dezember gewesen sein, da erschien er noch einmal und sagte, dass er sich verabschieden möchte. Er werde in nächster Zeit bei Freunden leben. Damit hatte er keine drei Wochen bei mir gewohnt, wollte aber kein Geld zurückhaben. Er würde aber gerne eine Tasche bei mir deponieren und sie später abholen.«

Frau Schmidt deutete auf die Aktenmappe, die sie vor sich auf den Tisch gelegt hatte. »Was er mit später meinte, hat er nicht gesagt. Da er sich aber gar nicht mehr gemeldet hat, ist mir das Ganze komisch vorgekommen und ich dachte, ich gehe mal zur Polizei und erzähle Ihnen davon.«

Einen Moment schien Köster wie erstarrt, fasste sich aber schnell wieder. »Sie haben doch sicher mal in die Tasche geschaut?«

Frau Schmidt erwiderte entrüstet: »Wo denken Sie hin!«, fügte dann aber kleinlaut hinzu: »Na ja, so was mache ich normalerweise nicht. Da ich mir aber Sorgen machte, dachte ich, vielleicht finde ich darin einen Hinweis, wo der Mann abgeblieben ist und wie ich ihn erreichen kann. Aber ich fand nur ein Heft, vollgeschrieben in einer Schrift, die ich nicht lesen kann.«

Nachdem Köster Gummihandschuhe angezogen hatte, öffnete er die Aktenmappe, nahm ein dickes Schulheft heraus und blätterte es durch. Wie Frau Schulz berichtet hatte, war es von der ersten bis zur letzten Seite eng in einer gestochenen kyrillischen Schrift beschrieben worden. Köster legte das Heft beiseite und bedankte sich bei der Wirtin. Anne

Grotheer bat er, die Aussage zu Protokoll zu nehmen und eine Quittung für die Tasche auszustellen.

Köster unterrichtete umgehend Frau Schmidt. »Erst einmal wird die Spurensicherung die Mappe und das Heft nach Fingerabdrücken untersuchen. Danach brauchen wir einen Übersetzer. Kennst du jemanden in Bremen oder in der Umgebung, der das machen kann?«

»So schnell fällt mir keiner ein, aber ich werde jemanden finden, das hat auf jeden Fall Vorrang!«

Nach einer Stunde rief sie zurück, eine Bekannte aus der Ukraine würde den Job übernehmen und bat um die Kopie des Textes.

Wie erwartet wurden auf der Mappe und dem Heft die Fingerabdrücke von Lutschko sowie von seiner Wirtin festgestellt. Am nächsten Tag scannte Anne Grotheer die einzelnen Seiten des Heftes ein und schickte sie nach Verden.

»Am Anfang waren die Ermittlungen so mühselig, kein Hinweis auf den Täter und die Identität des Toten so schwer herauszubekommen. Jetzt überschlagen sich die Ereignisse«, fasste Köster zusammen. »Jetzt müssen wir nur noch abwarten, was die Übersetzung bringt. Und können nur hoffen, dass im Heft Hinweise auf den Täter enthalten sind.«

»Am besten gleich mit Namen und Anschrift«, lachte Anne Grotheer.

21. August 1944

Leschek

Gestern Morgen setzten ganz früh die Wehen ein. Als sie immer heftiger wurden, schickte die Bäuerin Pierre mit dem Fahrrad zur Hebamme ins Nachbardorf.

Solche Schmerzen habe ich noch nie erlebt. Und es dauerte bis in die Nacht, bis mein kleiner Junge endlich geboren wurde. Danach war ich völlig erschöpft. Aber als ich ihn dann in meinen Armen hielt, schauten mich seine Augen ganz ernst an und er fing an, an meiner Hand zu saugen. Die Hebamme half mir ihn anzulegen. Ich werde ihn Leschek nennen, nach meinem Großvater.

Er liegt neben mir in meinem Bett. Ich bin sehr müde und glücklich,
weiß aber noch nicht, wie es mit uns weitergehen soll.

15. Januar 2016, 15:00 Uhr

Osterholz-Scharmbeck

Bereits am Nachmittag des folgenden Tages traf die Übersetzung ein. Die Ukrainerin musste eine Nachtschicht eingelegt haben, dachte Köster. Zwölf eng beschriebene DIN-A4-Seiten umfasste die Übertragung ins Deutsche. Köster hatte den Text von Schmidt erhalten, leitete ihn an Grotheer und Kruse weiter und druckte ihn für sich aus. Eine gute Stunde brauchte er, um ihn aufmerksam zu lesen und zu verstehen.

Es handelte sich dabei um die Tagebuchaufzeichnungen einer jungen Frau, die im Frühsommer 1943 aus der Ukraine nach Deutschland verschleppt worden war. Der letzte Eintrag stammte von 1954 und wurde in ihrer Heimat verfasst. Auf die Vorderseite des Heftes hatte sie ihren Namen geschrieben: Lydia Marchuk.

Köster legte die Übersetzung zur Seite und spürte, wie sehr ihn der Bericht der jungen Frau berührte.

Es klopfte an Kösters Tür. »Können wir reinkommen?«, fragte Anne Grotheer vorsichtig.

Köster atmete tief durch. »Natürlich.«

Grotheer und Kruse traten ein und nahmen am Besprechungstisch Platz. Köster setzte sich dazu. »Habt ihr alles gelesen?«, fragte er.

Beide nickten. »Es ist kaum zu fassen, was die junge Frau durchgemacht hat. Dazu noch so früh und ungewollt schwanger zu werden.« Anne Grotheers Stimme klang sehr bewegt. »Ob sie vergewaltigt wurde oder versucht hat, durch körperliche Nähe ein wenig Zuwendung zu bekommen, ist doch letztlich gleich. Sie wollte das Kind nicht. Und dann hat sie ihren Sohn doch angenommen und alles für ihn getan.«

»In ihren Tagebuchaufzeichnungen hat Lydia leider den Nachnamen der Bauernfamilie nicht erwähnt, nicht einmal den Ort genannt, an dem sie lebten. Warum wohl?«, fragte Kruse.

»Beides wird sie gewusst haben. Vielleicht war es ihr nicht so wichtig, darüber zu schreiben. Der Bericht half ihr, das Schicksal zu ertragen, über das sie ja nicht reden konnte«, vermutete Grotheer.

»Du kannst dich gut in sie einfühlen«, stellte Köster fest.

Anne lächelte traurig. »Sie war ein ganz junges Mädchen, sechs Jahre jünger als ich. Ich versuche mir vorzustellen, wie es mir erginge, wenn ich das durchmachen müsste.«

Einen Moment schwiegen alle. Kurz darauf kam Anne ein anderer Gedanke: »Ist euch aufgefallen, wie gut sie sich in ihrem Tagebuch ausgedrückt hat? Das ist doch erstaunlich für so ein junges Mädchen.«

Köster nickte. »Auch wenn sie den Text für sich schrieb, hat sie sich doch um eine besondere Sprache bemüht. Das ist auch eine Form der seelischen Verarbeitung. Dazu dürft ihr nicht vergessen, dass sie ein Gymnasium besucht und viel gelesen hat. Daher fiel ihr das Formulieren nicht schwer.«

»Fandet ihr denn irgendeinen Hinweis auf Familie und Ort, der unsere Suche erleichtern könnte?«, fragte Köster.

»Es muss sich um ein Moordorf handeln, denn es wird Torf gestochen.« Kruse kannte sich aus, stammte selbst aus einem solchen Ort. »Und sie konnte das Tuten einer Lokomotive hören. Also musste in der Nähe eine Bahnlinie vorbeiführen.«

15. Januar 2016, 10:00 Uhr

Osterholz-Scharmbeck, Mordkommissionssitzung
An diesem Morgen waren die Verdener vollständig angereist. Köster spürte die erwartungsvolle Stimmung im Raum. Alle wussten, dass seit dem letzten Treffen viel geschehen war und warteten gespannt auf den Ablauf der Sitzung.

Als Erstes berichtete Köster von der zweiten Befragung der Mitfahrer sowie der Einschätzung der Fotos durch die Zeugen und schloss daraus: »Bei zwei Paaren, beide grauhaarig und um die siebzig, waren sich Lokführer und Zugbegleiter unsicher. Viele Reisenden hätten so ähnlich ausgesehen. Alle anderen erkannten sie wieder. Aber es war keiner dabei, der von den Eisenbahnern und der jungen Bremer Lehrerin als der Begleiter von Lutschko identifiziert werden konnte.«

»Danke«, antwortete Schmidt. »Dann müssen wir daraus schließen, dass wir auch damit nichts Neues über die Identität des möglichen Täters herausgefunden haben. Über die Herkunft des Opfers wissen wir jetzt aber mehr. Damit sind wir beim zweiten Thema.«

Grotheer berichtete, wie sich die Vermutung, Lutschko könne das Kind einer ukrainischen Zwangsarbeiterin sein, durch die Tagebuchaufzeichnungen seiner Mutter bestätigt hatte.

»Wir gehen davon aus, dass Lutschko den Bericht seiner Mutter zum Anlass genommen hat, um seine noch lebenden Verwandten in Deutschland kennenzulernen. Seine Wirtin teilte uns mit, dass er zu Beginn viel mit seinem Leihwagen unterwegs war. Es könnte sein, dass er über keine anderen Informationen zur Herkunft der Familie verfügte und daher ebenfalls Namen und Adresse seiner Verwandten suchte. Nach gut zwei Wochen verließ er die Pension und gab an, zu Freunden zu ziehen. Wir denken aber, dass er herausgefunden hat, wer seine Verwandten waren und nach dem 15. Dezember bis zu seinem Tod bei ihnen lebte.«

»Diese Entscheidung ist ihm wohl zum Verhängnis geworden«, meinte Völkel.

»Das könnte durchaus sein, aber wir wissen es noch nicht. Für uns ist es wichtig, Namen und Wohnort seiner Verwandten herauszufinden«, erwiderte Schmidt. »Hat jemand eine Idee, was uns da helfen könnte?«

Kruse wies erneut darauf hin, dass die Ukrainerin vom Torfstechen und dem Tuten der Lokomotive geschrieben habe. »Sie lebten wohl in einem Moordorf in der Nähe einer Bahnstrecke.«

»Soweit ich mich erinnern kann, gab es hier zwei Bahnen, die durch Moordörfer fuhren. Der Moorexpress und die Jan-Reiners-Bahn, die von Bremen nach Tarmstedt fuhr. Ihr Betrieb wurde aber in den fünziger Jahren eingestellt«, meldete sich Völkel zu Wort.

»Was ist denn mit der Verbindung Bremen–Bremerhaven? Die führt doch auch durch viele Dörfer«, sagte Brunner. »Mit der fuhr ich als Kind zu Verwandten, die in Oldenbüttel lebten.«

»Das sind aber alles Geestdörfer, die haben mit Moor nichts zu tun«, erwiderte Kruse.

Schmidt wollte wissen, welche Moordörfer die Züge passieren oder passierten.

Die Staatsanwältin schaltete sich mit der Frage ein:»Gibt es in den Tagebuchaufzeichnungen noch andere Hinweise auf Familie und Ort?«

»Nur, dass der Vater als Soldat in Norwegen kämpfte, die Großmutter mit im Haus lebte und die Kinder Gisela, Hans und Jan hießen«, antwortete Köster resigniert.

»Wenn wir aus dem Text in etwa auf das Alter der Kinder schließen und damit ein mögliches Geburtsdatum errechnen könnten, wäre es nicht möglich, diese durch eine Suchmaschine laufen zu lassen?«, überlegte Grotheer laut.

»Ohne passenden Nachnamen wird das nicht klappen«, erwiderte Bayer.

»Gibt es noch andere Vorschläge?« Frau Lemke schaute sich noch einmal aufmerksam in der Runde um. Köster fand, dass sie sicherer geworden war.

Bayer meldete sich zu Wort.»Die Deutschen waren immer schon große Bürokraten, auch im Dritten Reich. Es könnte doch Listen von Zwangsarbeitern und ihren Einsatzorten geben.«

Gisela Schmidt griff das auf.»Könntest du danach suchen?«

Bayer nickte.

»Und was ist mit Lutschko selbst? Wenn er auf dem Hof geboren wurde, muss es doch einen Eintrag im zuständigen Standesamt geben«, bemerkte Inge Mertens.»Und bei ihm sind Vor- und Nachnamen bekannt.«

»Ja, Leschek Marchuk«, bestätigte Köster.»Aber wir wissen damit immer noch nicht, in welchem Standesamt wir suchen müssen.«

»Warum hat Lutschko eigentlich die Aktenmappe mit dem Tagebuch seiner Mutter bei der Wirtin gelassen?«, fragte Inge Mertens nachdenklich.»Alles andere hat er doch mitgenommen.«

»Vielleicht wollte er nicht, dass seine deutschen Verwandten es in die Hände bekommen. Anscheinend traute er ihnen nicht«, vermutete Brunner.

»Und wenn ihn einer von seiner Familie umgebracht haben sollte, hatte er recht mit seinem Misstrauen.«

Am Nachmittag erhielt Köster einen erneuten Anruf von Borsow. Als er dessen Nummer auf dem Display sah, meldete sich sein schlechtes Gewissen. Er hatte seinem ukrainischen Kollegen kurz geschrieben, dass er nicht kommen könne, dies aber nicht näher begründet.

»Borsow hier, hallo, Herr Köster. Wir haben ja länger nichts mehr voneinander gehört. Schade, dass Sie nicht kommen konnten. Ich hätte gerne hier mit Ihnen ermittelt und Ihnen Kiew gezeigt. Aber ich verstehe, dass Sie viel zu tun haben, geht mir ja genauso. Auch hier schlafen die Verbrecher nicht. Außerdem dauerte es, bis ich Kontakt zu dem Verwandten von Lutschko herstellen konnte. Sie wissen doch, der Neffe seiner Mutter. Am 6. und 7. Januar haben wir hier unser Weihnachtsfest. In der Zeit erreicht man kaum jemand.«

Bisher hatte Köster nur zugehört. Jetzt nutzte er Borsows Atempause, um ihn zu begrüßen und zu bestätigen, dass er wusste, von wem die Rede war.

»Illya Marchuk, so heißt er, lebt, wie ich Ihnen schon sagte, in Berdjansk in der Nähe der Krim. Dort wird gekämpft und man kann da nicht so einfach hinfahren, schon gar nicht als Polizist aus Kiew.«

Jetzt fiel Köster wieder ein, woher er den Namen der Stadt kannte. Bayer hatte berichtet, dass dort die Unterwäsche des Toten hergestellt worden war. Gab es da einen Zusammenhang?

Köster machte sich eine Notiz und versuchte sich wieder auf Borsows Bericht zu konzentrieren.

»Daher konnte ich nur per Telefon Kontakt mit ihm aufnehmen. Aber das war auch nicht so einfach. Die Nummer, die Lutschkos Tochter mir gegeben hatte, stimmte nicht mehr. Es dauerte, bis ich die richtige herausbekam und dann war Marchuk nicht zu erreichen.

Gestern hatte ich endlich Glück. Die Verbindung war zwar schlecht, aber ich konnte so einiges in Erfahrung bringen. Er erzählte, dass er seine Tante und Leschek in guter Erinnerung habe. Sie seien manchmal zu Besuch gekommen, stammt seine Tante doch wie alle aus der Familie aus der Nähe von Berdjansk. Illyas Vater, Boris Marchuk, kehrte 1945 aus dem Krieg zurück. Als er heimkam, erfuhr er von seiner Mutter, dass Lydia, seine jüngere Schwester, 1943 zur Zwangsarbeit nach Deutschland abgeholt worden war. Kurz nach ihm kam sie wieder zurück, allerdings nicht allein, sondern mit einem Baby, dem Sohn eines Deutschen. Sie können sich vorstellen, wie das bei uns aufgenommen wurde. Lydia und ihr Kind stießen überall auf Ablehnung. Niemanden interessierte es, wie das Kind entstanden war und wie es Lydia selbst damit ging, es war das Kind des Feindes, der allen so viel Leid zugefügt hatte! Allein die Mutter und Illyas Vater standen zu ihr. Später wurde es etwas besser, aber Leschek blieb immer ein Außenseiter. Illyas Mutter erzählte ihrem Sohn, dass Lydia eine gute Schülerin gewesen sei. Schon im Krieg schlossen die Deutschen die Schule, kurz darauf wurde sie nach Deutschland verschleppt. Nach dem Krieg konnte Lydia ihren Schulabschluss nicht nachholen, denn sie musste sich und ihr Kind ernähren. Sie fand Arbeit in einer der Kleiderfabriken von Berdjansk. Dort lernte sie Pjotr Lutschko kennen. Sie heirateten und er nahm Leschek als seinen Sohn an. 1954 bekam er eine bessere Stelle in einer Kleiderfabrik in Kiew, die junge Familie zog dorthin um. Das nahmen Lydia und Pjotr zum Anlass, Lescheks alte Geburtsurkunde als vermisst anzugeben und eine neue ausstellen zu lassen, mit einer kleinen Veränderung: Pjotr Lutschko wurde so zum leiblichen Vater Lescheks und erhielt auch seinen Nachnamen.«

Köster hatte Mühe, alles mitzuschreiben.

Nach einer kurzen Pause fragte der Ukrainer: »Was sagen Sie zu der Geschichte?«

»Alles, was Ihnen Illya Marchuk mitgeteilt hat, macht Sinn.«

»Wie meinen Sie das?«

Jetzt berichtete Köster von den Ermittlungsergebnissen seines Teams. »Lutschko hat sich anscheinend auf den Weg gemacht, um die Familie seines Vaters kennenzulernen«, schloss er.

»Die Frage ist allerdings, warum tat er das zu diesem Zeitpunkt und nicht früher? Er wusste doch vermutlich von Kind an, dass Pjotr Lutschko nicht sein leiblicher Vater ist. Könnte es sein, dass er die Tagebuchaufzeichnungen seiner Mutter erst vor kurzem erhalten hat und auf die Weise auf die Spur der deutschen Verwandten gekommen ist?«

»Lutschkos Mutter ist im Sommer dieses Jahres gestorben. Vielleicht befand sich das Heft ja in ihrem Nachlass. Ihr Neffe meinte, dass sie nie über die Zeit in Deutschland sprach, Lutschko muss nichts gewusst haben. In ihrem Heft hat sie keine Namen genannt? Und es gibt keine Hinweise, wo sich der Ort befinden könnte?«, wunderte sich Borsow.

»Nur sehr vage. Wir hofften, Listen der Zwangsarbeiter zu finden mit Angaben zu dem Ort und den Höfen, in denen sie eingesetzt wurden. Aber wir hatten noch kein Glück. Anscheinend sind sie bei Kriegsende vernichtet worden.«

Beide schwiegen einen Moment. Plötzlich hatte Köster eine Idee. »Aus jedem Ort in der Ukraine sind doch eine ganze Reihe von Jugendlichen nach Deutschland verschleppt worden, so auch aus Berdjansk und Umgebung. Es könnte doch sein, dass da jemand dabei war, der Lutschkos Mutter kannte und wusste, wo sie gelandet war. Ob Sie Illa Marchuk noch einmal bitten könnten, sich zu erinnern?«

»Ich kann es versuchen.« Borsows Stimme klang skeptisch.

4. Mai 1945

Kriegsende

Der Krieg ist vorbei! Wir haben hier wenig von den Kämpfen mitbekommen. Letzte Woche besetzten englische Soldaten das Dorf. Am nächsten Tag erschienen sie auch auf unserem Hof, ein Übersetzer fragte nach dem Bauern. Die Bäuerin antwortete, dass sie nicht wüsste, wo er sei. Er habe als Soldat in Norwegen gekämpft und sie habe seit drei Monaten nichts mehr von ihm gehört. Pierre und ich wurden auch gefragt und uns wurde die baldige Heimkehr versprochen. Gleich am nächsten Tag machte sich Pierre mit seinen Landsleuten, die auf den umliegenden Höfen gearbeitet hatten, auf den Weg nach Frankreich.

Jetzt warte ich darauf, dass Leschek und ich abgeholt werden. Ich bin ganz aufgeregt und kann kaum noch schlafen. Ich freue mich so darauf,

Mama wiederzusehen, ich hoffe, sie lebt noch und es geht ihr gut. Aber wie wird sie auf den kleinen Leschek reagieren? Und wie erst die anderen Verwandten und die Leute aus unserem Dorf?

Leschek ist jetzt acht Monate alt und krabbelt bereits über den Küchenboden. Er ist ein lieber und fröhlicher Junge, der viel lacht und mittags mehrere Stunden in dem alten Kinderwagen der Familie vor dem Haus schläft.

Die Großmutter scherzt viel mit ihm, Gisela kitzelt ihn gerne und füttert ihn am Abend mit Grießbrei. Ihre beiden Brüder kümmern sich wenig um den Kleinen, sie spielen lieber Fußball oder sitzen vor dem Radio, um Neuigkeiten über das Kriegsgeschehen zu hören.

Gleich nach der Geburt durfte ich mit Leschek in ein Zimmer im Wohnteil des Hauses ziehen, das früher von der Urgroßmutter bewohnt worden war. Die Bäuerin beachtet Leschek kaum und spricht nur das Nötigste mit mir, sie schreit mich aber nicht mehr an.

An Weihnachten war der Bauer noch einmal zu Besuch gekommen. Als er Leschek das erste Mal sah, war er völlig versteinert und sagte kein Wort. Doch später sah ich, wie er mehrmals zum Kinderwagen ging und schweigend den Kleinen betrachtete.

16. Januar 2016, 10:00 Uhr

Hamburg
Als Köster auf die Autobahn fuhr, brach die Wolkendecke auf und die Sonne wärmte sein Gesicht.

Der Kommissar freute sich und nahm es als gutes Omen für seinen Hamburgbesuch. Kein Stau vor oder im Elbtunnel, auch nicht dahinter, gut eineinhalb Stunden nach seiner Abfahrt bog Köster in seine alte Wohnstraße ein und hielt vor dem Einfamilienhaus, das jetzt Sabine allein mit den Jungen bewohnte.

Für einen Moment betrachtete er die Fassade und den Vorgarten. Alles schien unverändert, der Weg gefegt, keine Blätter auf dem Rasen. Der Gärtner hatte wie jedes Jahr im Herbst die Büsche beschnitten. Seine alte Wohnstätte meidend, hatte er in den letzten Monaten seine Söhne immer vor einem Kino oder einem Café getroffen, doch gestern hatte Johann darum gebeten, von zu Hause abgeholt zu werden. Köster verließ seinen Wagen und klingelte an der Haustür. Er hörte Schritte, sein älterer Sohn öffnete und umarmte ihn.

»Klasse, dann können wir los!« Er drehte sich um und rief:»Mats komm, Papa ist da!« Als er den angespannten Gesichtsausdruck seines Vaters sah, grinste er.»Mama ist nicht da, sie trifft sich mit ihrem neuen Freund.«

Mats erschien ebenfalls in der Türöffnung. Im Auto nahmen sie die gewohnte Position ein, Johann neben dem Vater und Mats auf dem Rücksitz.

Es lag einige Jahre zurück, dass Köster das letzte Mal das Museum für Arbeit besucht hatte, aber er kannte den Weg nach Barmbeck. Johann führte ihn auf dem letzten Teil der Strecke. Insgeheim freute sich Köster, wie gut sich Johann in seiner Heimatstadt auskannte. Sie suchten eine Weile nach einem Parkplatz. Kurz vor Zwölf erreichten sie das Museumsgelände. Auch hier wusste Johann Bescheid, wenig später betraten sie zu dritt die Ausstellung.

Kösters Blick fiel auf seinen jüngeren Sohn, der interessiert die ersten Bilder und Schautafeln studierte. Der Museumsbesuch war Johanns Idee gewesen, Köster wunderte sich, dass Mats sich dazu entschlossen hatte, seinen Vater und den älteren Bruder zu begleiten. Bisher hatte der Kommissar noch nichts von einem besonderen Interesse des Dreizehnjährigen für Zeitgeschichte gehört. War dies mit der Recherche erwacht oder wollte er einfach Zeit mit ihm und Johann verbringen?

Eine Weile folgten sie still dem Wegweiser durch die Ausstellung. Johann, der beim ersten Besuch anscheinend sehr aufmerksam gewesen war, wies sie wiederholt auf einzelne Tafeln hin. So erfuhren Köster und Mats, dass von 1939 bis 1945 13 Millionen Menschen im »Großdeutschen Reich« Zwangsarbeit leisten mussten. Zu ihnen gehörten Kriegsgefangene, KZ-Häftlinge sowie verschleppte Menschen aus den besetzten Gebieten.»Sie sollten die Lücken füllen, die in der Kriegswirtschaft durch die Einberufung zur Wehrmacht entstanden«, lasen sie.

»Um möglichst viele Arbeitskräfte ins Reich zu holen, war den Besatzungsverwaltungen jedes Mittel recht, von der Werbung mit falschen Versprechungen über Dienstverpflichtungen bis hin zu Razzien.« »Gegen Ende des Krieges stellten die Zwangsarbeiter fast die Hälfte der Arbeitskräfte in der Landwirtschaft, ein Drittel in der Rüstungsindustrie und ein Viertel im Bergbau. Etwa zweieinhalb Millionen Menschen, vor allem sowjetische Kriegsgefangene und KZ-Häftlinge, haben die Zwangsarbeit nicht überlebt.«

Erschüttert folgten Köster und Mats Johann, der schließlich vor einer Schautafel stehenblieb.

»Das müsste dich besonders interessieren.« Er las vor: »In der besetzten Ukraine wurden täglich Tausend Frauen und Männer in Viehwaggons verladen und als Arbeitskräfte ins Deutsche Reich geschickt. Meistens bewachten Wehrmachtsoldaten diese Transporte auf dem Weg in die Heimat. Die Mitarbeiter der Arbeitsverwaltung, deren einzige Sorge die Erfüllung ihrer Quoten war, pferchten zu viele Menschen in die engen Waggons. Nur selten versorgten sie die Zwangsarbeiter mit Nahrungsmitteln und Wasser. Da zudem kaum Vorkehrungen gegen die Kälte getroffen wurden, kam es vor allem im Winter während der Transporte immer wieder zu Todesfällen. Die zurückgebliebenen Familienangehörigen waren verzweifelt. Oft wussten Eltern nicht, wohin ihre Tochter oder ihr Sohn gebracht wurden und warteten monatelang auf eine Nachricht.«

Auf einem Foto war eine große Anzahl von Frauen mit Kopftüchern abgebildet, die mit kleinen Koffern und umgehängten Säcken einen Viehwaggon bestiegen. Auf einem zweiten reichte ein Mann, wahrscheinlich ein Vater, eine Flasche durch eine Öffnung in der geschlossenen Tür, während auf dem Bahnsteig eine ältere Frau zuschaute.

»Jetzt stell dir vor, dass die Mutter des ukrainischen Mordopfers das so erlebt hat, Papa«, sagte Johann mit bewegter Stimme.

»Weißt du, wie alt sie damals war?«, fragte Mats.

»Etwa sechzehn Jahre«, erwiderte Köster nachdenklich. »Sie war siebzehn, als sie Leschek auf die Welt brachte.«

»Dann war sie so alt wie ich.«

Köster hatte seine Kamera mitgebracht und fotografierte. Seine Söhne folgten seinem Beispiel und nahmen ihre Smartphones zur Hilfe.

Dieses Mal war es Mats, der vorauslief und sie auf Tafeln hinwies, die von jungen Zwangsarbeiterinnen handelten. Dazu gehörte der Bericht über eine sechzehnjährige Polin, die während einer Razzia in Warschau gefangen genommen und zur Zwangsarbeit in die Steiermark verschleppt wurde. Sie floh und fand Unterschlupf bei einem Bauern, der aber als Schürzenjäger bekannt war und ihr bald nachstellte. Sie konnte sich den sexuellen Übergriffen nur durch eine erneute Flucht entziehen.

»Und wenn Lescheks Mutter so was Ähnliches passiert ist und sie nicht abhauen konnte?«, fragte Johann.

Auf einer Tafel ging es um Schwangerschaften und Geburten der Zwangsarbeiterinnen. Während in den ersten Kriegsjahren schwangere Zwangsarbeiterinnen noch heimgeschickt wurden, verboten dies die deutschen Behörden aufgrund des zunehmenden Arbeitskräftemangels ab Anfang 1943. Es wurden Zwangsabtreibungen vorgenommen oder die neugeborenen Kinder in »fremdvölkischen Kinderheimen« untergebracht. Da sie schlecht ernährt und medizinisch kaum betreut wurden, starben die meisten der Kinder dort.

»Unser Opfer scheint nicht in einem solchem Heim gewesen zu sein. Sonst hätte er nicht überlebt und wäre nicht mit seiner Mutter in die Ukraine zurückgekehrt«, stellte Mats fest.

Als sie erschöpft und hungrig bei ihrem Lieblingsitaliener eintrafen, wurden sie freudig von Luigi begrüßt, einem rundlichen, kleinen Sizilianer. »Ciao, Commissario Brunetti, wo waren Sie so lange?«

Köster wusste, dass Luigi ein großer Fan der Donna-Leon-Krimis war. Auf den Gesichtern seiner Jungs konnte er einen gewissen Stolz registrieren. Schließlich kannten sie den berühmten Kommissar aus dem Fernsehen. Aber was hatte er mit Brunetti gemeinsam? Wie der Commissario hatte er zwei heranwachsende Kinder, lebte aber, im Gegensatz zum Venezianer, nicht mehr in einer intakten Familie. Das musste auch Luigi gemerkt haben, denn in seinen letzten Monaten in Hamburg war Köster mehrmals allein mit seinen Söhnen zum Essen erschienen. Köster musste schmunzeln. Kam nicht Paola, Brunettis Frau, genau wie Sabine aus einer einflussreichen und sehr wohlhabenden Familie?

»Ich wohne und arbeite jetzt in Osterholz-Scharmbeck, einer kleinen Stadt in der Nähe von Bremen. Da komme ich nicht mehr so oft nach Hamburg.«

»Ah, ich verstehe. Aber jetzt haben Sie Ihre Söhne besucht, wie schön! Euer Tisch ist auch noch frei. Und ihr nehmt wieder dasselbe wie früher?«

Mats nickte, nur Johann widersprach. »Für mich dieses Mal eine vegetarische Pizza.«

Köster studierte die Tageskarte und entschied sich für Tagliatelle mit Lachs in Sahnesoße.

In der Wartezeit und während des Essens sprachen Köster und seine Söhne über die Ausstellung. Mats und Johann wollten dazu noch alles über die neueren Ermittlungsergebnisse zu »ihrem« Fall wissen. Zuletzt fragte Köster seine Söhne, wie es ihrer Mutter ginge. Johann und Mats wechselten einen Blick.

»Mama ist zurzeit besser gelaunt als sonst. Liegt wohl an ihrem neuen Freund«, meinte Mats.

Johann ergänzte: »Wir haben ihn erst einmal gesehen, als er sie am Sonntag abholte. Mama stellte ihn kurz vor. Er ist Anwalt und macht auf betont lässig. Fährt einen Porsche. Über Silvester und Neujahr waren sie miteinander auf Sylt.«

Köster spürte, wie die beiden Jungen ihn genau beobachten. Daher ließ er sich nichts anmerken, fühlte aber doch, dass ihm die Nachricht einen Stich versetzte. Obwohl er seit vielen Monaten von Sabine getrennt lebte, schaffte die Beziehung zu einem anderen Mann neue Realitäten. Und er fragte sich, ob er doch noch eine kleine geheime Hoffnung auf eine Wiederversöhnung gehegt hatte oder einfach unter gekränkter Eitelkeit litt. Jetzt hatte Sabine anscheinend den Partner gefunden, den sie sich gewünscht hatte. Zu Beginn seiner Beziehung zu ihr hatte Köster wohl noch ihrem Wunschbild entsprochen, studierte wie sie Jura, ihm schien ebenfalls eine glänzende Karriere als Anwalt bevorzustehen. Als er sein Jurastudium abgebrochen und ein Studium an der Akademie der Polizei

Hamburg begonnen hatte, war sie maßlos enttäuscht gewesen und hatte sich auch in den folgenden Jahren nicht mit seiner Berufswahl aussöhnen können.

Köster wandte sich wieder seinen Söhnen zu. »Ist doch super, dass eure Mutter sich gut mit ihrem Freund versteht.«

Er hoffte, dass seine Aussage glaubwürdig klang. Johann und Mats wirkten erleichtert. Auch wenn ihm die Informationen über Sabines Liebhaber noch nachgingen, tröstete ihn die neu gewonnene Nähe zu seinen Söhnen. »Mama hat uns letzte Woche noch mal nach unserer Recherchearbeit bei dir gefragt«, berichtete Johann. »Wir haben ihr dann erzählt, was wir über Boss und Yunost herausgefunden haben.«

»Aber nicht, in welchem Zusammenhang das mit dem Mordfall steht«, fügte Mats schnell hinzu.

»Wir wissen ja, dass wir darüber nichts berichten dürfen. Aber die Geschichte über Boss kann jeder im Internet nachlesen.«

»Sie hat tatsächlich ganz ruhig zugehört und war erstaunt, was wir alles herausgefunden haben. Da hat sie auch nichts mehr gegen unseren Einsatz im Kommissariat gesagt.«

»Habt ihr Lust, in nächster Zeit mal wieder nach Osterholz-Scharmbeck zu kommen?«, fragte er. »Es gibt noch vieles, was ich selbst erst jetzt in der Umgebung und in Bremen kennengelernt habe und euch noch zeigen könnte.«

»In Ordnung«, befand Johann entschieden. »Wir möchten dich auch weiter bei der Recherche unterstützen.«

20. Mai 1945

Wieder daheim
Wir sind wieder zu Hause. Eine Woche nach Pierres Weggang wurden Leschek und ich abgeholt. Die Großmutter umarmte mich und meinte: »Pass auf den kleinen Leschek auf!« Sie steckte mir einen Beutel mit Lebensmitteln zu. Den Kinderwagen durfte ich mitnehmen, dazu noch

alte Babykleidung und Windeln für Leschek. Mit gemischten Gefühlen verließ ich den Hof.

Der Abschied von der Großmutter fiel mir schwer. Gisela umarmte Leschek und wollte uns gar nicht gehen lassen. Aber die britischen Soldaten drängten, wir mussten gehen.

Wieder fuhren wir mit dem Zug, nur dieses Mal nicht im Viehwaggon. Es war eng im Abteil und es dauerte fast eine Woche, bis wir in Berdjansk ankamen.

Endlich zu Hause, wie lange hatte ich auf diesen Augenblick gewartet! Mama war völlig überrascht, als ich plötzlich vor der Tür stand. Sie umarmte mich, bis ich fast keine Luft mehr bekam. Da erst sah sie den Kinderwagen und versteinerte. Ich sagte nur: »Mama, das ist Leschek!« Sie schluckte, fasste sich wieder und meinte, wir sollten reinkommen.

Leschek schlief noch. Mama kochte einen Tee, strich einige Butterbrote und wir aßen gemeinsam.

Dabei hatten wir uns viel zu erzählen. Sie weiß jetzt, wie es mir auf dem Moorhof ergangen ist und wer der Vater von Leschek ist. Und ich weiß, dass Papa gefallen ist, Boris aber überlebt hat und vor wenigen Tagen nach Hause gekommen ist. Als Mama von Papas Tod berichtete, mussten wir beide weinen.

Dann wachte Leschek auf und schaute sich mit großen Augen in dem fremden Raum um.

Ich nahm ihn auf den Schoß, fütterte ihn mit Butterbrotstückchen und gab ihm etwas vom Tee zu trinken. Mama beobachtete, wie er aß und trank und anschließend über den Küchenboden krabbelte und alles erkundete. Als er sich an ihrem Bein hochzog und sie anlächelte, war das Eis gebrochen. Sie nahm ihn auf den Schoß und drückte ihn an sich. Sie hat ihn in ihr Herz geschlossen, er ist ihr ganzer Trost. Sie meint, dass sein Vater ein Deutscher ist, dafür könne er nichts.

Ich bin ganz erleichtert, dass sie ihn so mag. Auch Boris liebt seinen Neffen und spielt gerne mit ihm. Nur die anderen Verwandten und unsere Nachbarn lehnen Leschek ab. Wenn ich mit ihm unterwegs bin, tuscheln sie, reden aber kaum mit mir. Für sie bin ich ein Flittchen, das sich mit einem Deutschen eingelassen hat. Es ist schwer, damit zu leben.

Gleich nach meiner Heimkehr war ich bei Tatjanas Familie. Sie ist noch nicht nach Hause gekommen. Ihre Eltern haben zu Beginn noch Briefe von ihr erhalten. Darin stand, dass sie in einer Bauernfamilie lebt und arbeitet und dass es ihr dort gut geht. Die Eltern schrieben zurück, bis sie vor drei Monaten keine Nachricht mehr erhielten. Seither sind sie in großer Sorge, dass Tatjana etwas passiert sein könnte. Auch ich werde ganz traurig, wenn ich daran denke, dass sie vielleicht nicht mehr wiederkommen wird!

Nach und nach treffen die meisten meiner Mitschüler wieder zu Hause ein. Auch Slavo ist zurück. Vor ein paar Tagen sah ich ihn und war richtig erschrocken. Er ist sehr abgemagert und blass. Wie ich hörte, musste er in einem Bunker Schwerstarbeit verrichten, war auch sehr krank und hat nur knapp überlebt. Als ich ihn traf, war ich mit Leschek unterwegs. Slavo lächelte nur kurz und ging davon. Es scheint mir, dass er bereits von dem Kleinen erfahren und sich wie die anderen seine Meinung gebildet hatte. Bei Slavo tut es mir besonders weh.

16. Januar 2016, 18:00 Uhr

Bremervörde

Auf der Rückfahrt bog Köster kurz entschlossen früher von der Autobahn ab und fuhr in Richtung Bremervörde. Trotz der Dunkelheit fand er gleich die ihm bereits vertraute Straße und stellte erleichtert fest, dass in Behrens Haus Licht brannte. Der Eisenbahner schien auch weniger erstaunt als die Male zuvor, als er die Tür öffnete. Wenig später saßen sie zu dritt am Abendbrottisch und Köster berichtete vom Fund des Tagebuchs, das Gerda Behrens Vermutung bestätigt hatte.

»Sie berichtet in ihrem Heft, dass sie immer wieder das Tuten einer Lokomotive hörte. Es könnte daher sein, dass der Hof, auf dem sie lebte, in der Nähe der Moorexpressroute lag. Es könnte auch sein, dass Lutschko das erfahren hatte und deshalb einmal mit dem Moorexpress fahren wollte.«

Behrens dachte nach. »Also in einem Moordorf auf unserer Route. Wir betätigen das Warnsignal an jedem unbeschrankten Bahnübergang und das sind viele auf unserer Strecke. Soviel ich weiß, ist das Tuten aber ziemlich weit zu hören, ich schätze so im Umkreis von drei Kilometern. Wir können ja mal nachschauen, welche Dörfer sich in diesem Bereich längs der Bahngleise befinden.«

Er stand auf, holte eine regionale Karte aus dem Bücherregal und breitete sie auf dem Couchtisch aus. Mit dem Finger fuhr er die dunkel eingezeichnete Bahnlinie nach. »So genau weiß ich nicht, in welchem Bereich Torf abgebaut wurde. Das Teufelsmoor allein reichte ja von Osterholz-Scharmbeck bis Bremervörde. Wenn wir uns diese Region anschauen, kommen sehr viele Orte infrage. Soweit ich weiß, waren die meisten früher eigenständige Dörfer. Ganz in der Nähe dieser Strecke liegen Neuenfelde, Ahrensfelderdamm, Weyermoor, Weyerdeelen, Überhamm, Mevenstedt, Hüttenbusch, Hüttendorf, Heudorf, Ostersode, Nordsode, Kolheim, Karlshöfermoor, Vollersode, Giehlermoor, Augustendorf.«

Behrens schaute auf der Legende der Karte nach, maß mit dem Zeigefinger eine Strecke von drei Kilometern nach und führte diesen an der Bahnstrecke entlang.

»In Hörweite der Zugsirene gibt es noch viele andere Dörfer, so zum Beispiel Wörpedahl, Nord- und Südwede, Worpheim, Mooringen, Bergedorf, Schlußdorf, Adolphsdorf, Otterstein, Winkelmoor, Neu St. Jürgen, Fünfhausen, Findorf, Kuhstedtermoor und Friedrichsdorf. Ich habe bestimmt noch einige vergessen.«

Behrens deutete noch einmal auf die Karte. »Das sind die Dörfer, die auf der Route und in der Nähe des Moorexpress liegen. Die Jan-Reiners-Bahn haben Sie auch noch erwähnt, sie führt ebenfalls an einigen Moordörfern vorbei. Nur kenne ich mich auf der Strecke nicht so aus. Die ist vor meiner Zeit eingestellt worden.«

»Den Hof in einem der vielen Dörfer zu finden, wird nicht leicht sein«, stellte Köster nachdenklich fest. »Doch vielen Dank für Ihre Hilfe.«

18. Januar, 9:00 Uhr

Osterholz-Scharmbeck
»Herr Bayer, haben Sie herausfinden können, ob es noch Listen der Zwangsarbeiter mit ihren Einsatzorten gibt?«, fragte die Staatsanwältin den Kommissar.

»Ja und nein. Zu diesem Thema gibt es im Netz zwar eine Menge Literatur, auch auf verschiedene Regionen bezogen, aber ich fand keine Hinweise auf eine zentrale Registrierung. Dabei entdeckte ich den Internationalen Suchdienst, das Zentrum für die Dokumentation, Information und Forschung über die nationalsozialistische Verfolgung, NS-Zwangsarbeit sowie den Holocaust in Bad Arolsen. Dort habe ich einen Suchantrag zu Lydia Marchuk gestellt. Ihr Name wurde im dortigen Archiv bisher noch nicht gefunden. Es gibt zwar eine Liste von Zwangsarbeitern, die im Teufelsmoor in verschiedenen Betrieben arbeiteten, von diesen war aber niemand in der Landwirtschaft eingesetzt.«

»Gibt es noch andere Ergebnisse?« Gisela Schmidt schaute sich in der Runde um. Nachdem Köster seinen Bericht über den Besuch beim Lokomotivführer abgeschlossen und die Liste der möglichen Dörfer vorgelesen hatte, schwiegen seine Kollegen.

»Hat jemand eine Idee, wie das mit der Jan-Reiners-Bahn war? Welche Orte kommen da infrage?«, erkundigte sich Gisela Schmidt.

Kruse meldete sich zu Wort. »Ich habe mal nachgeschaut. Moorhausen, Trupermoor, Worphausen, Wörpedorf, Eickedorf und Tüschendorf. Das sind auf beiden Bahnstrecken wirklich viele Dörfer, etwa 37, aber jeweils nur mit wenigen Bewohnern. Dazu haben wir Leschek Marchuks Namen und Geburtsdatum sowie die Vornamen der drei Kinder des Hofbesitzers, Jan, Hans und Gisela, nach denen wir in den Melderegistern suchen müssen.«

»Leider gibt Lydia kein genaues Alter der Kinder an. Dem Text konnte ich nur entnehmen, dass alle drei zur Schule gingen. Also müssen sie zwischen sechs und fünfzehn Jahre alt gewesen sein. Jan war der Älteste, dann kamen Gisela und Hans. Lydia schrieb ihr Tagebuch von 1943 bis 1945. Demnach müssen die Geburtsdaten der Kinder zwischen

1929 und 1938 liegen. Heute müssten sie zwischen 76 und 87 Jahre alt sein«, fasste Mertens ihr Suchergebnis zusammen.

»Welche Standesämter kommen denn für die Suche infrage?«, wollte die Staatsanwältin wissen.

Grotheer schaute auf ihre Liste. »Viele der damals selbstständigen Moordörfer hatten eigene Standesämter, in denen Geburten, Hochzeiten und Todesfälle registriert wurden. In den siebziger Jahren wurden fast alle Dörfer eingemeindet. Zuständige Standesämter finden wir heute in Worpswede, Hambergen, Osterholz-Scharmbeck und Gnarrenburg. Dort werden die Geburtsdaten 110 Jahre archiviert, das heißt, wir können Leschek dort suchen.«

»Da in den Geburtsurkunden auch eine Adresse vermerkt ist, erfahren wir auf diese Weise, in welchem Ort er unter welcher Hausnummer geboren wurde. Damit lässt sich die Familie herausfinden, in der Lydia lebte«, fügte Bayer hinzu. »Und unter dem Nachnamen werden wir sicher auch die Geburtsdaten der drei Kinder finden, die letztlich nur bestätigen, dass wir die richtige Familie gefunden haben.«

»Das hört sich nach viel Arbeit an«, seufzte Mertens.

»Aber in den 37 möglichen Dörfern nach einer Familie zu suchen, die eine Ukrainerin und einen Franzosen als Zwangsarbeiter beschäftigten, würde noch mehr Zeit erfordern«, befand Schmidt. »Also sollten wir uns zunächst auf die Standesämter konzentrieren.«

Nach dem Ende der Sitzung erinnerte sich Köster an sein Versprechen, Lutschkos Tochter über neue Ergebnisse zur Herkunft ihres Vaters zu informieren. Am Nachmittag rief er sie in Kiew an.

»Unglaublich, was meine Großmutter da mitmachen musste!«, erwiderte die junge Frau tief bewegt. »Und ich kann mir gut vorstellen, wie erschüttert mein Vater war, als er das alles gelesen hat. Kein Wunder, dass er unbedingt herausfinden wollte, wer sein richtiger Vater ist. Nur warum hat er mir nichts davon erzählt?«

Einen Moment war es still in der Leitung. Köster suchte nach Formulierungen. »Vielleicht wollte Ihr Vater seine Herkunft erst einmal für sich klären. Die frühen Demütigungen durch die anderen Kinder wird er nicht vergessen haben. Er durfte darüber nicht sprechen, auch nicht nach seinem leiblichen Vater fragen. Tabus sind sehr wirkungsvoll und so konnte er auch Ihnen nichts davon erzählen. Er versprach Ihnen, vom Grund seiner Reise nach seiner Rückkehr zu berichten. Wahrscheinlich hoffte er, mehr über seinen leiblichen Vater zu erfahren und die Geschichte damit abschließen zu können.«

Leise antwortete Sophia Lutschko:»So könnte es gewesen sein. – Vielen Dank für Ihre einfühlsamen Worte. Und danke dafür, dass Sie mich angerufen haben.«

19. Januar 2016, 18:00 Uhr

Osterholz-Scharmbeck, Marktplatz
Nach einem frühen Feierabend waren die Behrens auf Gerdas Wunsch hin nach Osterholz-Scharmbeck gefahren. Sie erstand mehrere Stoffe, aus denen sie für ihre Enkel Hosen und für sich einen Rock nähen wollte. Als sie das Geschäft wieder verließen, schloss die Verkäuferin die Tür hinter ihnen ab. Gerda Behrens schaute auf die Uhr, es war tatsächlich bereits 18 Uhr.

»Was hältst du davon, wenn wir uns mit dem Kommissar zum Essen treffen? Er müsste doch auch Dienstschluss haben.«

Ihr Mann stimmte zu. Jan erreichte Köster unter seiner Büronummer und eine Viertelstunde später trafen sie sich in einem kleinen Bistro am Marktplatz.

Köster wirkte müde, schien sich aber über die spontane Verabredung zu freuen.»Danke, dass Sie mich angerufen haben. Ich hatte auch gerade beschlossen, nach Hause zu gehen. Sie hier zu treffen ist auf jeden Fall netter, als allein vor dem Fernseher zu essen.«

Nachdem sie bestellt hatten, fragte Gerda den Kommissar nach seinen Söhnen. Bei seinem letzten Besuch in Bremervörde hatte er von Mats und Johann berichtet, die Behrens wussten auch, dass Köster seit einem halben Jahr allein in der Kreisstadt lebte.

»Johann hat sich gestern noch einmal gemeldet und mir seine Fotos aus dem Museum geschickt. Für mich ist es schön, dass ich jetzt so oft Kontakt zu den beiden habe. Das war vorher ganz anders.«

»Gibt es denn etwas Neues zu Ihrem Fall?«, fragte Behrens.

Köster berichtete von der Suche nach der Geburtsurkunde des Opfers und der Familie, in der Lydia Marchuk mit ihrem Sohn lebte.

»Es wäre sicher gut, nicht nur bei den Standesämtern, sondern auch in den Moordörfern selbst nachzuforschen. Denn es gibt immer noch alte Bewohner, die über die Zwangsarbeiter Bescheid wissen. Aber das kostet sicher zu viel Zeit«, sagte Gerda auf der Heimfahrt.

Jan nickte, erwiderte aber nichts. Er schaute konzentriert auf die regennasse Straße.

»Von den Landfrauen kenne ich einige Frauen aus den umliegenden Dörfern. Dazu gehört auch Hannelore Gieschen. Die könnte ich fragen, wer dort Auskunft über die Zeit im Zweiten Weltkrieg geben könnte«, fuhr Gerda nachdenklich fort.

Jan lächelte. »Willst du Polizistin spielen? Solltest du das nicht besser den Kommissaren überlassen?«

»Warum denn? Die haben genug zu tun. Und warum soll ich denn meine Kontakte nicht ausnutzen?«, erwiderte Gerda etwas spitz, musste dann aber selbst schmunzeln. »Du hast natürlich recht, das Nachfragen macht mir Spaß. Und du kannst doch auch deine Freunde von der Feuerwehr fragen.«

Bremervörde, 24. Januar, 16:30 Uhr

Die Dämmerung setzte ein, als Gerda Behrens müde aus Augustendorf zurückkehrte. Sie kochte eine Kanne Tee, trug sie ins Wohnzimmer, setzte sie auf das Stövchen auf dem Couchtisch und nahm auf ihrem Sessel Platz. Sie legte die Beine hoch, nippte an ihrer Tasse und schaute aus dem Fenster. Wenig später sah sie, wie ihr Mann den Wagen in den Carport fuhr und das Haus betrat.

»Ich bin im Wohnzimmer!«, rief sie. »Es gibt noch Tee, du kannst dir eine Tasse mitbringen!«

Gerda hörte Jans schlurfende Schritte in der Küche. Im Wohnzimmer nahm er im Sessel neben ihr Platz, schenkte sich Tee ein, legte die Füße auf den gemeinsamen Hocker und wärmte seine Hände am Becher.

»Das tut gut«, meinte er. »Es ist ganz schön kalt draußen. Wie war's in Augustendorf?«

»Anstrengend. Ich war mit Hannelore bei ihrem Nachbarn, einem 92-jährigen Dorfbewohner. Er ist noch ganz helle im Kopf, aber schwerhörig und spricht sehr laut und nuschelig, ich konnte ihn kaum verstehen. Als ich ihn nach der Kriegszeit fragte, hatte er viel zu erzählen. Vor allem von seiner Zeit als Soldat, seinem Einsatz in Russland und von der Kriegsgefangenschaft. Als ich versuchte, ihn zu stoppen und zu unserem Thema zu kommen, wusste er darüber nur wenig zu berichten. Er selbst sei ja nur ab und zu auf Heimaturlaub gewesen und habe nicht so viel davon mitbekommen. Dann waren wir noch bei Hannelores Onkel Hans. Er ist bedeutend jünger als Hannelores Nachbar und war bei Kriegsende erst sieben Jahre alt. Er erinnerte sich auch an ein paar Zwangsarbeiter, darunter war aber keine Ukrainerin. — Wie war es bei dir?«

»Spannend. Günther kennt als Brandmeister alle Leute aus seinem Dorf. Wir haben heute gleich drei der Alten abgeklappert. Bei zweien ging es uns so ähnlich wie dir. Aber Günther hat gleich den richtigen Ton gefunden, die beiden freundlich aber bestimmt unterbrochen und ihnen gesagt, dass wir sie etwas anderes fragen wollten. Bei dem Letzten war es einfacher. Wobei er schon vieles durcheinander bekam und keine richtige Auskunft mehr geben konnte.

Das Ergebnis: In Fahrenmoor gab es auf fast jedem Hof ein bis zwei Zwangsarbeiter oder -arbeiterinnen. Einer der alten Bewohner erinnerte sich daran, dass es zwei Frauen gab, die ein Kind bekommen hatten. Die Väter sollten angeblich andere Zwangsarbeiter gewesen sein, es wurde aber auch gemunkelt, dass es in einem Fall einer der Bauern selbst war. Woher die Frauen kamen und was aus ihnen wurde, wusste er nicht mehr. Genau konnte er nicht mehr sagen, auf welchem Hof sie lebten. Wir hatten auch den Eindruck, dass alle ganz gerne allgemein über die Zeit sprachen, aber ungern über die Ereignisse auf den eigenen Höfen.«

Behrens schaute Gerda müde lächelnd an. »Und alle berichteten, dass die Fremdarbeiter gut bei ihnen behandelt wurden, sogar am gemeinsamen Familientisch aßen, obwohl das bei Androhung schlimmster Strafen verboten war. Ich denke, dass es ihnen auf einigen Höfen gut ging, aber sicher nicht auf allen.«

»Und hat Günther eine Idee, wie ihr erfahren könnt, wo im Dorf die beiden Frauen lebten?«, fragte Gerda gespannt.

»Noch nicht. Aber er wird mir den Gefallen tun und weiter nachfragen. So ganz wohl ist ihm nicht dabei, das habe ich schon bemerkt. Mit dem Nachfragen macht er sich keine Freunde.«

25. Januar 2016, 13:00 Uhr

Osterholz-Scharmbeck
Nachdem Kruse und Grotheer aus dem Osterholzer Standesamt zurückgekehrt waren und Köster von ihrer vergeblichen Suche nach der Geburtsurkunde des Ukrainers berichteten hatten, seufzte Anne Grotheer. »Das war richtig nervig. Es waren so viele mögliche Orte und Daten und die Eingaben Leschek und Lydia Marchuk ergaben keine Treffer. Ich hoffe nur, dass die Kollegen in einem der anderen Orte mehr Erfolg haben.«

Kruse nickte, streckte die Beine aus und strich sich über seine Halbglatze.

»Ist Kai wie geplant am Wochenende umgezogen?«, fragte Köster.

Kruse richtete sich auf. »Ja. Kai hat das alles selbst organisiert, sich einen Transporter gemietet, seine Möbel und Kisten eingeladen. Am Sonnabendmittag ist er nach Berlin gefahren.«

»Wie war das für euch?«

»Es war schwer, aber gleichzeitig sehen wir, wie sich Kai auf die Großstadt und die neue berufliche Aufgabe freut. Außerdem ist Christin ja noch bei uns, sie hat einen guten Job bei der Stadt und wird sicher hier bleiben.«

Anne Grotheer legte ihre Hand auf Kruses Schulter. »Ich kann euch gut verstehen. Meine Eltern würden mich auch nur ungern ziehen lassen.

Ich weiß nicht, wie ich mich entscheide, wenn Patrick eine Arbeit in Skandinavien findet, ob ich mit ihm gehe oder allein hier bleibe. Er sucht immer mal wieder danach. Bisher hat er zum Glück noch nichts Passendes gefunden.«

Kösters Diensttelefon klingelte. Seine Kollegen beobachteten, wie er dem Anrufer lauschte, sich nach einer Weile bedankte und Grüße an die Ehefrau bestellte.

»Das war Behrens, der Zugführer«, erklärte er. »Seine Frau und er haben selbst Nachforschungen in den umliegenden Dörfern von Gnarrenburg angestellt und Behrens ist auf eine Spur gestoßen.« Köster fasste den Bericht des Eisenbahners zusammen, der in Fahrenmoor von zwei Zwangsarbeiterinnen gehört hatte, die dort anscheinend Babys bekommen hatten.

»Ich werde Frau Schmidt Bescheid sagen. Wir sollten auf unserer weiteren Suche diesen Ort im Fokus behalten.«

28. Januar 2016, 10:00 Uhr

Osterholz-Scharmbeck, Mordkommissionssitzung
Aufgeregtes Gemurmel erfüllte den Raum, als Gisela Schmidt mit einem Löffel an ihren Kaffeebecher klopfte.

»Ich bitte um Ruhe, damit wir mit der Sitzung beginnen können! Heute haben wir viel zu besprechen, ich bitte Sie daher, sich kurz zu fassen. Beginnen wir mit den Ermittlungen in den Standesämtern. Rainer, fang du bitte an!«

Völkel erhob sich. »Inge und ich waren vorgestern im Gnarrenburger Standesamt. Einen Leschek oder eine Lydia Marchuk fand man dort allerdings nicht, kam aber auf die Idee, dass der Name vielleicht falsch geschrieben wurde. Und da wurden wir fündig! Als Mutter wurde Lüdia Marschuck genannt, Leschek ebenfalls mit ck geschrieben. Vater unbekannt. Als Geburtsdatum wurde der 20. August 1944 angegeben. Und jetzt wird es spannend: als Wohnort Fahrenmoor 12. Das ist ein Moordorf nördlich von Gnarrenburg. Der Lokomotivführer Jan

Behrens hatte uns auf diesen Ort aufmerksam gemacht. Im Melderegister fanden wir auch die damaligen Besitzer der Hofstelle 12: Gesche und Hinnerk Murken. Zum Haushalt gehörten auch noch wie von Lydia beschrieben die Kinder Jan, Gisela und Hans sowie die Mutter von Hinnerk, Metta Murken, geborene Brüning. Die Standesbeamtin fand dann noch die Geburtsdaten für die drei Kinder: Jan 2.4.1930, Gisela 4.5.1931 und Hans 23.9.1935.«

Völkel hielt kurz inne und schaute sich im Raum um, wohl wissend, dass ihn seine Kollegen gespannt ansahen.

Bevor er fortfahren konnte, ergriff die Kommissionsleiterin das Wort. »Danke Rainer. Inge, berichte du doch bitte, was ihr noch herausbekommen habt.«

Köster bemerkte, dass Völkel irritiert Platz nahm. Inge Mertens schaute ihren Kollegen unsicher an und folgte zögernd der Anweisung ihrer Vorgesetzten. »Wir haben gestern anschließend im Melderegister nachgeschaut, wer von den Familienmitgliedern noch lebt. Letztlich nur noch der Jüngste der Kinder, Hans, der heute achtzig Jahre alt ist. Er wohnt bei seiner Tochter Dörte in Gnarrenburg. Jan, der Hoferbe, starb 2005, Gisela 2012. Auf dem Hof leben heute Jans Sohn Klaus und seine Frau Petra mit ihrem Sohn Frank.«

»Vom Alter her könnte es sich um den Begleiter und vermeintlichen Mörder Lutschkos handeln. Wir sollten die Familie so schnell wie möglich aufsuchen und verhören«, befand Schmidt. »Peter, ich schlage vor, dass wir das nach der Sitzung gemeinsam tun.«

28. Januar 2016, 14:00 Uhr

Fahrenmoor

Während Köster fuhr, schaute Gisela Schmidt sich die Höfe an. Sie lagen wie in fast allen Moordörfern aufgereiht wie auf einer Schnur entlang der Straße. Lydia hatte beschrieben, dass sie am Rande des Dorfs untergebracht war. Köster bog auf eine lange Einfahrt ein und hielt vor einem Rotklinkerhaus. Ein Hund rannte ihnen bellend entgegen, so dass sie einen Moment zögerten, das Auto zu verlassen. Sie hörten eine scharfe Stimme, die das Tier zurückrief. Am Hoftor erschien eine schlanke, großgewachsene Frau um die 50. Sie hielt den Hund am Halsband fest und schaute misstrauisch zu ihnen herüber. Köster und Schmidt stiegen aus und gingen ihr vorsichtig entgegen, um den immer noch knurrenden Boxer nicht zu provozieren. Seinen Ausweis zeigend stellte der Kommissar sie beide vor. Man merkte der Bauersfrau ihre Überraschung an.

»Ich bin Petra Murken. Wenn Sie meinen Mann oder meinen Sohn suchen, die sind beide nicht da.«

»Dann würden wir gerne erst mal mit Ihnen sprechen. Dürfen wir reinkommen?«

Frau Murken drehte sich wortlos um und ging durch die Diele ins Haus. Köster und Schmidt folgten ihr. Die Boxen, die sie passierten, waren fast alle leer. Nur wenige Kälber streckten ihnen neugierig ihre Köpfe entgegen.

Dem Blick der Kommissare folgend erklärte die Bäuerin: »Das ist unser Jungvieh. Die anderen sind im großen Stall am Feld, hier ist nicht mehr genug Platz für alle.«

Sie öffnete eine zweite Tür, die in den Wohnteil des Hauses führte. Am Küchentisch nahm sie Platz und deutete auf die anderen Stühle.

Mit ruhiger Stimme fragte Köster: »Frau Murken, wir ermitteln im Fall eines Mannes aus der Ukraine und vermuten, dass er Ende des Jahres auf ihrem Hof zu Gast war. Stimmt das?«

Sie nickte zögernd. »Ja, das stimmt.«

»Können Sie uns erzählen, warum er Sie aufgesucht hat?«

»Er meinte, dass er mit den Murkens verwandt sei. Aber darüber sprechen sie am besten mit Klaus.«

»Wann kommt Ihr Mann denn wieder?«

»Er ist zur Mühle gefahren, Futter holen, und müsste in einer halben Stunde wieder da sein.«

»Gut. Dann erzählen Sie doch erst einmal, wie Sie den Besuch des Ukrainers erlebt haben, Sie waren doch auch dabei.«

Nervös nestelte die Bäuerin an einer Papierserviette, die in der Mitte des Tischs gelegen hatte.

»Was soll ich sagen. Irgendwann stand er vor der Tür. Wir waren gerade mit dem Melken fertig und wollten zu Abend essen.«

»Wann war das denn?«

»Das muss Ende November gewesen sein. Richtig, ich hatte am Tag zuvor einen Adventskranz gekauft, das war kurz vor dem ersten Advent.«

»Und wie ging es dann weiter?«

»Er hat sich vorgestellt, er heiße Leschek, den Nachnamen habe ich wieder vergessen. Dabei sprach er erstaunlich gut deutsch, allerdings mit einem heftigen Akzent. Er behauptete, dass sein Vater Klaus Opa gewesen sei. Seine, ich meine Lescheks Mutter hätte als Zwangsarbeiterin hier auf dem Hof gearbeitet und der Opa von Klaus hätte sie geschwängert.«

»Wie haben Sie darauf reagiert?«

»Wir waren wie vor den Kopf gestoßen. Da kommt so ein Unbekannter aus einem anderen Land und behauptet so etwas! Herrmann hat ihn dann gefragt, wie er darauf komme und ob er Beweise habe. Da hat Leschek erzählt, dass seine Mutter im Sommer gestorben ist und er ihr Tagebuch gefunden hat. Da stünde alles drin.«

Frau Murken schwieg und schaute aus dem Fenster.

»Und wie ging es weiter?«, fragte Schmidt.

»Klaus fragte ihn dann, was er von uns wolle. Der Ukrainer meinte, er möchte seine Verwandten kennenlernen und erfahren, was für ein Mensch sein Vater gewesen ist. Wir, seine Verwandten, wie das klang! Wir kannten ihn doch gar nicht! Wir haben ihn dann aber zum Abendbrot eingeladen. Frank, unser Sohn, kam dazu und wir verbrachten einen ganz netten Abend. Frank verstand sich gut mit ihm und stellte ihm viele Fragen nach seinem Leben in der Ukraine. So gegen zehn Uhr ist er dann wieder gefahren. Er wohnte in einer Pension in der Nähe.«

»Wohnte?«, fragte Köster.

Die Bäuerin schaute den Kommissar kurz irritiert an, dann schien sie zu verstehen.

»Ja. Nachdem er einige Male zu Besuch gekommen war, haben wir ihn eingeladen, bei uns zu wohnen.«

»Das ist ja eine überraschende Entwicklung«, befand Schmidt.

Petra Murken schaute die Kriminalbeamtin trotzig an. »Das war nur am Anfang so, dass er uns so fremd war. Leschek hatte viel von sich erzählt und wollte auch viel über unser Leben wissen. Dann kamen auch noch die anderen Verwandten meines Mannes dazu, wir haben schöne Abende miteinander verbracht.«

»Wie lange ging das denn so?«

»Etwa drei Wochen. Ich glaube, bis kurz vor Weihnachten. Dann ist er wohl wieder in die Ukraine gefahren.«

»Hat er sich nicht verabschiedet?«

»Nein. Er sagte meinem Mann, dass er Besorgungen machen wollte. Dann ist er mit seinem Gepäck verschwunden.«

»Wissen Sie noch genau, wann das war?«

»Kurz vor Weihnachten, das sagte ich ja schon. Ich glaube, am Freitag.«

Wieder nestelte die Bäuerin an der Papierserviette, deren Ränder bereits eingerissen waren. Plötzlich wandte sich ihr Blick dem Fenster zu. Sie hatte als Erste das Auto gehört, das in die Einfahrt einbog. Wenig später klappte die Autotür zu und ein mittelgroßer kräftiger Mann in einem dunkelblauen Arbeitsanzug kam herein. Erstaunt schaute er die Ermittler an.

Schmidt stellte ihren Kollegen und sich vor. »Herr Murken, wir ermitteln im Fall von Leschek Lutschko und haben schon von Ihrer Frau erfahren, dass er zu Gast auf Ihrem Hof war.«

Der Bauer schaute seine Frau kurz an und wandte sich wieder den Kommissaren zu. »Was meinen Sie mit Fall?«, fragte er.

»Es ist ihm etwas passiert und wir ermitteln noch. Bitte erzählen Sie uns, wie der Besuch von Herrn Lutschko auf Sie wirkte«, forderte Köster den Landwirt in einer beruhigenden Stimmlage auf.

Murken nahm ein Glas aus dem Wandschrank, füllte es am Spülstein voll Wasser und setzte sich neben seine Frau auf die Küchenbank. »Wie soll ich sagen. Anfangs war ich schon sehr überrascht, als er auftauchte und meinte, er sei mein Onkel. Aber nach einer Weile haben wir es ihm geglaubt und er war eigentlich ganz nett. Unsere Familie kam auch wieder öfter zusammen, um ihn zu erleben.«

»Wer war das denn alles?«, fragte Schmidt.

»Mein Onkel Hans und seine Tochter Dörte mit Jens, ihrem Mann und den Kindern. Dann noch mein Bruder Uwe mit seiner Frau Andrea und deren Tochter Julia. Ach ja, und natürlich unsere Tochter Anna mit ihrem Freund Lukas.«

»Das waren ja eine ganze Menge Leute. Und alle haben Leschek kennengelernt?«

»Ja, er hat sie auch öfters besucht. Gewohnt hat er aber bei uns.«

»Und er hat sich nicht von Ihnen verabschiedet?«

»Nein. Wir haben uns nur gewundert, dass er plötzlich mit seinen Sachen verschwunden war. Bei den anderen ist er auch nicht noch mal aufgetaucht.«

Murken war anzusehen, dass er sich nicht wohlfühlte. Hektische rote Flecken verteilten sich in seinem Gesicht.

Seine Frau kam ihm zu Hilfe. »Wir fanden das alles schon seltsam. Dann dachten wir, er ist so plötzlich hier erschienen und genauso plötzlich wieder weg gewesen. Das passte irgendwie zusammen. Vielleicht war in der Ukraine etwas passiert. Er erzählte oft vom Krieg dort.«

»Und er hat keine Adresse oder Handynummer hinterlassen?«, fragte Köster ungläubig.

»Adresse nicht. Handynummer schon, aber darauf haben wir ihn nicht mehr erreicht.«

»Wir dachten, er hat hier eine SIM-Karte gekauft und nicht daran gedacht, dass er in der Ukraine eine andere hat«, ergänzte Petra Murken.

»Warum fragen Sie eigentlich nach ihm?«, wollte der Bauer nun doch wissen.

»Herr Lutschko ist am 19.12. tot im Moorexpress aufgefunden worden. Er wurde ermordet«, antwortete Schmidt ernst und beobachtete aufmerksam die Reaktion der beiden. Erschrocken sahen Klaus und Petra Murken die Kommissarin an.

»Das ist unglaublich!«, rief die Bäuerin. »Der arme Leschek!« Sie schien wirklich betroffen zu sein, Tränen füllten ihre Augen.

Auch ihr Mann schaute entsetzt. Als er sich wieder gefasst hatte, fragte er. »Wie ist das passiert und wer war das?«

»Er wurde erschossen. Nach dem Mörder suchen wir noch.«

»Ich verstehe das nicht.« Petra Murken putzte ihre Nase mit der Serviette. »Er war doch so ein Netter. Warum wurde er nur umgebracht?«

»Das fragen wir uns auch. Hatte er mit jemandem aus Ihrer Familie Streit? Gab es Meinungsverschiedenheiten?«, fragte Köster das Paar.

Die beiden schauten sich unsicher an. »Nein, nicht dass wir wüssten. Auch wenn er uns am Anfang fremd war, haben wir ihn dann alle gemocht. Aber Sie denken doch nicht, dass es jemand von uns war?« Erschrocken sah die Bäuerin Köster an.

»Wir müssen allen möglichen Spuren nachgehen«, erwiderte Köster. »Das ist ein Teil unserer Ermittlungen. Und Sie gehören zu dem Personenkreis, zu dem er zuletzt Kontakt hatte.«

»Außerdem suchen wir nach einem Mann, der ihn auf der Moorexpressfahrt begleitet hat«, wandte sich Schmidt an den Bauern. »Haben Sie mit ihm diese Fahrt unternommen?«

»Nein, natürlich nicht.« Murken zuckte zusammen. »Ich wusste ja gar nicht, dass er da mitfahren wollte.«

»Können Sie uns sagen, wo Sie den 19.12. verbracht haben? Das war der Samstag vor Weihnachten.«

Unsicher schaute der Bauer seine Frau an. »Ich denke, ich war zu Hause. Weißt du noch, was wir an dem Tag gemacht haben?«

Frau Murken nickte. »Ja, da waren wir hier. Ich habe Kuchen gebacken und mein Mann hat Büroarbeit gemacht. Das kann ich bezeugen.«

»Wir möchten Sie bitten, mit uns aufs Polizeikommissariat nach Osterholz-Scharmbeck zu kommen und dort Ihre Aussage zu bestätigen«, schloss Köster das Gespräch.

»Muss das sein?«, erwiderte der Bauer ärgerlich. »Sie haben doch alles von uns erfahren. Wir können die Tiere nicht so lange allein lassen.«

»Ja, es muss sein. Sie können uns mit Ihrem Auto folgen und sind rechtzeitig zum Melken wieder zurück. Es wird nicht lange dauern.«

Beide baten darum, sich umziehen zu dürfen. Als Petra Murken wieder erschien, traute Köster seinen Augen nicht: Ihr Outfit schien aus einer noblen Boutique in Bremen oder Hamburg zu stammten. Von

Sabine hatte er in Erinnerung, dass allein solche Schuhe schon mal 250 Euro kosten konnten.

Schmidt bemerkte Kösters Blick und lächelte. Als sie im Auto Platz genommen hatte, sprach sie ihn darauf an. »Erstaunlich, was hinter so mancher brav erscheinenden Bauersfrau steckt. Aber viel wichtiger: Hast du gesehen, wie ähnlich er dem Phantombild von Lutschkos Begleiter ist?«

»Ja. Außerdem wirkten die beiden so erschrocken, als wir ihn danach fragten, ob er mit im Zug war. Zudem war Frau Murken dermaßen nervös, ich glaube, sie hat auf jeden Fall etwas zu verbergen. Und die Frage nach dem Grund unserer Vernehmung kam sehr spät.«

Köster schaute in den Rückspiegel. Der Passat der Landwirte folgte ihnen. Am Steuer saß Murken und schaute stumm auf die Straße. Seine Frau neben ihm wirkte blass, mit verkniffener Miene sah sie ebenfalls in ihre Richtung, redete aber ständig mit wenig sichtbarer Mundbewegung.

»Jetzt würde ich gerne Mäuschen spielen und hören, was sie ihm zu sagen hat«, schmunzelte Köster.

Es hatte leicht zu nieseln begonnen, als die beiden Wagen auf den Parkplatz des Kommissariats einbogen. Wenig später betrat man gemeinsam den Vernehmungsraum im Obergeschoss. Kruse und Grotheer, die bereits per Handy von ihren Vorgesetzten informiert worden waren, warteten auf die Ankommenden. Grotheer schaltete das Aufnahmegerät ein und das Ehepaar wiederholte seine Aussage. Zum Schluss nahm Kruse Murkens Fingerabdrücke, fotografierte ihn und machte einen Speicheltest mit dem Verdächtigen. Eine knappe Stunde später konnten die beiden die Dienststelle wieder verlassen.

»Habt ihr keine Angst, dass sie verschwinden könnten?«, fragte Grotheer besorgt.

»Nein, das glaube ich nicht«, erwiderte Kruse. »Dazu hängen sie zu sehr an ihrem Hof und ihrem Vieh.«

29./30. Januar 2016

Osterholz-Scharmbeck
Um 15 Uhr eilte Köster zum Bahnhof, von der Polizeidienststelle nur ein kurzer Weg. Seine Söhne hatten sich kurzentschlossen bei ihm angemeldet, um das Wochenende mit ihm zu verbringen.

Wenig später hatte er mit Sabine telefoniert. Sie war einverstanden, sprach auch nicht davon, er solle die beiden von der Polizeiarbeit fernhalten.

Dieses Mal war die Begrüßung herzlicher als Anfang des Jahres, Mats und Johann umarmten ihren Vater. Die Sonne schien, gemeinsam machten sie sich zu Fuß auf den Weg zu Kösters Wohnung. Unterwegs berichteten sie kurz von ihren Zeugnissen, die sie zuvor erhalten hatten, und fragten nach den neuesten Ermittlungsergebnissen. Auf diese Weise erfuhren sie, dass die deutschen Verwandten des Mordopfers inzwischen bekannt waren und einer von ihnen als besonders verdächtig galt.

Nachdem die Jungen ihre Rucksäcke abgelegt hatten, kündigte Köster an, dass er noch einmal in die Dienststelle musste. Die beiden bestanden darauf, ihn zu begleiten. Anne Grotheer nahm sie in Empfang und wies ihnen wieder den Reserveraum zu, übergab ihnen ihr privates Notebook und stellte eine neue Aufgabe: »Bitte bringt alles in Erfahrung, was ihr über die Hafenstadt Berdjansk herausfinden könnt. Von dort stammen das Mordopfer sowie seine Mutter.« Die beiden machten sich gleich an die Arbeit.

Mittags informierte das Labor Gisela Schmidt über die Ergebnisse. Im Zugabteil fanden sich weder Fingerabdrücke noch DNA-Spuren des Bauern. Es wurde aber eine große genetische Übereinstimmung zwischen Lutschko und Murken festgestellt, die eine enge verwandtschaftliche Beziehung der beiden belegte.

Am Nachmittag fuhr Inge Mertens zu Lena Pape nach Bremen-Findorff und zeigte ihr das Foto, das Kruse am Tag zuvor von Murken aufgenommen hatte. Bayer hatte dem Bauern auf dem Foto noch mithilfe eines Bildbearbeitungsprogramms eine dunkle Mütze aufgesetzt. Die junge Lehrerin studierte beide Bilder und nickte dann. »Ja, das ist er, ob mit oder ohne Mütze, ich erkenne ihn klar wieder.«

Ihr Freund schaute ihr über die Schulter, war sich aber nicht ganz so sicher. »Ich habe ihn nur kurz gesehen, aber du kannst recht haben.«

Kruse erreichte den Zugbegleiter Bernd Meyer auf dessen Handy. Kurz nach seinem Feierabend erschien er auf dem Kommissariat und erkannte im Bild ebenfalls den Begleiter Lutschkos wieder.

Wenig später machte sich Kruse gemeinsam mit Anne Grotheer auf den Weg nach Fahrenmoor. Sie nahmen Murken fest.

Am nächsten Morgen tagte noch einmal die Mordkommission. Selbst die Staatsanwältin war mitgekommen, sie schien sich über die Fortschritte der Ermittlungen informieren zu wollen.

»Du schaust so skeptisch«, bemerkte Schmidt.

Köster runzelte die Stirn. »Noch hat der Verdächtige nicht gestanden. Und ich finde es seltsam, dass wir keine Spuren von ihm im Zug gefunden haben. Er müsste doch auf der Hin- oder Rückfahrt einiges angefasst haben.«

»Wenn er den Mord geplant hat, wird er das mit Absicht vermieden haben. Zwei Zeugen haben ihn eindeutig wiedererkannt. Er war auf jeden Fall Lutschkos Begleiter im Moorexpress«, erwiderte Schmidt.

»Wir sollten aber noch die anderen Familienmitglieder befragen, um zu verstehen, was passiert ist, als Lutschko auftauchte, und ob es Konflikte mit ihm gab«, schlug Mertens vor.

Nach der Sitzung verhörten Schmidt und Köster Klaus Murken, der aber weiterhin leugnete, mit Lutschko im Moorexpress gefahren zu sein. Als ihn Schmidt mit den Zeugenaussagen konfrontierte, starrte Klaus Murken sie ungläubig an und blieb bei seiner Version, er habe den Tag zu Hause mit seiner Frau verbracht.

Am Abend stellten Mats und Johann Köster das Ergebnis ihrer Internetrecherche vor. Johann begann: »Berdjansk ist eine Großstadt in der Ukraine mit 115.000 Einwohnern. Sie liegt im Süden am Asowschen Meer, einem Ausläufer des Schwarzen Meeres. Berdjansk ist ein wichtiges Industriezentrum und gleichzeitig ein beliebter Erholungs- und Badeort.«

Er fuhr fort: »Du hast uns erzählt, dass die junge Zwangsarbeiterin aus einem Dorf in der Nähe stammt und im Juni 1943 von dort nach Deutschland verschleppt wurde. Wir fanden heraus, dass Berdjansk zwischen dem 7. Oktober 1941 und dem 17. September 1943 von der deutschen Wehrmacht besetzt worden war. Was dann mit der Stadt passierte, konnten wir noch nicht in Erfahrung bringen, nur dass die Deutschen die Transporte der Zwangsarbeiter noch während ihres Rückzugs fortsetzten.

Zur Geschichte der Ukraine gibt es aber unglaublich viel Material im Netz. Nur eine kurze Zusammenfassung: In der Ukraine sind im Zweiten Weltkrieg Millionen von Menschen umgekommen, dazu wurden ganze Landstriche verwüstet. 1939 eroberten die sowjetischen Truppen die Westukraine. Als die Sowjets kurz darauf die Kollektivierung der Landwirtschaft einführten, wehrten sich viele Bauern. Es kam zu Massenerschießungen und Deportationen. Daher sympathisierten viele Ukrainer zunächst mit dem Deutschen Reich. Ukrainer nahmen als deutsche Hilfspolizisten an der Verschleppung von Zwangsarbeitern sowie der Deportationen und Ermordung von Juden teil.

Als die deutsche Wehrmacht die Ukraine eroberte, fing auch sie an, die Bevölkerung auszubeuten und zu unterdrücken. Nachdem die Hoffnung der Ukrainer, dass es ihnen mit den Deutschen besser gehen würde als mit den Russen, enttäuscht wurde, begann der Widerstand der Bevölkerung gegen die deutsche Besatzungsmacht.«

»Wie ist das heute, ist die Stadt unter Kontrolle der Separatisten?«, erkundige sich Köster.

»Das konnten wir nicht herausfinden«, antwortete Mats. »Die letzte Nachricht, die wir im Internet dazu fanden, stammt aus dem Februar des vergangenen Jahres. Da ging es um die schlimme Situation in der Stadt. Hohe Arbeitslosenzahlen, geringes Einkommen, zurückgehender Tourismus. Und die Spaltung der Bevölkerung, die zum einen Teil ukrainisch-, zum anderen Teil russischstämmig ist.«

1. August 1950

Lescheks Einschulung
Heute war Lescheks erster Schultag. Ganz aufgeregt kam er in die Küche gelaufen. Dort warteten Mama und ich bereits auf ihn. Doch er hatte keinen Appetit, aß nur die Hälfte seines Haferbreis.

Mama lächelte. »Du kannst es kaum erwarten, nicht?« Leschek plapperte froh und seine Augen leuchteten. Er setzte seinen Ranzen auf, ich nahm ihn an die Hand und wir gingen zur Schule.

In der Aula versammelten sich die Mütter mit ihren Kindern. Nach einer Ansprache des Direktors verließ Leschek gemeinsam mit seinen Mitschülern die Aula und lief mit ihnen in den zukünftigen Klassenraum. Nach einer Stunde kam er wieder zurück und sah sehr ernst aus, ganz anders als vorher. Als ich ihn fragte, wie es denn gewesen sei, meinte er nur ganz kurz: »Ging so«, und lief vor mir nach Hause.

Mir wurde ganz schwer ums Herz, denn ich dachte mir, dass die anderen wieder einmal nichts mit ihm zu tun haben wollten. Sie behandeln ihn wie einen Feind. Dabei ahmen die Kinder nur ihre voreingenommenen Eltern nach. Wann hört das endlich auf? Das frage ich mich immer wieder.

1. Februar 2016, 18:00 Uhr

Osterholz-Scharmbeck und Fahrenmoor
Da die Staatsanwältin einer Haftverlängerung zugestimmt hatte, blieb Murken über das Wochenende in seiner Zelle.

Am Sonntag schliefen Johann und Mats aus. Am Nachmittag fuhr Köster mit ihnen nach Bremen in die Eislaufhalle. Als sie nach Osterholz zurückgekehrt waren, klingelte Johanns Handy, seine Mutter kündigte ihr Kommen an. Sie hatte zuvor mit den Jungen ausgemacht, sie aus Osterholz-Scharmbeck abzuholen.

Wenig später sahen der Kommissar und seine Söhne, wie ein dunkelgrauer Porsche Cayenne mit einem Hamburger Kennzeichen vor

Kösters Wohnhaus hielt. Sabine Köster und ein großer, schlanker, etwa fünfzigjähriger Mann mit graumelierten Schläfen stiegen aus dem Auto, Sabine stellte ihren Begleiter vor. Während Johann und Mats betreten zu Boden schauten, ließ sich Köster seine Überraschung nicht anmerken. Insgeheim stellte er fest, dass Sabines neuer Freund um einige Jahre älter war als er selbst und ihm nicht so attraktiv erschien, wie er erwartet hatte. Sabine sah gut aus, stellte Köster fest, entspannter als in der letzten Zeit ihres Zusammenlebens.

Als seine Söhne gefahren waren, fühlte sich Köster leer und traurig. Um sich abzulenken, stellte er den Fernseher an.

Am Montagmorgen brachte Kruse Klaus Murken erneut in das Vernehmungszimmer. Der Landwirt sah blass und übernächtigt aus, er schien wenig geschlafen zu haben. Köster befragte ihn, doch Murken stritt weiter ab, Lutschko auf der Moorexpressfahrt begleitet zu haben. »Ich habe nachgedacht. An dem Sonnabend habe ich an meiner monatlichen Abrechnung gesessen. Und Futter bei der Genossenschaft bestellt.«

»Haben Sie dort angerufen?«

»Nein, eine E-Mail geschrieben. Das mache ich immer so.«

Köster wechselte das Thema und erkundigte sich nach den Namen und Anschriften von Murkens Familienangehörigen. Obwohl das Aufnahmegerät lief, schrieb Grotheer mit. Nach dem Verhör überprüfte sie die Adressen und schickte sie per Mail an die Kollegen.

Um 10 Uhr traf Gisela Schmidt mit ihren Kollegen aus Verden ein und suchte zusammen mit den drei Osterholz-Scharmbecker Ermittlern das Sitzungszimmer auf. Auf den Tischen hatte Anne Grotheer bereits den Ausdruck der Familienliste verteilt. Nachdem die Leiterin der Mordkommission noch einmal hineingeschaut hatte, wandte sie sich an ihre Mitarbeiter. »Wie ihr ja wisst, gibt es eine Reihe von Angehörigen, die wir nach ihrer Beziehung zu Lutschko und den Vorkommnissen im Dezember des letzten Jahres befragen sollten. Zuerst einmal ist da der Onkel des Verdächtigen, Hans Murken, somit ein Halbbruder Lutschkos, 81 Jahre alt und der einzige noch Lebende dieser Generation. Er wohnt bei seiner Tochter Dörte Harms und deren Mann. Sie leben mit ihrer Familie in Bremervörde und arbeiten in der dortigen Stadtverwaltung. Harald und Anne, bitte übernehmt ihr das.«

Beide nickten.

»Ihr solltet auch mit deren Kindern Laura und Tim sprechen, die noch zu Hause wohnen.«

»Jemand muss mit Anna, der Tochter des Verdächtigen, und deren Freund reden. Sie haben vor einem halben Jahr eine gemeinsame Wohnung in Lilienthal bezogen. Macht ihr das bitte«, wandte sich Schmidt an Völkel und Kruse.

»Frank, ihr Bruder, lebt ja noch bei seinen Eltern in Fahrenmoor. Er scheint viel Kontakt zu Lutschko gehabt zu haben. Mit ihm werden Peter und ich reden. Als nächstes wären da noch Uwe Murken, der Bruder des Verdächtigen, Versicherungsmakler, und seine Ehefrau Andrea sowie deren Tochter Julia, alle in Gnarrenburg ansässig. Bitte übernehmt ihr das«, beauftragte Schmidt Brunner und Mertens.

Nach der Sitzung machten sich Grotheer und Bayer auf den Weg nach Bremervörde.

Es war feuchtkalt und nieselte. Fröstelnd nahm die junge Kommissarin auf dem Beifahrersitz Platz und zog ihre Jacke enger über der Brust zusammen. »Ich wohne gerne im Norden, aber wenn das Wetter lange Zeit so ist wie jetzt, weiß ich nicht, ob ich immer hierbleiben will.«

Harald Bayer lächelte. »Da wird deine Liebe auf die Probe gestellt. Gibt es hier im Norden nicht den Spruch: Es gibt kein schlechtes Wetter, nur falsche Kleidung?«

Anne gähnte. »Ja, der ist uralt. Soweit ich mich erinnern kann, ist der von den Friesennerzbesitzern an der Waterkant erfunden worden. Langsam kann ich Patrick, meinen Freund, verstehen, der unbedingt hier weg will. Nur könnte ich das meinen Eltern nicht antun.«

»Wieso nicht?«

»Für sie war es schon schlimm genug, dass ich den Hof nicht übernehmen, sondern unbedingt Polizistin werden wollte. Ich bin ja das einzige Kind zu Hause.«

»Was werden deine Eltern dann mit dem Hof machen?«

Anne zuckte mit den Schultern. »Solange sie genug Kraft haben, werden sie ihn weiterführen. Ich helfe in meiner Freizeit auch mit. Aber letztlich bringt die Landwirtschaft nicht mehr genug ein.« Einen Moment schwiegen beide. Anne schien das Thema wechseln zu wollen und schaute aus dem Fenster. »Ich hoffe ja nur, dass die Sonne bald mal wieder durchkommt. Gleich sind wir am Ziel. Du hast uns ja angekündigt. Jetzt hoffe ich, dass Familie Harms und Hans Murken auch da sind.«

Sie waren es und warteten auf die Ermittler. Gleich nach dem Schellen öffnete Dörte Harms, eine rundliche Frau mittleren Alters, die Haustür und führte sie ins Wohnzimmer. Bevor sie eintraten, flüsterte sie Bayer und Grotheer schnell zu: »Mein Vater ist schon alt und hört nicht mehr so gut. Sie müssen laut mit ihm sprechen. Und er regt sich leicht auf, vor allem, wenn es um Ereignisse von früher geht. Bitte nehmen Sie Rücksicht auf ihn.«

Der alte Herr schaute die Ermittler skeptisch an. Mit einem fast faltenfreien Gesicht und weißen, sorgfältig gescheitelten Haaren wirkte er alles andere als gebrechlich. Neben ihm hatte sein Schwiegersohn Platz genommen. Zur hageren Gestalt passte das schmale Gesicht, die grau melierten Haare waren sehr kurz. Auf der anderen Seite lümmelten die halbwüchsigen Kinder Laura und Tim auf ihren Stühlen und spielten mit ihren Smartphones.

Nachdem Frau Harms sowie Grotheer und Bayer sich gesetzt hatten, eröffnete Bayer das Gespräch und berichtete vom Mord an Lutschko. Die Nachricht schien die Familie nicht zu überraschen, offensichtlich waren sie bereits von Petra Murken informiert worden. »Können Sie uns erzählen, wie Ihre Beziehung zu Herrn Lutschko gewesen ist?«

Als Erste antwortete Frau Harms. Ihr Bericht entsprach dem der Landwirte und ihres Sohnes Frank. Zunächst die Überraschung und die Skepsis, dann die Annäherung, die aus den gemeinsamen Zusammenkünften entstanden war. Herr Harms pflichtete seiner Frau bei. Tim ergänzte: »Leschek war zwar schon alt, aber irgendwie cool.«

Laura fügte hinzu: »Er ließ sich sogar unsere Smartphones zeigen. Er selbst hatte nur so ein altes Handy.«

Hans Murken hatte bisher geschwiegen, war der Unterhaltung aber aufmerksam gefolgt. Jetzt wandte sich Grotheer an ihn und fragte ihn mit lauter Stimme: »Wie haben Sie denn Herrn Lutschko erlebt?«

»Sie müssen nicht so schreien, ich verstehe Sie gut«, erwiderte er harsch. »Ich fand es unmöglich, dass er hier so einfach auftauchte und behauptete, ein Mitglied der Familie zu sein. Dazu noch meinen Vater zu bezichtigen, er habe die ukrainische Fremdarbeiterin vergewaltigt. Das hätte er nie getan!«

Sein Gesicht war deutlich gerötet, Grotheer sah, wie Frau Harms ihren Vater besorgt ansah. Sie legte ihm beruhigend ihre Hand auf den Arm. »Nun lass man. Es ist nicht gut, wenn du dich so aufregst.«

Der alte Herr stieß ihre Hand fort. »Er hat euch alle um den Finger gewickelt. Dabei ist ja noch gar nicht erwiesen, dass er zur Familie gehört. Lutschkos Vater könnte auch der Franzose sein, der auf unserem Hof gearbeitet hat.«

»Doch«, erwiderte Grotheer bestimmt. »Der Gentest im Labor hat Lutschkos und Klaus Murkens nahe Verwandtschaft bestätigt. Er gehört eindeutig zu Ihrer Familie.«

Hans Murken schwieg, schaute die Ermittler aber weiterhin skeptisch an.

»Können Sie sich denn an Lutschkos Mutter erinnern?«

Der Angesprochene schüttelte den Kopf. »Kaum. Ich war damals noch sehr jung.«

Doch das wollte Bayer nicht gelten lassen. »Als Lutschkos Mutter zu ihnen kam, waren Sie sieben Jahre alt, als sie wieder ging, fast neun. Da werden Sie sich doch noch an sie erinnern.«

»Für mich war das einfach eine fremde Frau, die eine Zeitlang mit auf dem Hof lebte. Sie verstand sich mit unserer Oma recht gut, aber nicht mit unserer Mutter. Mein Bruder mochte sie auch nicht. Mein Vater war Soldat, er war zu dieser Zeit kaum da. Deswegen kann ich mir nicht vorstellen, dass er ihr ein Kind gemacht hat.«

Das war Grotheer zu viel. »Sie schrieb ein Tagebuch, in dem sie alles niederlegte, was in der Zeit passierte. Sie war gerade 16 Jahre alt, als sie aus ihrer Heimat verschleppt wurde und auf ihrem Hof arbeiten musste. Und von der Vergewaltigung hat sie auch berichtet.«

Alle schwiegen betroffen. Bayer unterbrach die Stille. »Wie auch immer. Lutschko wurde ermordet und wir suchen den Täter. Daher möchten wir wissen, was in seinen letzten Lebenstagen passiert ist. Können Sie sich an besondere Ereignisse in dieser Zeit erinnern? Wie oft haben Sie sich gesehen? Gab es Streit, wirkte er verändert?«

Keines der Familienmitglieder konnte sich an Auseinandersetzungen mit Lutschko erinnern.

Nur Laura war etwas aufgefallen. »Wo sie danach fragen: Leschek war in den Tagen, bevor er verschwand, irgendwie anders. Früher hatte er öfter mal einen Scherz gemacht, kam auch in mein Zimmer und fragte, wie es mir ging. Das passierte zuletzt nicht mehr.«

Kurz nach Grotheers und Bayers Abfahrt machten sich Köster und Gisela Schmidt erneut auf den Weg nach Fahrenmoor.

»Der Winter zeigt sich bei uns mal wieder von seiner schlechtesten Seite«, meinte sie, auf die überfluteten Wiesen deutend. »So richtig Land unter. Das gab es früher auch schon, aber da war es dazu noch knackig kalt, die Bäche und Teiche froren zu und wir Kinder sind überall Schlittschuh gelaufen.«

Köster nickte. »Das kenne ich aus Hamburg auch so. Im Winter hatten wir häufig Eis auf der Alster und den Kanälen. Da waren wir jeden Nachmittag nach der Schule unterwegs. Das gab es schon lange nicht mehr. Meine Söhne kennen Schlittschuhlaufen nur noch in der Eishalle.«

Als sie auf den Hof fuhren, öffnete Petra Murken gleich die Tür. Dieses Mal war sie wieder unauffällig in einer schlichten Jeans und einem blauen Pullover gekleidet. Grotheer hatte sie zuvor angerufen und den Besuch der Ermittler angekündigt. Mürrisch begrüßte sie Schmidt und Köster, die den Weg in die Küche bereits kannten. Dort wartete Frank Murken auf sie, ein kräftig gebauter junger Mann mit kurzen blonden Haaren. Mit hektisch roten Flecken im Gesicht erhob er sich und reichte den Kommissaren unsicher die Hand. »Ich bin Frank. Meine Mutter sagte, sie wollten mich sprechen.«

Beschwichtigend forderte Köster ihn auf, sich wieder zu setzen. Alle nahmen am Küchentisch Platz.

»Schön, dass Sie sich Zeit genommen haben. Sie wissen, dass Herr Lutschko am 19. Dezember im Moorexpress ermordet wurde. Jetzt möchten wir ein Bild davon bekommen, wie er war und was vor seinem Tod passiert ist. Da Sie ihn auch kennengelernt haben, bitten wir Sie zu erzählen, wie Sie ihn erlebt haben.«

Frank Murken atmete tief durch und begann stockend zu berichten, wurde im Verlauf seiner Schilderung aber immer flüssiger: »Was soll ich sagen, ich fand ihn nett. – Er war freundlich, ein feiner alter Mann. Und dann die Geschichte, die er von seiner Mutter erzählte, dass sie im Krieg auf unserem Hof gearbeitet und von meinem Uropa ein Kind bekommen hat, das fand ich alles sehr spannend. Ich wusste nicht viel aus der Nazizeit und wie es unserer Familie da ging. Darüber wurde bei uns nicht geredet. Und plötzlich hatten wir einen Verwandten aus der Ukraine!

Onkel Leschek, so habe ich ihn genannt, sprach richtig gut deutsch. Er erzählte, dass er immer schon vermutet habe, dass sein Vater ein deutscher Soldat war. Daher lernte er unsere Sprache in der Abendschule und las wohl auch viele deutsche Bücher. Allerdings konnte ich ihn oft nicht richtig verstehen, da er einen heftigen Akzent hatte. Er interessierte sich sehr für unsere Familie und wollte alles von uns wissen.«

»Wie haben denn die anderen Familienangehörigen ihn aufgenommen?«, wollte Gisela Schmidt wissen.

»Wie meinen Sie das?« Der junge Mann schaute sie verwirrt an.

»Das war doch für alle eine Überraschung. Mochten ihn denn alle so gut leiden wie Sie, oder gab es auch welche, die ihn nicht so mochten?«

Murken zuckte mit den Schultern. »Ich glaube, am Anfang waren vor allem die Älteren nicht ganz so begeistert davon, dass da einer auftaucht, der meint, er gehöre zur Familie. Aber nach einer Weile fanden ihn doch alle ganz nett. In der Zeit, als Onkel Leschek bei uns wohnte, waren zweimal die Familien von Tante Dörte und Onkel Uwe zu Besuch, da wurde es richtig lustig und auch einiges getrunken. So kenne ich das sonst nicht bei uns.«

»Gab es denn auch mal Spannungen oder Meinungsverschiedenheiten zwischen Herrn Lutschko und jemandem aus Ihrer Familie?«, fragte Köster nach.

Frank Murken schüttelte den Kopf. »Davon habe ich nichts mitbekommen. Du, Mama?«

Bisher war die Bäuerin der Unterhaltung still und mit gespanntem Gesichtsausdruck gefolgt, jetzt ergriff sie das Wort. »Nein, es gab keinen Streit, wenn Sie das meinen. Aber Hans, der Onkel meines Mannes, war nicht so begeistert von Leschek, das habe ich mitbekommen.«

»Haben Sie eine Idee, warum?«

»Hans ließ nichts auf seinen Vater kommen und er wollte sich nicht vorstellen, dass er der Ukrainerin ein Kind gemacht hatte. Plötzlich einen Bruder aus dem Osten zu haben, gefiel ihm auch nicht so. Er ist ja schon über achtzig, in dem Alter kann man solche Überraschungen wohl nicht mehr gut verkraften.«

»Woran haben Sie denn gemerkt, dass er Herrn Lutschko nicht mochte?«

Frau Murken dachte einen Moment nach. »Er lachte nicht, wenn Leschek einen Scherz machte, trank auch nicht mit. Das kannte ich so nicht von ihm.«

Für einen Moment hatte die Bäuerin nachdenklich aus dem Fenster geschaut. Abrupt wandte sie sich den Ermittlern zu und schaute diese böse an. »Was ist nun mit meinem Mann? Sie glauben doch wohl nicht wirklich, dass er Leschek umgebracht hat. Er war an dem Tag hier, das habe ich Ihnen doch schon gesagt!«

»Ja, aber dagegen stehen die Aussagen von zwei Zeugen, die Ihren Mann mit Lutschko im Zug gesehen haben. Sie haben ihn eindeutig auf den Fotos erkannt«, erwiderte Schmidt.

»Dann müssen die sich geirrt haben. Oder sie haben ihn mit jemand verwechselt.«

Der Landwirtin schien ein neuer Gedanke gekommen zu sein. »Haben Sie denn schon mit Uwe gesprochen? Er und mein Mann sind Zwillinge. Das könnte auch Uwe gewesen sein!«

Ihr Sohn nickte. »Das stimmt, die beiden sehen sich sehr ähnlich. Aber ich kann mir nicht vorstellen, dass Onkel Uwe der Mörder war. Er und Onkel Leschek verstanden sich doch gut«, fügte er zweifelnd hinzu. »Dein Vater war es aber auch nicht!«, erwiderte seine Mutter scharf.

Auf der Rückfahrt telefonierte die Kommissionsleiterin mit Anne Grotheer.

»Hast du bei der Erstellung der Familienliste nicht bemerkt, dass die beiden Zwillingsbrüder sind?«, fragte sie ärgerlich. Köster konnte die Antwort der jungen Kollegin nicht hören, sah aber, dass Schmidt immer noch die Stirn krauste. Wenig später beendete sie das Gespräch und atmete tief durch. »Anne meinte, ihre Aufgabe sei gewesen, die Adressen der restlichen Familienangehörigen zu überprüfen und auszudrucken. Daher habe sie im Melderegister nicht die Geburtsdaten aufgerufen. Dabei wäre das doch keine große Aktion gewesen.«

»Keiner hatte es ihr aufgetragen. Und die Zeit war sehr knapp, die ihr zur Verfügung stand. Unsere Sitzung fand kurz nach Murkens letztem Verhör statt«, verteidigte Köster Grotheer. »Was mich wundert ist, warum der Bauer nicht selbst davon berichtet hat, dass Uwe Murken sein Zwillingsbruder ist. Auch seine Frau hat das zuvor nicht erwähnt. Erst als es um die Zeugen ging, die ihren Mann wiedererkannt hatten, fiel es ihr ein.«

Schmidt zuckte mit den Achseln. »Warum auch immer, ich sollte jetzt Mertens über die Aussage der Ehefrau des Verdächtigen informieren. Er und Brunner werden gerade mit Uwe Murken und seiner Familie sprechen.«

Noch einmal telefonierte Schmidt mit ihrem Handy. Nachdem sie Mertens vom ihrem Gespräch berichtet hatte, lauschte sie eine Weile der Antwort ihres Kollegen, lächelte und nickte.

»Und?«, fragte Köster interessiert.

»Brunner und Mertens ist die Ähnlichkeit gleich aufgefallen. Klaus und Uwe Murken sind tatsächlich eineiige Zwillinge. Uwe, der Versicherungsmakler, hat auch kein besonders stichhaltiges Alibi. Wie sein Bruder behauptet er, am besagten Samstag zu Hause Büroarbeit erledigt zu haben. Vor Jahresende hätten noch einige Klienten Versicherungen bei ihm abgeschlossen und er habe daher noch einiges zu tun gehabt. Nur seine Frau konnte das bezeugen, auch das wiederholt sich. Brunner und Mertens haben ihn vorläufig festgenommen, und sie sind schon auf dem Weg nach Osterholz-Scharmbeck zum Polizeikommissariat.«

Als Gisela Schmidt und Köster im Kommissariat eintrafen, wurde der Versicherungsmakler bereits erkennungsdienstlich behandelt. Sofort fiel den beiden Ermittlern die Ähnlichkeit mit seinem Bruder auf. Auf den zweiten Blick wirkte er allerdings blasser und etwas schlanker, die Haare waren noch lichter.

In der zweiten Vernehmung, die Schmidt und Köster durchführten, wiederholte er die Aussagen, die er vor den beiden Verdener Kollegen gemacht hatte. Auf Geheiß seines Vorgesetzten brachte ihn Kruse anschließend in eine Einzelzelle. Sein Bruder und er sollten nicht miteinander in Kontakt treten können.

Inzwischen waren auch Grotheer und Bayer aus Bremervörde zurückgekehrt. Noch einmal versammelte sich das Team im Sitzungszimmer.

»Jetzt haben wir zwei Verdächtige, beide mit einem fragwürdigen Alibi. Bezeugen kann es in beiden Fällen nur die jeweilige Ehefrau, dass sie an diesem Tag zu Hause Büroarbeit erledigt haben. Beim Raiffeisenmarkt in Gnarrenburg ist am 19.12. zwar eine Mail mit Klaus Murkens Futterbestellung eingegangen, aber das hätte auch seine Frau für ihn machen können.«

»Es bleibt abzuwarten, was der Abgleich der Fingerabdrücke und der DNA des Bruders ergibt«, bemerkte Mertens.

»Wenn auch diese keine Entsprechung am Tatort finden, bleibt die Frage: Wer von beiden hat ein Motiv? Was ist in der Familie vor Lutschkos Tod vorgefallen?«, fragte Köster.

»Anne und Harald, was haben eure Vernehmungen ergeben?«

Bayer fasste die Ergebnisse zusammen. »Der einzige, der Lutschko ablehnte, war sein Halbbruder Hans Murken. Aber er kommt ja als Täter nicht infrage, er ist viel zu alt. Doch es muss etwas passiert sein, sonst hätte Laura nicht an das veränderte Verhalten des Opfers erinnert.«

»Nur was? Alle anderen scheinen sich nicht an Auseinandersetzungen zu erinnern.«

»Dann lügt jemand, oder auch mehrere. Uwe oder Klaus Murken müssen einen Grund gehabt haben, Lutschko aus dem Weg zu schaffen«, erwiderte Köster.

»Ging es vielleicht um das Erbe, auf das Lutschko als Familienmitglied Anspruch gehabt hätte?«, mutmaßte Mertens.

»Das könnte gut sein. Immerhin besitzen die Murkens einen Hof. Dazu gehören sicher auch größere Ländereien. Wenn Lutschko auf seinen Anteil Anspruch erhoben hätte, könnte das Klaus Murken, den Bauern, in Schwierigkeiten gebracht haben«, stimmte Kruse zu.

»Auf jeden Fall müssen wir mehr über die beiden Verdächtigen wissen. Also den wirtschaftlichen Hintergrund, das gesamte Umfeld erfragen.«

5. Februar 2016, 5:30 Uhr

Osterholz-Scharmbeck

Die quietschenden Reifen eines bremsenden Autos hatten Köster noch früher geweckt als üblich. Schlaftrunken ging er zum Fenster und schaute hinaus. Auf der anderen Straßenseite parkte ein schwarzer BMW, den er nicht kannte. Der Fahrer hatte das Auto bereits verlassen und war anscheinend in einem der Häuser verschwunden. Irritiert zog Köster den Vorhang wieder zu und schaute auf die Uhr. 5:30 Uhr. Was hatte diesen Menschen bewogen, so früh hierherzukommen und warum hatte er es so eilig? Der Notarzt vielleicht? Im Haus gegenüber lebte ein Rentner, der täglich mit seinem Dackel spazieren ging und den Kommissar freundlich grüßte. Ob dem alten Mann etwas passiert war? Köster legte sich noch einmal in sein Bett, der Schlaf wollte aber nicht mehr zurückkehren. So stand der Kommissar auf, setzte Kaffee auf und zog sich an. Während des Frühstücks schaute er auf sein Handy. Dabei entdeckte er eine Nachricht von Johann, die bereits vom letzten Abend stammte und in der er von seinem Geschichtsreferat zum Thema Zwangsarbeit in Hamburger Fabriken berichtete. Sein Lehrer hatte es mit 15 Punkten bewertet. Erfreut schickte Köster eine begeistere Antwort zurück.

Mit deutlich besserer Stimmung räumte er das Geschirr in die Spülmaschine, zog sich Schuhe und Winterjacke an und lief durch die dunklen, stillen Straßen zum Kommissariat. Im Büro fuhr er den PC hoch und ging noch einmal alle Protokolle der Mordkommissionssitzungen durch. Irgendetwas musste er übersehen haben.

Als eine Stunde später Anne Grotheer und Kruse zur Arbeit erschienen, wurde Köster fündig. Genau einen Monat zuvor, am 5. Januar, war noch einmal der Kauf der Fahrtkarten Thema gewesen. Laut Liste der Stader Tourist-Information hatten weder Lutschko noch einer aus der Murkenfamilie Tickets gekauft. Es musste jemand aus dem Bekannten- oder Freundeskreis sein, der diese Aufgabe für den Mörder übernommen hatte.

Wenig später rief Köster Gisela Schmidt in Verden an.

»Bei den vielen neuen Erkenntnissen zu Lutschkos Herkunft sowie zur Familie Murken haben wir die Ticketkäufer ganz aus den Augen verloren«, erwiderte sie nachdenklich. »Vielleicht finden wir eine Verbindung von einem dieser Leute zu Klaus oder Uwe Murken. Wir sollten uns heute Nachmittag treffen und unser weiteres Vorgehen besprechen.«

Um 14 Uhr trafen die Verdener in Osterholz-Scharmbeck ein.

Köster fasste die letzten Ermittlungsergebnisse zusammen. Wie schon vermutet, hatte laut KTU Uwe Murken keine verwertbaren Spuren im Zug hinterlassen. Seine DNA wies eine fast 100 prozentige Übereinstimmung mit der seines Zwillingsbruders auf.

Da bisher keinem der Brüder der Mord nachgewiesen werden konnte, befanden sich beide wieder auf freiem Fuß. Die Nachforschungen von Bayer und Grotheer hatten ergeben, dass Klaus Murkens Hof hoch verschuldet war. Für die Auszahlung seiner Geschwister hatte der Bauer Geld aufnehmen müssen, dazu noch einiges in neue Ställe und Maschinen investiert. Außerdem schien seine Frau gerne Geld für teure Kleidung auszugeben.

Seinem Bruder dagegen ging es wirtschaftlich besser. Seine Versicherungsagentur war bisher gut gelaufen. Doch einige seiner Kunden, vor allem alteingesessene Landwirte, hatten in den letzten Jahren Konkurs anmelden müssen. Mit dem Erbteil hatte er sein Haus angezahlt, eine größere Summe war aber noch offen. Allein die Schwester schien gut abgesichert. Sie und ihr Mann erhielten als Gemeindeangestellte ein regelmäßiges Einkommen, das ihnen einen ausreichenden Lebensunterhalt sicherte.

Was wäre passiert, wenn Lutschko sein Erbe eingefordert hätte? Dieser Frage war Mertens nachgegangen. Ihm hätte ein Viertel des gesamten Erbes zugestanden. Damit wäre alles neu berechnet worden und jedes der Geschwister hätte ihm eine bestimmte Summe abtreten müssen.

Das hätte Klaus Murken bei seinem hohen Schuldenstand sicher das Genick gebrochen, sein Hof wäre nicht mehr zu halten gewesen. Das machte ihn erneut zum Hauptverdächtigen.

Hinnerk Murken, der Vater von Leschek Lutschko und Großvater von Uwe und Klaus Murken, war Soldat gewesen. Es war durchaus möglich, dass er als Unteroffizier eine Luger 08 besessen hatte. Uwe und Klaus waren beide Mitglieder ihrer örtlichen Schützenvereine. Durchsuchungen des Fahrenmoorer Bauernhofs und des Gnarrenburger Eigenheims waren wie erwartet ergebnislos verlaufen, die Tatwaffe wurde nicht gefunden.

Die Gespräche mit Freunden und Nachbarn hatten zumindest geklärt, warum niemand von der Familie von der Zwillingsbrüderschaft gesprochen hatte. Beide sahen sich zwar sehr ähnlich, waren aber grundverschieden. Klaus wurde als der geborene Landwirt beschrieben, der in Gummistiefeln und Blaumann zu Hause und wenig am gesellschaftlichen Leben der Gemeinde interessiert sei. Uwe dagegen hasste die Landwirtschaft. Nach der Schule hatte er eine versicherungskaufmännische Lehre absolviert und war schon früh nach Gnarrenburg gezogen. Er legte Wert auf gute Kleidung und war in der Gemeindepolitik aktiv. Demnächst wolle er sogar für das Bürgermeisteramt kandidieren. Die beiden Brüder verstünden sich nicht besonders und besuchten sich selten. Erst durch Lutschkos Auftauchen seien sie wieder häufiger zusammengekommen.

Doch all das beantwortete noch nicht die Frage, wer von den beiden Brüdern den Mord verübt haben könnte. Wenn die Mordkommission es nicht herausfand, liefe ein Mörder frei herum.

»Das sollten wir auf jeden Fall verhindern«, sagte Schmidt entschieden. »Deshalb müssen wir unsere Ermittlungsarbeit mit Nachdruck fortsetzen. Eine wichtige Frage haben wir noch nicht geklärt: Von wem stammen die Moorexpressfahrkarten für Lutschko und seinen Mörder? Ihr erinnert euch: 14 Personen haben insgesamt 37 Fahrkarten für die Fahrt von Osterholz nach Stade und wieder zurück gekauft. Zehn Mal wurden zwei Tickets bestellt, darunter könnten die gesuchten sein. Die Möglichkeit, dass jemand mehr Fahrkarten bestellt und zwei an Lutschko und Uwe oder Klaus Murken abgetreten hat, können wir ausschließen. Auf den Tickets ist die Anzahl der mitreisenden Personen vermerkt. Sie wurden gemeinsam kontrolliert und mussten daher zusammensitzen. Lutschko und sein Mörder waren aber allein unterwegs. Sie können auch nicht auf einer Fahrkarte für mehr als zwei Personen gereist sein, denn die beiden Zugbegleiter haben ausgesagt, dass auf dieser Fahrt die Anzahl der eingetragenen Personen mit denen der Mitreisenden übereinstimmte, damit fehlte keiner. Also sollten wir erst einmal die zehn Käufer der Paartickets durchgehen.«

»Die beiden Zugbegleiter haben sechs Paare eindeutig wiedererkannt, die am 19.12. mit im Zug saßen«, fuhr Köster fort. »Diese können ihre Tickets also nicht weitergegeben haben. Dazu gehören das Männerpaar und die junge Lehrerin aus Bremen mit ihrem Freund sowie der etwas ungepflegte, kräftige Mann aus Axstedt mit seiner Frau. Unsicher waren sich die Eisenbahner bei vier Paaren im Pensionsalter. Die meisten, die in Osterholz-Scharmbeck ein- und ausstiegen, stammen aus dieser Gegend. Ein Paar kommt aus Bremen, also haben wir niemanden aus der Nähe der Murkens. Dennoch kann es bei einem von ihnen eine Verbindung zu Uwe oder Klaus Murken geben. Übernehmt diejenigen, die ihr schon mal gefragt habt und sucht sie ein drittes Mal auf. Und versucht auch auf anderem Wege, mehr über sie in Erfahrung zu bringen, woher sie stammen, ob es freundschaftliche, berufliche oder sogar verwandtschaftliche Beziehungen zu den Murkens gibt.«

Anne Grotheer hatte die Namen und Adressen der betreffenden Paare ausgedruckt und verteilte sie in der Runde.

10. Februar 2016, 13:00 Uhr

Osterholz-Scharmbeck
Inzwischen waren die Protokolle zweier erneuter Vernehmungen und Nachforschungen eingegangen. Die befragten Paare bestritten, jemanden aus der Murkenfamilie zu kennen. Keiner stammte aus der Nähe von Gnarrenburg oder war dort zur Schule gegangen. Es gab auch keine Verbindungen über Vereine oder politische Parteien. Köster fuhr gerade seinen Computer herunter, als es an seiner Tür klopfte. Bayer und Grotheer wollten ihn sprechen, ihr Blick verriet, dass sie darauf brannten, ihm etwas mitzuteilen. Mit hochrotem Kopf sprudelte es aus der jungen Kommissarin heraus. »Stell dir vor, einer unserer Kandidaten ist ein Treffer! Jan Stelljes und seine Frau leben zwar in Pennigbüttel und sind in Osterholz zur Schule gegangen. Sie gaben auch an, weder Uwe noch Klaus Murken zu kennen. Harald hat aber herausgefunden, dass Hans Stelljes und Klaus Murken ihren Bundeswehrdienst in derselben Garnison ableisteten, sogar die Stube miteinander teilten. Als wir Stelljes damit konfrontierten, reagierte er abweisend. Er könne sich an die Zeit beim Bund kaum noch erinnern, schon gar nicht an die Namen der anderen Soldaten.«

»Das nahmen wir ihm aber nicht ab. Deshalb haben wir versucht, die anderen Kameraden aus ihrer Stube zu erreichen. Bisher ist uns das nur bei zweien geglückt. Sie berichteten übereinstimmend, dass Stelljes und Murken damals befreundet waren. Altersgleich hatten sie gemeinsame Interessen, Kartenspielen und Feiern, dazu noch ein Faible für Autos. Klaus Murken wurde uns als sehr unternehmungslustig geschildert.«

Köster schaute die beiden zweifelnd an. »Wie alt ist Stelljes jetzt, Ende fünfzig? Dann liegt seine Bundeswehrzeit mindestens 30 Jahre zurück. Wenn die beiden danach keinen Kontakt mehr hatten, kann er Murkens Namen schon vergessen haben. Dennoch solltet ihr dran bleiben und überprüfen, ob sie heute noch in Verbindung stehen.«

Völkel und Kruse fanden eine weitere Verbindung. Das Osterholzer Ehepaar Bärbel und Christian Gerdes, das sie erneut befragt hatten, leugnete ebenfalls, jemanden aus der Murkenfamilie zu kennen. Es stellte sich aber heraus, dass Bärbel Gerdes eine Cousine zweiten Grades von Andrea Murken war, der Ehefrau Uwe Murkens. Damit konfrontiert, bestand sie darauf, ihre entfernte Verwandte nur unter ihrem Mädchennamen Andrea Eggers zu kennen. Der Kontakt zu diesem Zweig der Familie sei zudem abgebrochen, sie hätten sich viele Jahre nicht gesehen.

Ihre Version hielten Kruse und Völkel ebenfalls für wenig glaubwürdig und befragten weitere Verwandte und Freunde der beiden, ob es in der Gegenwart noch Begegnungen zwischen den Paaren Gerdes und Murken gegeben hätte.

Am folgenden frühen Nachmittag trafen sich Schmidt und Köster wieder einmal in Worpswede zu einem Spaziergang über den Weyerberg. Der Himmel war klar und eröffnete ihnen den Blick bis nach Bremen. Für einen Moment nahmen sie auf einer Bank Platz und genossen die Aussicht und die warmen Sonnenstrahlen. Dann blickte sie lächelnd in die Ferne. »Man könnte fast meinen, der Frühling käme bald. Dabei haben wir erst Anfang Februar«, sagte sie nachdenklich. »Es wird bestimmt noch mal ordentlich kalt.« Sie holte tief Luft und seufzte. »Jetzt haben wir endlich herausgefunden, wer das Opfer ist, dazu noch zwei mögliche Täter. Und bekommen nicht heraus, wer von den beiden es war. Und es gibt zwei Ticketkäuferpaare, bei denen jeweils eine Verbindung zu Klaus und zur Ehefrau Uwe Murkens hergestellt wurde. Und bei beiden können wir nicht nachweisen, dass noch Kontakt besteht, und dass sie Uwe oder Klaus Murken die Karten abgegeben haben.«

Köster war weniger skeptisch. »Wir müssen nur abwarten, bei einem der Paare, Stelljes oder Gerdes, wird über kurz oder lang etwas herauskommen. Und wenn sie an diesem Tag an einem anderen Ort gesehen wurden, ist das auch ein wichtiger Hinweis. Doch wir sollten gleichzeitig weiter nach dem möglichen Motiv für den Mord suchen«, fügte er hinzu. »Wer von den Brüdern hatte einen Grund, Lutschko umzubringen? Da erscheint im Augenblick der Landwirt Klaus Murken der Hauptverdächtige zu sein. Doch ist er kaltblütig genug, um diesen Mord von langer Hand zu planen und ihn in Gegenwart anderer Mitreisender auszuüben?«

»Wir wissen einfach zu wenig darüber, was in der Familie vorgefallen ist. In allen Vernehmungen haben die Murkens ein idyllisches Bild der Zusammengehörigkeit und des guten Verständnisses mit Lutschko ausgebreitet. Irgendwas stimmt da nicht. Sicher mauert mehr als einer der Murkens. Aber du hast recht, wir müssen einfach mehr Geduld haben.«

Ihren forschenden Blick auf Köster richtend, wechselte sie das Thema. »Ich habe schon länger nichts Privates mehr von dir gehört. Wie geht es dir? Und was machen deine Söhne?«

Überrascht schaute der Kommissar Schmidt an, sah einen Moment später auf den Boden. »Eigentlich geht es mir ganz gut. Besser gesagt, ich beschäftige mich wenig mit mir selbst, bin zu sehr mit dem Fall beschäftigt. Was mich aber freut ist, dass ich weiterhin guten Kontakt zu Mats und Johann habe, sie mich auch bald wieder besuchen werden. – Und wie ist es bei dir?«

Schmidt zuckte mit den Achseln. »Geht so. Auch bei mir nimmt die Arbeit großen Raum ein und lenkt mich gut ab. Meine Tochter Katrin sehe ich kaum noch, sie ist sehr mit dem Abi beschäftigt. – Trinken wir noch einen Kaffee zusammen?«

12. Februar 2016, 9:30 Uhr

Fahrenmoor und Gnarrenburg
Dieses Mal war Köster allein zum Hof der Murkens gefahren. Mit abweisendem Blick empfing ihn Petra Murken. »Was wollen Sie jetzt schon wieder? Wir haben doch alles gesagt, was wir wissen. Und mein Mann ist unschuldig!«

»Ich muss ihn leider noch einmal sprechen. Wo ist er?«, erwiderte Köster kurz angebunden.

Sie deutete auf den Stall. Dort fand der Kommissar den Landwirt in der Box einer der Kühe.

»Sie wird bald kalben«, erklärte der Bauer. Er sah immer noch deutlich mitgenommen aus, wirkte blass und abgemagert. Seine aufrechte Haltung hatte er ebenso verloren. »Was wollen Sie wissen?«

Köster fragte ihn nach seiner Bundeswehrzeit und seiner Bekanntschaft mit Hans Stelljes.

Murken dachte nach. »Hans Stelljes?« Er lächelte. »Ja, ich erinnere mich. Wir waren auf einer Stube und haben viel Zeit miteinander verbracht. Dann haben wir uns aus den Augen verloren. – Warum fragen Sie nach ihm?«

Kösterte äußerte die Möglichkeit, dass Stelljes für Murken und Lutschko die Tickets gekauft haben könnte.

Verwundert schüttelte Murken den Kopf. »Auf was für Ideen Sie kommen. Nein, ich habe Stelljes nicht wiedergesehen und von ihm auch keine Fahrkarten für den Moorexpress bekommen. Ich war hier zu Hause und habe Abrechnungen gemacht, das habe ich Ihnen doch schon wiederholt erklärt.«

Gerade als Köster vom Hof fahren wollte, hielt Frank Murkens Wagen auf dem Parkplatz.

Der Polizist stieg noch einmal aus, begrüßte den jungen Mann und fragte ihn, ob ihm noch etwas zu Lutschkos Besuch in ihrer Familie eingefallen sei. Frank schloss die Autotür ab und wandte sich Köster zu.

»Ich habe nachgedacht. Kurz bevor Leschek verschwand, hatte er noch einmal Onkel Uwe und dessen Familie in Gnarrenburg besucht. Das war an einem Sonntagnachmittag. Als er zurückkam, wirkte er anders als sonst, irgendwie schweigsamer. Er zog sich gleich in sein Zimmer zurück. Das kannte ich sonst nicht von ihm. Am Abend kam er zum Essen wieder in die Küche und tat, als wenn nichts wäre. Er wirkte aber bedrückt.«

Als Brunner und Mertens einige Stunden später in Gnarrenburg Uwe Murken nach Lutschkos Besuch befragten, leugnete dieser, dass währenddessen etwas Besonderes vorgefallen sei. »Er hat noch einmal vom Tagebuch seiner Mutter erzählt, auch, wie sehr es ihn beeindruckt hat, das Ergebnis einer Vergewaltigung zu sein. Vielleicht war er deswegen noch so bedrückt.«

Die Kommissare trafen auch Andrea Murken, seine Ehefrau, an, die sich an ihre Cousine Bärbel Gerdes erst erinnerte, als Mertens sie unter ihrem Mädchennamen Peters vorstellte. Sie hätten sich in ihrer Kindheit und Jugend zwar häufiger auf Familienfesten gesehen, danach sei der Kontakt aber abgebrochen.

»Frank Murken könnte Lutschkos verändertes Verhalten nach dem Besuch bei Uwe Murken erfunden haben, um seinen Onkel verdächtig zu machen und seinen Vater zu schützen«, meinte Schmidt beim abendlichen Telefonat mit Köster. »Doch wenn er die Wahrheit gesagt hat, dann erscheint mir Uwe Murkens Antwort nicht glaubwürdig. Über das Tagebuch seiner Mutter und ihre Vergewaltigung durch den Großvater hatte Lutschko laut Aussage der anderen Familienangehörigen bereits vorher gesprochen. Da muss schon etwas Schwerwiegenderes vorgefallen sein, das Lutschkos deutliche Verstimmung bewirkt hat.«

16. Februar 2016, 14:00 Uhr

Osterholz-Scharmbeck
Zur Mittagszeit erreichte Köster ein Anruf von Gisela Schmidt. »Schau bitte einmal in deine Mailbox. Wir schicken dir einen Artikel mit einer Aufnahme aus der Bremervörder Zeitung, den Völkel gerade entdeckt hat. Bitte sieh dir einmal die beteiligten Personen an.«

Köster rief die Mail auf, speicherte den Anhang ab. In dem Artikel, der vom September des vergangenen Jahres stammte, wurde Uwe Murken als Kandidat für die bevorstehende Gnarrenburger Bürgermeisterwahl vorgestellt. Auf dem Foto waren mehrere um einen Tisch sitzende Personen abgebildet, im Zentrum der Versicherungsmakler mit seiner Frau. An der Seite entdeckte Köster einen Mann, der ihm bekannt vorkam. Vor nicht allzu langer Zeit war ihm dessen Bild schon einmal begegnet, nur wo? Er dachte nach, suchte im digitalen Archiv nach den abgespeicherten Aufnahmen ihres Falls. Noch einmal rief er Schmidt an. »Christian Gerdes?«, fragte er.

»Stimmt«, erwiderte sie. »Ist doch spannend, da kennen sich die beiden angeblich gar nicht und wurden doch auf einer Veranstaltung zusammen abgelichtet. Hast du gelesen, wo sie da gemeinsam waren? Das war der Neujahrsempfang der Gemeinde Gnarrenburg. Gerdes und Murken an einem Tisch, an dem vor allem die Mitglieder einer politischen Partei Platz genommen hatten. Anscheinend waren auch einige Osterholz-Scharmbecker eingeladen worden. Erstaunlich, nicht wahr? Da werden wir Uwe Murken und Christian Gerdes noch mal befragen müssen.«

Als der Versicherungsmakler mit dem Bild konfrontiert wurde, zog er nur kurz die Augenbrauen hoch. »Das ist der Ehemann der Großcousine meiner Frau? Das wusste ich nicht. Jetzt wo ich das Foto sehe, erinnere ich mich, dass er mit an unserem Tisch saß. Aber ich habe nicht mit ihm gesprochen, kenne ihn kaum. Sie müssen wissen, es waren so viele Leute auf dem Empfang, da konnte ich nicht mit jedem Kontakt aufnehmen.«

»Er gehört aber zu Ihrer Partei und Sie sind ihm sicher schon auf vielen anderen Veranstaltungen begegnet. Zudem haben wir Ihnen sein Bild als Ticketkäufer gezeigt und sie haben geleugnet, ihn zu kennen«, insistierte Köster.

»Hören Sie auf. Ich sitze mit vielen Leuten am Tisch, und das auch öfter, aber ich kann mir nicht alle merken«, erwiderte Murken ärgerlich.

Gerdes stritt ebenfalls ab, Murken näher zu kennen. Er habe auch nicht gewusst, dass ihre Frauen miteinander verwandt seien. Seiner Stimme war aber eine leichte Verunsicherung anzumerken.

Als Bayer und Völkel in den Zeitungsarchiven weitere Aufnahmen entdeckten, auf denen beide zusammen abgebildet waren, und außerdem einen Artikel, der die gemeinsame Arbeit in einem Parteigremium beinhaltete, erklärten sie, politisch Kontakt gehabt zu haben, persönlich hätten sie sich aber nicht getroffen.

»Die sind mit allen Wassern gewaschen. Die geben nur das zu, was wir ihnen nachweisen können. Es scheint mir auch, dass sie sich abgesprochen haben, denn ihre Aussagen gleichen einander wie ein Ei dem anderen«, befand Schmidt beim abendlichen Telefonat mit ihrem Kollegen.

»Also müssen wir noch einmal das Umfeld nach der Beziehung der beiden befragen, Freunde, Parteimitglieder, Verwandte. Wir sind ganz nah dran«, freute sich Köster. »Dazu sollten wir beide Paare gemeinsam einbestellen und sehen, was passiert.«

17. Februar 2016, 9:30 Uhr

Osterholz-Scharmbeck, Polizeikommissariat
Am nächsten Nachmittag erschienen die Eheleute Murken und Gerdes auf dem Revier. Sie trafen kurz hintereinander ein und begrüßten sich auf dem Parkplatz.

Grotheer schaute aus dem Fenster. »Da sind sie, alle zusammen, und reichen einander die Hände. Das sieht nicht sehr vertraut aus, aber es kann auch sein, dass sie damit rechnen, dass wir sie beobachten. Jetzt würde ich gerne hören, was sie miteinander reden.«

Als die Vier den Vernehmungsraum betraten, war vor allem den Frauen die Anspannung anzusehen. Blass und ernst schauten sie die Ermittler an und vermieden den Blickkontakt untereinander. Uwe Murken versuchte, locker aufzutreten, sein Lächeln wirkte aber verkrampft.

Schmidt und Grotheer forderten die Frauen auf, sie in einen anderen Raum zu begleiten. Nervös sahen sie sich nach ihren Männern um und folgten den Polizeibeamtinnen. Nachdem sie um den Tisch Platz genommen hatten, kam die Kommissionsleiterin gleich zur Sache: »Frau Gerdes und Frau Murken, Sie haben bisher behauptet, sich seit Ihrer Jugend nicht mehr gesehen zu haben. Auf der anderen Seite sind Ihre Männer seit Jahren in derselben Partei engagiert und arbeiteten in mindestens einer Arbeitsgruppe zusammen. Daher können wir kaum glauben, dass Sie gar keinen Kontakt miteinander hatten, nicht einmal gewusst haben wollen, dass Ihre Männer zusammenarbeiten.«

Als Erstes antwortete Andrea Murken. »Es ist aber so. Bärbels und meine Großmutter waren Schwestern. Solange die beiden lebten, haben wir uns noch öfter mal bei den Geburtstagen meiner Oma gesehen. Nach ihrem Tod war das vorbei. Es gab nur noch die Feste bei den Geschwistern meiner Eltern mit einer großen Menge an Cousins und Cousinen. Heute schaffen wir es ja nicht mal mehr, auf allen Einladungen von denen zu erscheinen. Außerdem bekomme ich von der politischen Arbeit meines Mannes wenig mit. Nur wenn es eine Veranstaltung in unserem Ort gibt, bin ich manchmal dabei.«

Bärbel Gerdes stimmte ihr zu. »Ich habe Andrea manchmal bei unseren Omas gesehen. Die beiden trafen sich gerne und da brachten sie meistens eine oder zwei Enkeltöchter mit. Die beiden Omas starben kurz hintereinander, danach sahen wir uns nicht mehr. Auch wir haben eine große Familie. Mein Mann ist im Gemeinderat, davon erzählt er schon hin und wieder. Aber nicht von den Treffen mit seinen Parteikollegen aus den Nachbarorten.«

Schmidt legte beiden Frauen ein Foto vor. »Dann schauen Sie sich das Bild mal an.«

Die Großcousinen beugten sich vor und betrachteten die vergrößerte Aufnahme.

Während Bärbel Gerdes kurz zusammenzuckte, erblasste Andrea Murken.

»Das Foto stammt von der goldenen Hochzeit ihres Onkels Hans Peters vor drei Jahren«, fuhr Schmidt an Gerdes gewandt fort und behielt auch Murken im Blick. »Wie kann es sein, dass Sie mit Ihren Männern an zwei benachbarten Tischen sitzen, wo Sie sich all die Jahre nicht mehr gesehen haben?«

Als Erstes fasste sich Andrea Murken. »Das habe ich ganz vergessen. Hans und seine Frau haben ganz groß gefeiert, es waren bestimmt mehr als hundert Leute da. Bärbel und ich haben uns kaum gesprochen.«

Gerdes nickte, sagte aber nichts. »Aber immerhin haben Sie sich wiedererkannt nach all den Jahren?«, fragte Schmidt ironisch nach. »Wenn man bedenkt, dass Sie sich seit Ihrer Kindheit nicht mehr gesehen haben wollen.«

»Ab und zu gab es mal Bilder von anderen Festen, die in der Verwandtschaft gezeigt wurden, darauf habe ich Bärbel gesehen. Daher wusste ich, wie sie heute aussieht«, erwiderte Murken.

»Und wie war das bei Ihnen?«, wandte sich Schmidt an Gerdes. Diese schluckte, erwiderte dann mit belegter Stimme: »Das war bei mir genauso. Andrea kannte ich nur noch von Fotos.«

»Aber auf der goldenen Hochzeit Ihres Onkels haben Sie miteinander gesprochen. Erstaunlich, dass Sie das auch vergessen haben.«

Gerdes hielt den Blick gesenkt. »Wie Andrea schon sagte, da waren so viele Leute. Wir haben uns nur kurz begrüßt.«

»Da hat uns Ihre Tante aber was anderes erzählt. Sie erinnerte sich daran, dass sie sich längere Zeit unterhalten und viel miteinander gelacht hätten.«

Erschrocken sah Gerdes auf. »Tante Herta?«

»Ja. Doch jetzt ein anderes Thema: Erzählen Sie uns erst einmal, wie denn die Fahrt mit Ihrem Mann nach Stade war und was Sie dort gemacht haben.«

Der plötzliche Themenwechsel schien Gerdes zusätzlich zu irritieren. »Warum fragen Sie das? Das haben wir Ihnen doch schon alles erzählt.«

»Sie behaupteten, mit Ihrem Mann am 19.12. mit dem Moorexpress nach Stade gefahren zu sein. Das liegt ja nun nicht so lange zurück.«

Gerdes fasste sich und nickte kurz. »Ja, das war eine schöne Fahrt. Und in Stade waren wir auf dem Weihnachtsmarkt, wir waren dort im Orgelkonzert und haben noch eine Bratwurst gegessen. Später waren wir noch im Café.«

»In welchem?«

»In dem neben dem Museum am Hafen beim Schwedenspeicher. In so einem schönen alten Haus.«

»Und wie war das Orgelkonzert?«

»Nett. Da spielte eine junge Frau, die auch noch einiges zur Orgel erzählte. Lang ging das aber nicht.«

»Was hat sie denn erzählt?«

»Daran kann ich mich nicht erinnern. Ich habe mich mehr auf die Musik konzentriert.«

In einer Verhörpause fragte Anne Grotheer erstaunt: »Woher wusstest du, dass sich Frau Murken und Frau Gerdes auf der goldenen Hochzeit so angeregt unterhalten haben? Das stand nicht im Protokoll.«

»Das habe ich erfunden. Und keine von den beiden hat widersprochen.«

»Sie haben aber nichts zugegeben. Und die Gerdes behauptet immer noch, mit ihrem Mann im Moorexpress gefahren zu sein.«

»Ja, wir haben ja auch keine Zeugen dafür gefunden, die bestätigen konnten, dass Gerdes und seine Frau in dieser Zeit an einem anderen Ort waren. Sie werden sich an dem Tag gut versteckt gehalten und den Kontakt zu anderen Leuten vermieden haben. Ihre Schilderung der Fahrt kommt mir sehr einstudiert vor. Ich denke, dass Uwe Murken den beiden von der Fahrt und dem Weihnachtsmarkt berichtet hat, selbst mit Lutschko im Café und dem Orgelkonzert war.«

»Die Gerdes haben aber angegeben, im anderen Waggon gesessen zu haben. Von dem konnte ihnen Murken nichts erzählen«, erwiderte Anne Grotheer nachdenklich.

»Hm, wir werden Frau Gerdes danach fragen.«

Diese gab an, sich kaum mehr an die Mitreisenden erinnern zu können. Auf der Rückfahrt sei sie sehr müde gewesen, habe die Augen geschlossen und ein wenig geschlafen.

»Und auf der Hinfahrt?«

Wieder schien sich Bärbel Gerdes in die Holzmaserung des Tisches zu vertiefen.

»Der Waggon war voll. Da waren einige Leute in unserem Alter dabei. Ich kannte niemanden von denen.«

»Den kleinen Jungen, der so viel geschrien hat, werden sie doch gehört haben? Sein Vater ist mit ihm immer wieder durchs Abteil gelaufen und hat den Zweijährigen lange nicht beruhigen können.«

Gerdes schaute auf. »Jetzt, wo Sie das sagen, erinnere ich mich daran.«

Gisela Schmidt unterbrach noch einmal das Verhör, ging in das benachbarte Zimmer hinüber und bat Köster kurz hinaus. Eine halbe Stunde später trafen sich die Ermittler gemeinsam mit dem Ehepaar Gerdes im Besprechungszimmer. Dieses Mal begann Köster:

»Frau Gerdes, Sie berichteten, auf der Hinfahrt im Moorexpress den kleinen schreienden Jungen gesehen zu haben, der von seinem Vater zur Beruhigung durch das Abteil getragen wurde. Herr Gerdes, Sie erinnerten sich zudem an die vier Frauen, die auf der Rückfahrt ziemlich angeheitert waren und noch weiter getrunken hatten. Im Abteil waren aber weder der kleine schreiende Junge noch die laute Frauengruppe. Es wird Zeit, dass Sie zugeben, nicht mit dem Moorexpress gefahren zu sein. Und die Karten für Uwe Murken gekauft zu haben.«

Gerdes errötete, seine Augen weiteten sich vor Schreck. Für einen Moment schien er zu einem Gegenangriff ausholen zu wollen, lehnte sich aber zurück und schwieg. Ängstlich schaute Bärbel Gerdes ihren Mann an.

Er nickte, fasste sich und begann: »Ja, wir waren nicht im Zug, das stimmt. Aber ich habe die Karten wirklich für mich und meine Frau gekauft. Bei einem Gespräch mit Uwe habe ich ihm davon erzählt und er bat mich, ihm die Karten abzutreten, er wolle seinen Halbbruder vor dessen Abfahrt damit überraschen.«

»Warum haben Sie uns das nicht gleich erzählt sondern sind dabei geblieben, Sie wären selbst gefahren?«

Resigniert zuckte Gerdes mit den Schultern. »Nachdem ich hörte, dass Lutschko auf der Zugfahrt zu Tode gekommen ist, war ich sehr erschrocken. Uwe bat mich immer wieder, zu behaupten, wir hätten die Karten selbst genutzt. Außerdem sagte er, wir würden sicher auch für Lutschkos Tod verantwortlich gemacht, wir säßen in einem Boot. Aber ich wusste nichts davon, dass er Lutschko nach dem Leben trachtete, das müssen Sie mir glauben!« Beschwörend sah Gerdes Köster an, in seinem Blick sah der Kommissar erstmals Verzweiflung.

3. Oktober 1954

Erneuter Abschied
In einer Woche werden wir nach Kiew ziehen. Die meisten Kisten sind schon gepackt.

Boris hat einen Laster besorgt und wird unsere Möbel und alles andere in die Hauptstadt fahren.

Ich hoffe, dass dieser Entschluss der Richtige ist. Pjotr hat darauf gedrungen und ich war mir zuerst nicht sicher, ob ich so fern von Berdjansk leben will. Hier bin ich aufgewachsen und hierher bin ich nach meiner Zeit in Deutschland zurückgekehrt. Und hier wohnen Mama und Boris mit seiner Familie.

Die Trennung von ihnen fällt mir sehr schwer. Ich hätte Mama gerne mitgenommen, aber sie möchte in ihrem Alter nicht noch mal so weit weggehen. Boris wird sie bei sich aufnehmen. Sicher wird es ihr dort gut gehen, aber ich werde sie vermissen und sie uns sicher auch.

Doch es gibt einen Grund, der mir den Abschied erleichtert: Es wird einen Neuanfang für Leschek geben. Dort wird er für alle Pjotrs Sohn sein. Das ist er auf dem Papier zwar schon seit einem Jahr, nachdem wir geheiratet haben und Pjotr Leschek adoptiert hat, aber die Leute hier wissen, dass er in Wirklichkeit der Sohn eines Deutschen ist. Pjotr hat dort eine bessere und sicherere Stellung in einer Kleiderfabrik bekommen, uns wird es dort gut gehen. Für Lescheks Zukunft ist gesorgt.

Jetzt kenne ich Pjotr vier Jahre. Mir haben seine Herzlichkeit und sein Humor gleich gefallen, auch wenn ich ihn äußerlich nicht so anziehend fand. Er ist nicht besonders groß, ziemlich füllig, hat dazu noch eine Stirnglatze. Dann rührte es mich, dass mein jüngerer Bruder und er den gleichen Vornamen tragen, auch wenn sie äußerlich sehr verschieden sind.

Doch das Wichtigste ist, dass sich mein Mann mit Leschek so gut versteht. Pjotr ist ein guter Vater.

Hoffentlich geht es Leschek in Kiew gut und er findet dort richtige Freunde!

Leschek ist jetzt zehn Jahre alt. Vor elf Jahren begann ich in dieses Heft zu schreiben, das mir die Großmutter vom Moorhof geschenkt hat. An sie muss ich manchmal denken. Ob sie noch lebt?

Auch Gisela habe ich in guter Erinnerung. Sie ist jetzt erwachsen. Wie hat sie sich wohl entwickelt, ist sie wie ihre Großmutter oder wie ihre Mutter geworden?

Der Bauer und seine Frau sind jetzt selbst alt. Die beiden habe ich in schlechter Erinnerung. An sie mag ich nicht mehr denken.

Jetzt ist das Heft voll. Das meiste, was ich geschrieben habe, handelt von der Zeit in Deutschland auf dem Moorhof. Das war eine schreckliche Zeit, in der ich mich sehr einsam gefühlt habe. Damals ist aber auch Leschek entstanden, den ich auf keinen Fall missen möchte. Seit neun Jahren haben wir Frieden, zum Glück. Dennoch wirken die Kriegsereignisse immer noch nach.

Manchmal frage ich mich, was gewesen wäre, wenn dieser fürchterliche Krieg nicht stattgefunden hätte. Ich wäre nicht zur Zwangsarbeit nach Deutschland verschleppt worden, ich hätte das Gymnasium beendet und wäre heute Lehrerin und keine Vorarbeiterin in der Fabrik.

Papa würde noch leben und Mama nicht so allein sein. Pjotr, mein Bruder, wäre auch nicht gefallen. Wie hätte er sich entwickelt? Er ist so jung gestorben, wurde gerade einmal 18 Jahre alt und war noch in der Tischlerlehre. Was würde er heute machen?

Wenn es den Krieg nicht gegeben hätte, gäbe es auch Leschek nicht. Allein aus diesem Grund mag ich nicht weiter darüber nachdenken.

17. Februar 2016, 15:30 Uhr

Osterholz-Scharmbeck

Nachdem ihn Schmidt und Köster mit Gerdes Aussagen konfrontiert hatten, gestand Uwe Murken den Mord an Leschek Lutschko. Er wurde festgenommen, noch am selben Abend erwirkte die Staatsanwältin den Haftbefehl. Im Verhör am Morgen wirkte er völlig verändert. Sein selbstsicheres Auftreten war verschwunden, er redete ununterbrochen und schien froh zu sein, sich nicht mehr verstellen zu müssen. Er berichtete noch einmal von der ersten Begegnung mit Lutschko.

»Ich habe ihn gleich gemocht, seinen Humor und seine Bildung. Endlich einmal ein Verwandter, der nicht vom Bauernhof stammte, sich für die Welt interessierte. Über Lutschko habe ich auch viel über die politische Lage und die Lebensbedingungen der Bevölkerung in den östlichen Ländern nach dem Zusammenbruch der Sowjetunion erfahren. Mein Onkel hat aber die wirtschaftliche Situation in Deutschland falsch eingeschätzt, er ging davon aus, dass hier fast alle über ein hohes Einkommen verfügen, unsere Familie eingeschlossen. – Sein wunder Punkt war der fehlende Vater, darüber hat er immer wieder gesprochen. In den ersten Jahren hatten ihn die Kinder und Nachbarn immer wieder als Sohn eines Deutschen abgelehnt. Nachdem sein Stiefvater und seine Mutter geheiratet hatten und sie nach Kiew gezogen waren, hatte das aufgehört. Er konnte aber nicht vergessen, dass er eigentlich einen anderen Vater hatte. Dann bekam er nach dem Tod seiner Mutter ihr Tagebuch und machte sich auf die Suche nach seinem leiblichen Vater. Und er war froh, dass er in uns eine neue Familie gefunden hatte. Doch immer, wenn er zu viel getrunken hatte, fing er wieder davon an, dass sein Vater, unser Opa, seine Mutter vergewaltigt und sich nicht um sie und ihn gekümmert habe.

Mein Onkel Hans wollte das überhaupt nicht hören, der ließ nichts auf seinen Vater kommen, und die beiden bekamen sich immer wieder in die Wolle. Uns ging das nach einer Weile auch auf die Nerven. Das alles war geschehen und lag schon so lange zurück. Leschek bekam das mit und reagierte gekränkt. Bei seinem letzten Besuch sprach er davon, dass er wünsche, dass wir uns ganz zu ihm und seiner Mutter bekannten. Damit meinte er, dass wir die Geschichte öffentlich machen sollten, das wäre er auch seiner Mutter schuldig. Er wollte mit einem Journalisten sprechen, der darüber einen Artikel in der Zeitung veröffentlichen würde.

Wie Sie ja wissen, kandidiere ich für das Bürgermeisteramt in unserer Gemeinde. Es ging um den Ruf unserer Familie. Wie wäre von der Bevölkerung aufgenommen worden, dass mein Großvater ein Vergewaltiger gewesen war? Gerade die Älteren sprechen nicht gerne über die Kriegszeiten, das ist Tabu. Sie kennen das doch: Alle waren nett zu ihren

Fremdarbeitern, keiner war ein wirklicher Nazi. Hätte ich da noch genug Unterstützer in meiner Partei gehabt?

Mein Versicherungsgeschäft läuft nicht so gut. Das Amt des Bürgermeisters wird vernünftig besoldet, unsere Familie hätte ihr Auskommen gehabt. Das Versicherungsbüro hätte unter dem Namen meiner Frau weiterlaufen können, ein zweites Standbein für uns. Vor allem, wenn ich nicht noch einmal wiedergewählt worden wäre.«

Uwe Murken machte eine Pause und trank einen Schluck Wasser. »An dem Nachmittag wurde ich richtig panisch und sah meine Chancen auf das Amt davonschwimmen. Ich versuchte, Leschek davon abzubringen, an die Öffentlichkeit zu gehen. Da wurde er erst richtig wütend und meinte, er könne auch noch überprüfen lassen, ob ihm nicht ein Teil des Erbes zustehe. Was hatte der denn für Vorstellungen? Der Hof ist doch völlig überschuldet und damit nicht mehr viel Wert. Mein Bruder hatte mich ja bereits ausgezahlt, das Geld steckt in unserem Haus. Wenn Leschek von uns beiden etwas eingefordert hätte, hätte mindestens mein Bruder Konkurs anmelden müssen. Auch ich kann nicht noch mehr Geld aufnehmen, vor allem dann nicht, wenn ich den Bürgermeisterposten nicht bekomme.«

Erschöpft lehnte sich Murken zurück.

»Haben Sie damals den Entschluss gefasst, ihn umzubringen?«, wollte Köster wissen.

»Nein, ich dachte erst noch darüber nach, wie ich ihn von seinem Vorhaben abbringen könnte, und verbrachte eine schlaflose Nacht. Am nächsten Tag rief ich ihn auf seinem Handy an und bat noch einmal um ein Gespräch. Er war aber sehr einsilbig und meinte, er bleibe bei seinem Entschluss.«

»Da fingen Sie an darüber nachzudenken, wie Sie ihn aus dem Wege schaffen könnten.«

Murken nickte.

»Und wie kamen Sie zu der Waffe?«

»Die habe ich als Jugendlicher auf dem Dachboden unseres Elternhauses gefunden. Sie musste von meinem Großvater stammen, der bei der Wehrmacht war. Ich fand die Pistole toll und nahm sie in mein Zimmer.«

Murken berichtete, dass er seinem Bruder nichts von ihr erzählt und manchmal heimlich mit ihr geschossen hatte. Als er über eine Beseitigung Lescheks nachdachte, hätte er sich wieder an sie erinnert und sich im Internet die Bauanleitung für einen Schalldämpfer besorgt.

Als Gerdes ihm von der Wintersonderfahrt berichtet hatte, sei er darauf gekommen, Leschek dazu einzuladen. »Seine Mutter hatte in ihrem Heft mehrmals vom Tuten eines Zuges geschrieben. Das war wahrscheinlich der Moorexpress gewesen, der nicht allzu weit von unserem Hof vorbeifuhr. Ich dachte, Leschek würde gerne mit dem Zug fahren, den seine Mutter so oft gehört hatte. Auf der Fahrt wollte ich versuchen, ihn noch mal umzustimmen.«

»Das hat aber nicht geklappt.«

Wieder nickte Murken. »Da war mir klar, dass jetzt kein Weg mehr daran vorbeiführen würde, ihn zu töten.«

»Warum taten Sie das im Zug und nicht später auf der Rückfahrt im Auto? Da hätten Sie weniger Zeugen gehabt.«

»Das hatte ich zuerst auch vor. Aber mir graute davor, die Leiche zu beseitigen und dabei Spuren zu hinterlassen. In unserem Abteil war zum Schluss bis auf das junge Paar, das so mit sich beschäftigt war, niemand mehr da, der etwas mitbekommen könnte. Ich hatte auch nichts angefasst, darauf habe ich geachtet. Ich habe mir danach Handschuhe angezogen und seine Papiere, Geldbörse, Handy und Schlüssel aus den Taschen geholt.«

»Wo haben sie das alles gelassen?«

»Als ich wieder beim Auto war, packte ich seine Sachen zusammen mit der Pistole in einen Plastikbeutel, den ich mit einer Schnur verschloss. Auch um seinen Koffer wickelte ich ein Seil. An beides band ich einen Stein und schmiss die Sachen von einer Brücke in die Hamme. Alles ist ganz schnell versunken.«

»Und Sie haben billigend in Kauf genommen, dass auch Ihr Bruder verdächtigt werden könnte?«

Murken schaute zum Fenster hinaus. »Ja, denn bei unserer Ähnlichkeit hätte man uns beide verdächtig und das hätte uns geschützt. Vorher habe ich ihn auch noch gefragt, was er an dem Tag machen würde. Er erzählte von Büroarbeiten, da wusste ich, er bleibt zu Hause und wird sicher außer seiner Frau keine Zeugen haben. Keinem von uns hätte man die Tat nachweisen können.«

Am nächsten Nachmittag traf sich die Mordkommission noch einmal zum Abschlussbericht. Dieses Mal war auch die Staatsanwältin dabei und lobte das Team für die gute Ermittlungsarbeit.

Köster berichtete, Taucher hätten den Koffer und Lutschkos persönliche Sachen sowie die Waffe mit dem Schalldämpfer an der von Uwe Murken bezeichneten Stelle in der Hamme gefunden.

»Wusste Murkens Frau von den Mordplänen ihres Mannes?«, fragte Lemke.

»Nein«, erwiderte Schmidt. »Aber er erzählte ihr nach der Tat davon. Sie war entsetzt, hielt aber zu ihm und hat lange durchgehalten. Ihr blieb nur die Wahl zwischen einer Zukunft als von allen geschätzten Bürgermeistergattin oder als Ehefrau eines verurteilten Mörders.«

»Wie kommt es, dass Gerdes und seine Frau so lange geschwiegen haben?«, wollte Brunner wissen.

»Es hat etwas gedauert, bis er das zugab«, erwiderte Köster. »Als Gerdes vor zwei Jahren in finanziellen Schwierigkeiten war, hat Murken mit ihm einen Versicherungsbetrug eingefädelt.

Der Gebäudeversicherung wurden gefälschte Bilder eines heftigen Sturmschadens präsentiert und fingierte Rechnungen eingereicht. Die beiden teilten sich die Auszahlung und Gerdes konnte einen Teil seiner Schulden bezahlen. Damit hatte Murken ihn aber auch in der Hand. Und wie bei den Murkens hielt Gerdes Frau zu ihrem Mann.«

Inge Mertens dachte an den Landwirt. »Und Klaus Murken? Weiß er schon, dass wir seinen Bruder überführt haben?«

»Ja, wir haben ihn und seine Frau heute Morgen noch einmal verhört. Er hat gleichzeitig betroffen, aber auch gefasst reagiert. Zum einen ging es um seinen Zwillingsbruder. Da er aber wusste, dass er selbst nicht der Mörder war, konnte es nur sein Bruder gewesen sein. Petra Murken war mehr die Erleichterung anzusehen, dass ihr Mann jetzt nicht mehr unter Verdacht steht, seinen Onkel umgebracht zu haben. Beide wussten angeblich nichts von Lutschkos Absicht, mit der Geschichte seiner Mutter an die Öffentlichkeit zu gehen, fürchteten aber seine möglichen Erbschaftsansprüche.«

»Apropos Öffentlichkeit. Ich habe für morgen eine Pressekonferenz einberufen, auf der wir den Zeitungsredakteuren über unsere Ermittlungserfolge berichten werden. Frau Grotheer und Herr Köster, es wäre schön, wenn Sie dabei wären«, lud die Staatsanwältin die beiden Kommissare ein. Beide wechselten einen Blick und nickten. Schmidt fiel auf, dass Köster dabei gequält wirkte, und lächelte ihm aufmunternd zu.

Am Ende der Sitzung verabschiedeten sich alle voneinander. Anne Grotheer und Harald Bayer umarmten einander und versprachen, in Kontakt zu bleiben.

»Wie wäre es, wenn wir im Sommer zusammen einen Ausflug mit dem Moorexpress machen würden?«, schlug Kruse vor.

»Eine gute Idee«, befand die Leiterin der Mordkommission. »Wie wäre es, wenn du das Ganze vorbereitest?«

Als die Verdener wieder fuhren, blieb Gisela Schmidt zurück. Köster und sie hatten sich verabredet, in Worpswede Essen zu gehen.

Epilog

Zwei Monate nach dem Ende der Ermittlungen traf Lutschkos Tochter in Bremen ein. Sie hatte sich Urlaub genommen und war nach Norddeutschland gereist, um die Urne mit der Asche ihres Vaters abzuholen. Zuvor wollte sie noch die Orte aufsuchen, die ihr Vater zuletzt entdeckt hatte. Dazu gehörte vor allem der Hof, auf dem ihre Großmutter Zwangsarbeit geleistet hatte und ihr Vater geboren worden war. Dabei würde sie auch Lutschkos deutsche Familie kennenlernen, zu der letztlich auch sie gehörte.

Köster holte sie vom Flughafen ab. Als die junge dunkelhaarige Frau im grünen Hosenanzug mit dem kleinen Rollkoffer durch die Tür in die Ankunftshalle trat, schaute sie sich suchend um. Köster erkannte sie bereits an ihren Augen, er kannte das Ausweisbild ihres Vaters und ihm fiel die Ähnlichkeit sogleich auf. Er ging auf sie zu, stellte sich vor und gab ihr die Hand. Gemeinsam fuhren sie nach Bremervörde weiter.

Im Laufe der Ermittlungen war eine enge Freundschaft zwischen Köster und dem Bremervörder Ehepaar Behrens entstanden. Köster besuchte die beiden seither regelmäßig oder sie trafen sich in Osterholz-Scharmbeck zum Essen. Die Behrens nahmen regen Anteil am Prozess gegen Uwe Murken. Tief berührt vom Schicksal der jungen ukrainischen Zwangsarbeiterin hatte Gerda Behrens Sophia spontan eingeladen, während ihres Aufenthalts in Norddeutschland bei ihnen zu wohnen. Ihr Mann war damit einverstanden. Für ihn war es nur folgerichtig, die Tochter des Mannes bei sich aufzunehmen, der in seinem Zug zu Tode gekommen war.

Nach der herzlichen Begrüßung durch das Ehepaar Behrens und einem gemeinsamen Abendessen überreichte Köster der jungen Frau die persönlichen Sachen ihres Vaters und das Schreibheft ihrer Großmutter. »Das gehört zu Ihnen.«

Am nächsten Tag würde Gerda Behrens Sophia zu ihrem Besuch auf den Murkenhof in Fahrenmoor begleiten.

Nachwort und Danksagung

Alle beteiligten Personen im Mord im Moorexpress sind frei erfunden, ebenso der Ort Fahrenmoor. Der geschichtliche Hintergrund ist allerdings wahr. Auf vielen Höfen im Teufelsmoor wurden während des Zweiten Weltkriegs Zwangsarbeiter eingesetzt. Dieses Buch soll auch an ihr Leiden erinnern.

Zur Entwicklung der Geschichte trugen viele Menschen bei, denen ich auf diesem Wege danken möchte: Ein Gespräch mit dem Landwirt Johann Dücker brachte mich auf den Gedanken, den Mord im Moorexpress zu schreiben. Vor gut einem Jahr recherchierte ich für einen Artikel zum Thema »Todesmärsche im Teufelsmoor« über das Schicksal einer großen Anzahl von KZ-Häftlingen, die am Ende des Krieges auf einen qualvollen Fußweg über die Landstraßen getrieben wurden. Zeuge war der damals neunjährige Bauernsohn Johann, der miterlebte, wie zwei flüchtende Häftlinge erschossen wurden. Zur Erinnerung an das Verbrechen errichtete er vor einigen Jahren am Rande seines Hofs einen Gedenkstein für die beiden Opfer. Herr Dücker lud meinen Mann und mich ein, ihn zu besuchen und berichtete vom damaligen Geschehen.

Wir erfuhren, dass er sich seit seiner Jugend intensiv mit dem Thema Nationalsozialismus beschäftigt und regen Anteil an den Veranstaltungen des ehemaligen Lagers Sandbostel nimmt. Besonders beeindruckte ihn die Geschichte eines russischen Kriegsgefangen aus dem Lager, der sich in eine junge deutsche Bauerntochter verliebt hatte. Deren gemeinsamer Sohn Gerd Meyer suchte lange nach seinen russischen Verwandten. Als er diese endlich fand, reiste er in die Heimat seines Vaters und wurde dort in dessen Familie herzlich willkommen geheißen. Er fragte sich, ob der Sohn eines deutschen Soldaten, der in Russland ein Kind gezeugt hatte, in der deutschen Familie seines Vaters genauso willkommen gewesen wäre. Denn Gerd Meyer hatte von einer Französin gehört, die eines Tages vor der Tür einer deutschen Familie gestanden und sich mit den Worten: »Wir haben denselben Vater« vorgestellt hatte. Die Fremde wurde barsch zurückgewiesen:»Unser Vater hat so was nicht gemacht.« (»Geliebter Feind, vermisster Vater«, Mindener Tagesblatt vom 29.4.2015)

Als ich diese Geschichte hörte, kam mir der Gedanke, dass sie der Ausgangspunkt für einen Kriminalroman sein könnte: Der in einem Land des ehemaligen Ostblock aufgewachsene Sohn eines deutschen Soldaten sucht nach seiner väterlichen Familie und findet sie. Zunächst fühlt er sich dort wohl und angenommen, gerät dann aber in Konflikt mit einem der Verwandten, der sich zuspitzt und letztlich tödlich für ihn endet. Wie und wo sollte die Begegnung der Mutter des Opfers mit dem deutschen Soldaten stattfinden?

In der Beschäftigung mit diesem Thema erinnerte ich mich an das Schicksal einer jungen ukrainischen Zwangsarbeiterin, die während des Zweiten Weltkriegs auf unserem Hof lebte und in dieser Zeit einen Sohn gebar. Der Vater des Kindes war wahrscheinlich der ebenfalls auf dem Hof eingesetzte junge polnische Zwangsarbeiter. Von ihnen erzählte mir der ehemalige Grasberger Bürgermeister und Landrat Heinrich Blanke. Seine Mutter stammte von unserem Hof, der über sechs Generationen von der Familie Engelken bewirtschaftet wurde. Als Kind verbrachte Heinrich Blanke viel Zeit bei seinen Großeltern und berichtete sehr lebendig vom Leben auf dem Hof (siehe »Die Engelkens, Familiengeschichte aus dem Teufelsmoor«). Herr Blanke erinnerte sich zwar an die beiden Zwangsarbeiter und das Kind, aber nicht mehr an ihre Namen.

Daher wandte ich ich mich an den Internationalen Suchdienst, dem Zentrum für Dokumentation, Information und Forschung über nationalsozialistische Verfolgung, NS-Zwangsarbeit sowie den Holocaust. Heike Müller, eine Mitarbeiterin des Suchdienstes, fand im Archiv die Namen, die Geburtsdaten von Mutter und Sohn sowie die Dauer ihres Aufenthalts auf dem Hof, leider aber keinen Hinweis darauf, wann und wohin sie in der Ukraine zurückgekehrt sind.

In der Ausstellung über die Zwangsarbeit im Nationalsozialismus, die vom November 2015 bis April 2016 im Hamburger Museum der

Arbeit gezeigt wurde, erhielt ich viele Informationen zum Schicksal von Kriegsgefangenen und Zwangsarbeitern. Im Roman besuchen Kommissar Köster und seine Söhne diese Ausstellung und erfahren, dass dreizehn Millionen Menschen, Kriegsgefangene, KZ-Insassen und aus ihrer Heimat Verschleppte während des Zweiten Weltkriegs im Deutschen Reich Zwangsarbeit leisteten. Eine große Anzahl von ihnen wurde in der Landwirtschaft eingesetzt, dazu gehörten auch Tausende Ukrainerinnen und Ukrainer. Viele der jungen Frauen wurden in dieser Zeit schwanger und ihre Säuglinge häufig in speziell für sie eingerichteten Kinderheimen untergebracht. Aufgrund mangelnder Hygiene und schlechter Ernährung starben die meisten dieser Kinder in den Heimen.

Mokrina, die junge Ukrainerin auf unserem Hof, durfte ihren Sohn Wladimir zum Glück behalten und wurde anscheinend gut von den Bauersleuten behandelt. Sie wurde zum Modell für Lydia, deren fiktive Geschichte in den Roman Eingang gefunden hat. Wie Mokrina gebar sie auf dem Hof einen Sohn, im Roman Leschek genannt, und kehrte 1945 mit ihm in ihre Heimat zurück. Der Vater Lescheks war aber nicht der französische Zwangsarbeiter in der Geschichte, sondern der deutsche Soldat und Landwirt, dem der Hof gehörte. Leschek machte sich nach dem Tod seiner Mutter auf den Weg, die Familie seines Vaters zu finden.

Der Moorexpress spielt im Kriminalroman eine große Rolle. Wenn wir sein Tuten das erste Mal hören, wissen wir, dass die Saison begonnen hat. Von Ende April bis Anfang Oktober fährt er an den Wochenenden und Feiertagen mehrmals täglich von Stade nach Bremen und zurück und befördert auf diesem Weg eine große Anzahl von Tagesausflüglern. Viele Male sind wir schon mit ihm gefahren, mit der Familie oder zu zweit, mit und ohne Fahrräder.

Der fiktive Mord geschieht auf der letzten Wintersonderfahrt von Osterholz-Scharmbeck nach Stade. An dieser nahmen mein Mann und ich im Dezember des vorletzten Jahres teil und saßen auf den Plätzen, die im Buch das Opfer und sein Mörder einnehmen. Auf diese Weise konnten wir den Zug genau studieren und den Weihnachtsmarkt und die Tourist-Information in Stade besuchen.

Doch wie sollte der Mord geschehen, ohne dass zu viele Menschen davon mitbekamen? Dieses Thema diskutierte ich mit unserem Sohn Arne, der viele Ideen beitrug und letztlich auch die passende Waffe fand.

Der Moorexpress war auch immer wieder Thema bei Zusammenkünften mit Brigitta und Burckhardt Rehage. Beide sind seit vielen Jahren Mitglieder der Arbeitsgemeinschaft und des Fördervereins Moorexpress. Ihr Bemühen gilt der Reaktivierung der alten Bahnstrecke für den öffentlichen Nahverkehr. Beide konnte ich zum Einsatz der Züge, den Aufgaben des Lokführers und der Zugbegleiter, dem Winterquartier des Zuges und zu vielen anderen Aspekten befragen. Brigitta Rehage, Theologin und eine passionierte Krimileserin, las dazu die erste Version des Manuskripts und gab mir wichtige Anregungen zur inhaltlichen Gestaltung des Krimis.

Heide Neumann, als pensionierte Lehrerin der deutschen Sprache besonders kundig, korrigierte die Rechtschreibung. Annette Freudling lektorierte den Text ebenfalls.

Günter Frankenfeld, der ehemalige Leiter des Polizeikommissariats Osterholz, beantwortete geduldig viele meiner Fragen zur Arbeit, Ausbildung und Dienstgraden der Kriminalpolizisten. Dazu las er das Manuskript sehr aufmerksam und gab wichtige Korrekturhinweise zum möglichen Tathergang und den Ermittlungstechniken.

Mein Mann Winfried Picard unterstützte mich durch sein geduldiges Zuhören. In Zeiten der Ermüdung und des Zweifelns ermunterte er mich immer wieder weiterzuschreiben.

Zuletzt gilt mein Dank Linda und Kai Falkenberg, die sich bereit erklärten, den Roman in ihrem Verlag zu veröffentlichen.